这些年，我

徐则臣——著

四川文艺出版社

图书在版编目（CIP）数据

这些年，我 / 徐则臣著. -- 成都：四川文艺出版社，2018.6
ISBN 978-7-5411-4952-8

Ⅰ.①这… Ⅱ.①徐… Ⅲ.①中篇小说—小说集—中国—当代②短篇小说—小说集—中国—当代 Ⅳ.①I247.7

中国版本图书馆CIP数据核字(2018)第085842号

ZHEXIENIAN, WO
这些年，我
徐则臣 著

责任编辑	封 龙　奉学勤
封面设计	叶 茂
封面绘画	［日］武政谅
内文设计	史小燕
责任校对	蓝 海
责任印制	唐 茵

出版发行	四川文艺出版社（成都市槐树街2号）
网　　址	www.scwys.com
电　　话	028-86259287（发行部）　028-86259303（编辑部）
传　　真	028-86259306
邮购地址	成都市槐树街2号四川文艺出版社邮购部　610031
排　　版	四川最近文化传播有限公司
印　　刷	成都东江印务有限公司
成品尺寸	140mm×203mm　1/32
印　　张	10	字　数	200千
版　　次	2018年6月第一版	印　次	2018年6月第一次印刷
书　　号	ISBN 978-7-5411-4952-8
定　　价	49.80元

版权所有·侵权必究。如有质量问题，请与出版社联系更换。028-86259301

我们的世界的尽头是另一个世界的开始。

——徐则臣

目录

浮世绘……………………………… 1
当我们年轻的时候………………… 84
逆时针……………………………… 103
夏日午后…………………………… 169
下一个是你………………………… 201
这些年我一直在路上……………… 217
把脸拉下…………………………… 242
露天电影…………………………… 281
逃跑的鞋子………………………… 302

浮世绘

　　这样喧闹招摇的一群人我们已经习以为常，就是个拍影视剧的现场，很多人围着一台机子转圈，更多人听从某一个或者某几个人的命令，在北京一条临时清空行人的胡同里走来走去。区别在于，这时候正下大雨，街道两边的四合院安静下来。不是人工的，是实实在在地从天上落下来的，导演觉得好，天时地利人和今天都来了，所有人都不能走，随时准备加戏。大牌明星演员坐在临时撑起来的大阳伞的中心位置，二郎腿跷起来不知道在骂谁，这我们也很熟悉。不熟悉的可能是，看上去站在了伞下，其实只溜了个边儿，站不如不站，因为雨水正好从伞边流进他的脖子里，好像他站在这里就是为了用衣服与身体之间的空隙作为容器来接水的。挤不进去又不甘心从伞底下跑掉的这个倒霉蛋，我们可能不熟悉。他的表情很复杂，这个复杂很难看，五味杂陈，如果用在戏里，一定必是个天才和大牌的料儿，但现在轮不到他上场，雨毫无戏剧性，实实在在地从他的脖子往下，经过前胸、后背、肩膀、腰、屁股、大腿、膝盖、小腿，一直流到鞋子里。如果雨水的感觉比较完整，那它一定会知道，经过的这是个年轻女人的身体，有的地方适时地挺起来,有的地方恰当地凹进去,而且四肢修长,皮肤细腻,手感甚好,他是个她。这个女人叫王绮瑶,一年前从上海来。因为她比其他跑龙套的群众演员身份稍微高一点,才有资格站在伞底下,碰巧被雨水看见了细长的白脖子。

导演说,演什么都要敬业,哪怕你没有一句台词。王绮瑶聊可安慰,她还可以偶尔张一张嘴,在这个古装戏里,她作为被老爷冷落的三姨太的替补贴身丫头,平均每两到三集有一句台词。比如今天,如果这一段拍得顺当,接下来她就会在四合院的一个拐角处慌慌张张出现,浑身湿漉漉地撞见眼袋坠到鼻子两边的老爷,说:"啊,老爷!"这时候片场一片惊呼,老爷突然摔了一跤,这是剧本里没有的动作。导演以为是该明星在自由发挥,在监视器面前犹豫了几秒钟,打算弄清楚这一跤的深义,老爷对着一群人发了火,都瞎了啊,没看见我摔了!导演才叫停,抓着脑袋对大伙儿说:

"今天就到这儿了,都回吧。"

王绮瑶湿了个透,卸完妆,换过衣服,打了个车就往家跑,熬姜汤还来得及。打车很麻烦,只要下一点儿雨北京就乱,满街都是惊慌失措的人。等车的时候王绮瑶站在银行楼底下避雨,感觉身体里的雨水继续像蚯蚓一样往脚上爬。记着,一定要放可乐,姜要切成细丝,越细越好。她在超市门口下车,买了瓶可乐出来时,雨停了。雨后的北京更显脏,下得不彻底,雨腥味里夹杂了刺鼻的化学味。过天桥再走十分钟就到家。当然也可以打车,她在犹豫是不是再奢侈一把。一辆车停在她身边。她扭头先看见的是车标,宝马,傻不拉唧的一个圆圈,那蓝色也傻,然后看见一个爆米花脑袋从车窗伸出来:"小姐,要车吗?"

王绮瑶看见一张被夸张地修饰过的尖下巴陌生小脸,顶着一头假发套似的头发,但她还是根据黑色唇膏认出来了对方是谁。她为什么就不能换一种颜色呢,难道男人只认为黑色才性感吗?

"没错,Anny,我是Coco!"Coco从车上下来,一只脚矜持地迈上人行道,接着另一只颤颤巍巍地踏上来,秋天过半了Coco还赤脚穿着高跟凉鞋,每个脚指甲涂一种颜色,让人生出一种把它们全擦干净的冲动。她亲热地抱住王绮瑶。"你怎会在这里?"然后对从车里走出来的大肚子男人说,"老潘,这就是我总跟你说的Anny,我的大学同学,铁哥们。她可是才女呀,全校男生都跟在后头追。"

王绮瑶把Coco推开,可乐瓶子夹在两人中间,硌得慌。她对老潘笑笑,打眼就知道这个四十来岁的男人除了有钱之外还缺了点儿东西,不过如果钱足够多,缺的那点儿基本能够补上。

"真是我大学同学,咱俩上下铺呢。"Coco又说。每个声音都散发出燕莎化妆品专柜里的浓酽香味。

这是她的惯用伎俩。只有没念过正经大学的人才会不厌其烦地强调。王绮瑶决定满足她,说:"咱能真诚点儿么?念书那会儿你后头可是跟着一个加强连哪,一堆男生要对你唱《我的太阳》。"

Coco谦虚地说:"老皇历了,还提。老潘在呢。要不我们一起吃个饭?"

老潘会意,躬身做邀请状:"如蒙赏光,不胜荣幸。"

搞得都跟真的一样。王绮瑶说:"改日吧,家里还有点儿事。谢谢。"她也搞得跟真的似的。她倒是很想来一顿大餐安慰一下自己,这些天在剧组都是盒饭,回家也是随便凑合一下,觉得很多年都没吃上一顿像样的红烧肉了。几年前,那会儿还在上海,没现在这么潦倒,她跟朋友说,女孩子要是想吃红烧肉了,那一定是馋得眼都绿了。为什么就不能好好吃顿红烧肉呢。王绮瑶决定,如果可乐姜汤能阻止这场感冒,她就一个人找个湖南馆子,结结实实来一碗"毛氏红烧肉",吃他个嘴角流油,脑满肠肥,直到把自己恶心死。她们相互交换了电话号码。

得承认,她还是受了点儿刺激。这个Coco,本名李红娟,听这名字就知道不是市区的,但是郊区也是北京的郊区,她大可自称老北京。谁能说在平谷山区长大的就不算北京人?至少她那河北腔比王绮瑶的上海咬舌头普通话离正儿八经的京腔更近。在她们那个圈子里,如果真有那么个圈子的话,京片子的确比普通话好使。在宿舍大家都努力让舌头打卷,卷儿越多越好,是个字都要追加上一个儿化音。没有儿化音,发音的时候舌尖的力量跟不上,那你离北京就远了。

在她们宿舍里,四个人,真是很惭愧,王绮瑶离北京最远。这符合她们的地理现状，李红娟最近，"老北京"嘛，次之是唐山人，再次的从山东德州来，张嘴就一口扒鸡味。上海距离北京跟王绮瑶的口音与京腔的距离一样远，远得一个在北中国，一个在南中国，中间既隔了黄河又隔了长江。但是这不妨碍她们和其他同学从祖国的四面八方聚到这里，准备吃语言和艺术这碗饭。一切都可以改变，不就点儿舌头上的事儿嘛。比如现在，王绮瑶的普通话，包括京腔，显然比一般人都好。她对着镜子苦练几个月，最后累得舌头都卷不起来，照镜子时刚看见牙齿就开始犯恶心。有时候她都不能想象，祖上竟然是清廷的王爷，可以在北京城里吆五喝六、提笼架鸟养一堆小妾嫖一群女人的主儿。这么顺下来她就是格格，难道语言的天赋就一点儿都不遗传么。关于她是格格这件事，至少他们家里认为是千真万确，如果不是因为某种特殊原因，她名字前面应该是爱新觉罗·绮瑶。可是造化弄人，说来话就长了。总之一句话，来之前父母交代了，去北京发展，好，这还是一次伟大的寻根之旅。

她们学校的名字很好听，中国艺术学院。中国的，在九百六十万平方公里的土地上，没办法比这更大的名头了。王绮瑶就是冲这国字号来的，在上海时，辅导她的老师说，中央戏剧学院、北京电影学院也很好，你考不进去，那就它了。她就进了广播影视艺术编导班。有一场入学考试，她考试结束时候计算了一下，所有答出来的都算对，也只能考五十三分，但最后得到的成绩是九十二分。两者如何换算，她一直没搞懂。

分到一个宿舍后,听她们三个谈论,个个都是九十二分,轮到她交底,她理直气壮地说:我,九十五分。因为在她看来,一口歪歪扭扭唐山味的大屁股妞肯定考不到五十三分。

她们都是一个学校的,没毕业很多人就散伙了,原因是,中国艺术学院迟迟不发毕业证,以各种借口延长学制,比如,你们早就知道,这个班并非全国统招,所以很多手续没能及时到位,等等。但是每个学期都要缴纳一大笔费用,费用之高,念完三五个北大都没问题。与其待在学校里昂贵地等着遥遥无期的明天,不如咬牙跺脚离开了去发展,干影视这一行,又是女人,靠的是如花似玉的青春,晚了别抱怨没赶上。可是为什么同样没拿到毕业证,她Coco,李红娟,就能在下雨天坐在宝马车里,黑嘴唇一点儿都不受风吹雨打;而她王绮瑶,被灌了一脖子水后,还得屁颠屁颠自己去超市买可乐煮姜汤呢。她凭什么?想当年,我王绮瑶也是上海电视选美大赛的第十三名,如果不是有猫腻,有人暗箱操作,我就是梦游时上场,也能打进前十名。这他妈什么世道啊。

说来真要话长,王绮瑶在来北京之前的确是风光过一阵子的。虽然说现在选美大赛眼看就要像卡拉OK大赛一样普及,但你得承认,能够在全上海,一轮轮过关斩将,还是有点儿道行的。你要知道参赛的都是哪些人,你就明白就算在一个城市参赛,也是相当不容易的。有上海的很多所名牌大学的女生,甚至有几个已经念到了研究生,而王绮瑶仅仅是个中专毕业的。当然,最后中专生也成了她落败的原因,学历不够,难道学历不够等同于素质跟不上？反正她在电视、报纸和上海以及全国人民的嘴上高频率地出现了几个月后，学历成了她的软肋。还有一个是普通话，某些被潜规则了的评委认为，她的普通话说得有点儿惊险，时刻让人担心会咬了舌头。这就是现在的选美大赛，连舌头摆放的位置都要管。只能理解为，欲加之罪，何患无辞。

在她最后停滞在第十三名之前，媒体还是相当看好她的，好几家企业、影视公司和好几个老总包括某几个政府官员，都通过各种途径向她示好，希望大赛一旦结束就签协议，代言广告或者出演女一号，或者是出任老总的一号秘书和局长、部长们的红颜知己。行情的确很好，不仅王绮瑶本人和她的指导老师，就是走在夜里也要戴墨镜的知名策划人马先生，对她也是前途看好，就是她父母，也颇为乐观。老两口没事就坐在电视前嘀咕，这下好了，终于可以光宗耀祖了。大清朝虽然亡国有年，咱们家绮瑶照样能够重振家威。不过如上所述，她停在了一个很不吉利的名次上，这也直接导致所有协议和意向迅速流产。

"就这么功利，就这么残酷。"马先生摘下墨镜跟爱徒说，语重心长感人至深，"你没有败，是这个荒唐的世道败了。它让那些鸡鸣狗盗之徒胜利，就说明它败了，烂透了的那种败。你要去北京，一切都会好起来的，老师相信你。你要记住，有一种胜利就叫撤退。"

父母说的是另外一番话，同样催人泪下："瑶瑶，我们生下你的时候,就知道你是爱新觉罗氏的光荣。对爱新觉罗家来说,没有什么不可能,你要代表我们打回北京城!"

别的就不多说了,面容姣好、身材秀拔的王绮瑶来到北京城,她和本名叫李红娟的Coco同学,还上下铺,经常在半夜醒来时看见Coco的一条白腿垂下来,发现李红娟虽然瘦,大腿上还是有橘皮现象。现在,李红娟把大腿包在显然是老潘付了钱的裙子里,坐在一辆宝马320里,她穿着裙子和凉鞋,但是坐在车里不会觉得冷。

所以王绮瑶忍不住要生气。发泄愤怒的最好方式是花钱,打车的钱当然有,上了天桥又下来,老子打车回家。坐上车刚走二十米就开始堵,喘不过气来的堵,一溜车都在摁喇叭。司机本来想说一段中南海里的大事显摆一下,也被堵得没心情了,摁一声喇叭骂一句娘。王绮瑶的心情更差,没挪几步,计价器的数字跳得好像比平常快,弄得她也心惊肉跳的,跳一下就是两个鸡蛋。但她得忍着,这点体面要讲。为此她安慰自己,也许不该怪罪Coco,她还是不错的,如果说她在北京还算有个朋友,那也就是Coco了。作为老北京,在所有同学里,Coco能看上的也就是她王绮瑶;虽然也是因为她从上海来,向来是上海看不起外地人;还有,这是她私下揣测,也因为她曾是选美大赛第十三名,可恶的第十三名,以及她的格格身份;不过凭直觉,她觉得Coco并不相信她是清朝皇族后裔,要是我我也不信,没什么原因,这年头装神弄鬼的人太多了。

上楼的时候王绮瑶调整了步态,坚决不能让冤枉的三十一块钱打车费在脸上显现出来。楼梯黑灯瞎火,所有的灯都被有意无意地打碎了。五楼的楼梯向左的这个两居室房子,她和一个叫万紫的女孩合租,每人每月付一千五,共用厨房和卫生间,煤气水电费平摊。她的钥匙刚插进锁孔里,房门就开了,万紫穿着睡裙拉着门里的把手,领子很低,露出一大片暖洋洋的丰白胸部,脸上有种成功结束处女生涯的羞涩和幸福。但是以王绮瑶的经验和见识,她在至少三年前该结束的就全结束了。

"瑶瑶,回来啦?"万紫问,"累么?"

"还行,"王绮瑶说,漫不经心地按了一下鼻子,"可能昨晚睡觉着了凉。"

"那得多喝开水。我刚买了酸奶,带杧果和猕猴桃果粒的,要不要尝尝?"万紫拉开冰箱就要拿。王绮瑶注意到她的两只拖鞋穿反了,她的房门半关着,传来另一双更加沉重的脚谨慎的走动声,然后瞬间,她觉得闻到复杂的荷尔蒙气息,若有若无,但一定在,或者她认为一定在。这个场景她不是没撞见过,但觉得今天有些不同。万紫又说,"瑶瑶,尝尝吧,味道真的非常好。"盒装酸奶往她手里塞。

王绮瑶就明白了,她的热情不同寻常。万紫不是这样的人,虽然她从南京来,江南富庶之地,却一贯抠门。这也可以理解,江南人未必都有钱,而在北京混得不好的必定都抠门,不会生活也逼着你学会了,大手大脚你活不下去。她在附近一个服装批发城当店员,卖丝巾、袜子和内裤等小东西,过手的钱都不大。看小的东西久了,人也跟着小气,以前买了鸡蛋,放进冰箱之前都要在上面用笔编上号,理由是,她是个糊涂虫,吃错了王绮瑶的鸡蛋那多不好意思。王绮瑶一生气,第二天就去买了"咯咯哒"金装,微笑着说:"咱俩买的牌子不一样,不用区分啦。"搞得万紫一脸花红柳绿。

现在一定是有求于她了。王绮瑶用鼻息笑了一下,把酸奶放回冰箱,有点儿感冒,不宜吃凉的。

万紫又说:"你有姜吗?我有的,要不要帮你切一下?"

"谢谢,你不知道我要切成什么样的。"王绮瑶开门进了自己的房间。

万紫也跟着进来了,磨磨叽叽半天,终于说:"瑶瑶,跟你商量个事儿啊?"

"说呗。"

"我男朋友刚换了工作,离这不远,没找到合适房子,想来我这里住几天。"

王绮瑶的耳朵动了一下,果然。她条件反射似的做出反应:"不方便吧?也不合适啊。"

"我也知道,这不是应个急嘛。水电、煤气费我们承担三分之二,行吗?"

王绮瑶心里冷笑,挺会算账啊,为什么不把房租也算进去呢。一生气,态度就有点儿硬,但声音倒软下来了:"不是这么回事。其实吧,从钱的角度,我倒是合算的。不说那些生活费用,房租原本咱一人一半,多一个人我还只交三分之一呢。

就是多个男人，上厕所啊，洗澡啊，换衣服都不方便。"

万紫的胖下巴就挂下来了。原本想借此省点房租的，又让王绮瑶给逮着了，只好讪讪地笑，说："那我们再找找看吧。"搓着两只手回了自己房间。

王绮瑶听到响亮的关门声。此刻窗外暗下来，北京的夜晚降临。马路上照样车马喧嚣，这个世界缺了谁都照样繁华热闹，而她的小屋里凄清简陋，即使她把床头灯都打开，即使她买了那么多廉价的女孩子喜欢的温暖可爱的小玩具、小摆设来装饰，这个闺房依然像她身上一样冰凉。在这样的屋子里跟万紫这样的女孩子还得钩心斗角，真是没意思透了。她觉得一点儿力气都没有，衣服没换就躺倒在床上。她明白万紫在北京的不容易，可是谁又容易呢，她再不容易，如果男朋友进住这里，总还有个人为自己撑腰啊，她有谁呢，煮碗姜汤还得亲自动手。

等她起来去厨房煮姜汤，经过万紫房间时，还听见万紫在和她男朋友说："别着急，我再和她商量商量……"她还没死心。王绮瑶只作没听见。

两大碗姜汤和三袋同仁堂感冒清热颗粒，总算把刚露头的感冒给压回去了。坚决不能生病，耽误戏是一个原因，还有个原因是看病太贵，如果你不备点儿常用药，感个冒进医院没一两百块钱出不来。王绮瑶每天都去片场，到了那里有戏没戏都得化妆，导演在现场经常冒出新想法，她这样的小角色必须随叫随到。这一天化完妆她正闲在阴凉地里,免得太阳把粉底后面的面油给晒出来,手机响了。

万紫在电话里说:"哎呀Anny。"

王绮瑶一愣,半天才回过神来,叫自己呢。

"这名字真好听,怎么不告诉我?刚有人打电话找你,我还以为打错了呢,我让她打你手机了。"

王绮瑶懒懒的谢了她。这需要通报么?看来对男朋友住进来还不死心。这个"Anny"是Coco的专利,也只有她这么叫。那会儿她们刚进学校,有个晚上她跟Coco一起去三里屯钓老外,见了几个大胡子的洋鬼子,Coco一副清纯相,介绍王绮瑶时,顺嘴说了个"Anny",一晚上几个老外就Anny长Anny短,叫了一晚上最终也没钓上,打车钱都没帮忙付上。王绮瑶不喜欢这名字,什么Anny,全世界用得最多的英文名就是这个,亏她想得出来。Coco给自己倒是取了个挺大气的名字,还搭了香奈儿的车。顺嘴一个名字也要压她一头。不过王绮瑶也没太在乎,毕竟Coco还带自己出来,想起来这场合给她个洋名装点门面。

她对万紫说:"以后别叫什么Anny!"

刚挂电话,又响了,这回是Coco,上来就问:"忙啥呢?"

"能忙啥,拍戏呗。"

"行啊大明星,咱们见一面呗。我去找你?"

"免啦,说个地儿,收工我去找你。"

她可不想让Coco看见这一身简陋的丫头妆。

晚上在亚运村见面，Coco打车带上她，去中关村附近的一家店吃正宗的重庆烤鱼。车过四环，巨大的鸟巢正建着，很多人在灯火辉煌的钢铁架上忙活。王绮瑶想起刚来北京时，她就跑过来看鸟巢，那时候钢架子就搭起来了，过了这么久，还在搭。就说：

"我怎么觉得奥运会远在天边呢？"

Coco说："不该操心的别瞎操心。"

王绮瑶就说："不操心。我就是觉得所有事情都遥遥无期。"

"你着急了？没个盼头？"

"不知道。这些天我突然发现北京很大。"

"Anny，"Coco把手放到她肩头，"咱俩一样，我们需要成功。再拖下去我们就老了。"

王绮瑶眼泪"唰"的就满了眼眶："你认为，我们还没老么？"

这一天，她们二十六岁。出租车司机自顾吹起口哨，齐秦的一首老歌，《大约在冬季》。这个秋天的傍晚其实很漂亮，四环上出奇地不堵车。

烤鱼要的是麻辣味。如果说王绮瑶来北京后有大的改变，开始吃辣算一个，而且是麻辣。这在上海时是不可想象的。她喜欢花椒的麻味在舌尖上突然绽放的那一瞬间的感觉，所以你能看见她不时夹两粒花椒放进嘴里。她们聊艺术学院的同学。

"小米现在是职业小三，过得还满滋润的。"

"早早跟一制片人混着拍电视电影，也就温饱水平。"

"知道么,那个丁丁最惨,一头子劲儿要当明星,又没后台,剧务都敢占她便宜。"

还有那个秦莎莎、胡晴、范可心、发面馒头、娇滴滴、顾丽娜,大同小异,不管离校的还是在读的,都是一笔糊涂账,一本不折不扣的烂账。王绮瑶觉得再这么聊下去,想死的心都有了。

店里的人越来越多,人声嘈杂。这家店仗着味道好,坚决不开分店,也不扩大经营,一共十六张桌子,爱来不来,来晚了门口排队去。像王绮瑶在上海时跟大老板去吃的居民楼里的私房菜,门脸小,就三五张桌子,红烧肉一盘卖一百,嫌贵腾地方让别人坐。Anny和Coco,两个取了洋名的中国姑娘,必须放大声音才能让对方听清楚,为了防止嗓子哑掉,她们不停地喝啤酒。先来一扎,又来一扎,忍不住说到了自己。Coco说,她想开一家服装店,钱不够,想找人投资,那个老潘目前就是统战对象。钱为什么就那么重要呢?她喝干杯里的啤酒,斜着眼问王绮瑶。王绮瑶想,我他妈的还想问你呢!要不是因为几个臭钱,我搬出去找房子自己住了,省得一回去就看见万紫那双心怀叵测的小眼睛。她有时候觉得万紫男朋友看她的眼神有点儿不对,某一瞬间突然就冒出嗖嗖的凉气,瞅着挺瘆人的。

"要不搬过来和我一起住?"Coco两眼立马放了光,"我租的那房子还空一间,咱俩做伴。"

"合适么?"王绮瑶的意思是,会不会妨碍Coco的私生活。

Coco立马会意,白了她一眼:"想哪去了你!我就那么乱么？再说，咱俩又不住一个屋。"

王绮瑶想，好吧，再乱也是乱在人家自己屋里，自己只要睁一只眼闭一只眼就行了，顶多不该听的声音大了，把耳朵给塞上。她总比万紫和她那个眼冒凉气的男朋友可靠。就这么定了。

Coco很高兴："来，祝贺同居成功！"举起杯子和王绮瑶的碰在一起："别担心，房租还是一人一半。就不信咱俩双剑合璧，不能成点儿什么事儿！"

王绮瑶明白了，这个Coco混得也不像表面上那么光鲜啊。同命相连的温暖立马出来了，对服务员挥挥手，再来一扎。

两人喝得都有点儿大。出了门夜已深，街上清冷了一些，路灯更亮了，各种霓虹灯转着圈闪动。Coco脚底下发飘，嘴上倒坚强，对着中关村大街突然就喊：

"你等着，我李红娟，要开一家他妈的最牛×的店！"

吓王绮瑶一跳。王绮瑶抓住她胳膊："干吗呢？找警察叔叔批评啊？"

"怕他个屁！"Coco双手拍着王绮瑶的两个肩膀，"你以为谁会在乎你？"

"咱自己在乎自己，好不好？"王绮瑶用她悲伤的双手把Coco的双手放回该在位置，"走，回家去。"

到Coco那里看了房子，王绮瑶决定搬。房子不错，比现在的地段繁华，用Coco的话说，社交比较方便。打车三十块钱，既能到国贸和三里屯，也能到什刹海。回到住处，跟万紫说，觉得他们俩挺不容易，她就在外面新找了房子，这就搬，趁热找房东把手续办了吧。万紫高兴坏了，北京的房价喝了鸡血似的往上跑，这么便宜的房子再也不可能租到了。看万紫乐得屁颠屁颠给男朋友打电话，王绮瑶还是有点儿难过，心想哪一天混成万紫这样，不如死了算。

但一时半会儿也看不到能混好的迹象，眼前的这个戏结结巴巴拍完了，她的身价并没有涨上去，没人去注意一个好几天才吭一声的丫头演技如何。她也得承认，她并不比别人演得更好，当她想擅自加一句台词时，导演就会大声喊停，然后质问她，没睡醒？没睡醒别来片场！现在王绮瑶在等下一个戏，那个更像包工头的经纪人说，一有消息就通知她，先回去休息。王绮瑶只好在家待着，没事就跟Coco闲扯。

和王绮瑶虚幻的明星梦相比，Coco更务实，因为她的努力可以看得见。比如，她想找人投资服装店，钱到位就能开张。慢慢挣了钱，就去倒饬一个美容会所，自己当老板，做大后搞连锁，美容美发美体按摩一条龙，那时候名叫Coco美容会所的连锁店将遍布全北京，一直开到平谷去。她要做的就是在家里数钱。听起来相当诱人，关键是老潘貌似真的愿意为她放血，这从最近他们的行踪可以看出来。半个月内，老潘来Coco的房间三次，进了门就从里面反锁，很快Coco快活的哼唧声就传到隔壁王绮瑶的耳朵里，听得她脸红心跳，上下半身像被猫爪子挠了一样。老潘的态度很好，从房间里出来就顺带把王绮瑶也请到馆子里。未必多豪华，总是请了。Coco哼唧一次，王绮瑶就觉得她离她的服装店就近了一步。这让她备感压力，老闲着不是个事儿。人家有男人傍，她却坐吃山空。

经纪人总是同一句话，再等等。空等人容易变老，得动起来。那就寻根问祖，这是她北京之行的又一重大任务。找到了，她还去跑什么龙套，一下子富贵登天，想干嘛干嘛，演什么样的女一号那得看她心情好不好。抽空再嫁个好老公，做回阿拉的格格去。

关于她的祖父，据说是清朝最后的皇族，还没生下来就成了平民。那时候兵荒马乱，王爷家也早早遇了变故，她祖父跟着她曾祖母娘儿俩相依为命，怀里面应该没揣银子。她曾祖母是侧室，侧到什么程度她也不知道，想必她父亲也不知道，知道了也不会说，因为她父亲说，他们家根正苗红，绝对是嫡出。就算是，孤儿寡母也不敢声张，所以她祖父改了姓，对他们来说，姓什么都比姓爱新觉罗更安全。后来寡母早亡，改了姓的小王自己把自己拉扯大，解放后结婚生子，就是王绮瑶她爸。尽管改了姓，做了父亲的小王遗传的贵族气没改掉，一不小心在革命中露了馅，一帮人围上来讨伐批斗，听说被打成了瘸子。为了避免连累妻儿，他们离了婚，老婆把儿子带到了上海，先是天各一方，后来音问隔绝，再也没有联系上。

很多年里瘸子小王，现在应该叫老王，一直被认为已经死掉了，那时候大家的革命积极性很高，把活人斗死不算稀奇。据王绮瑶奶奶回忆，她离京时老王已经虚弱得走五步就得歇一歇，否则气不够喘。这种身体吃人参都活不下来，何况根本没人参。当然王绮瑶奶奶现在也死了。可是，突然前两年王绮瑶的父亲，现在也被人称为老王了，从自北京出差回来的朋友那里听说一个消息，该朋友在一个王府井百货大楼里见到一个老头，长相酷似王绮瑶她爸，看那气派，应该是某家大公司年迈的老总。老王开始不信，以为是朋友的恭维话，第二天早上起来照镜子刮胡子时，看着镜子里五十多岁的脸，一下子呆掉了。以他的长相，别人不要说长得相似，就是照着他的脸化妆都化不来，王绮瑶是他亲生女儿，也没能把他独特的长相遗传过去，所以，老王捏着刮胡刀就在镜子前走神了，一直到他老婆过来叫他吃早饭。

"我爸可能没死。"他在镜子里对老婆说。

"你说什么？"

"我爸可能还活着！"

他的眼神让王绮瑶她妈觉得大白天见了鬼。从她认识老王的那天起，她就被告知从没见过面的公公死去多年了，现在丈夫突然说，他爸可能还活着，真是大白天见到鬼。老王很认真，胡子刮了一半停下来，坐在饭桌前专心致志给老婆讲道理，为什么说他爸可能还活着，而且很可能是个大富翁。可能性绝对是有的，老老王当年虽然身体不行了，但未必就一定会死。王绮瑶她妈点点头。她不怎么相信公公会突然活过来，还变成个大富翁，虽然大富翁三个字听了让人心潮澎湃，但她绝对相信老王的这张脸天下找不出第二张，不管你到哪里找。她当年认识他,就是因为在黄浦江边散步时,发现对面走过来的小伙子竟然长了那么一张奇怪的脸,忍不住走过去又扭回头看了一眼,正好老王此刻也回头,目光撞一块儿去了。老王有了一个搭讪的理由,接着就拿下了。结婚以后,老王问老婆为什么喜欢他,她说,主要是觉得他那张脸好认,走到哪里都丢不了。这是玩笑也不是玩笑,找一个跟别人不一样的老公是每一个年轻姑娘的志向。

至于老王的脸独特到什么程度,他老婆也说不好,绝对不是丑,当然也算不上多漂亮,就是有特点,太有特点了。她描述不出来,但一见到肯定能在第一时间里认出来;就像王绮瑶学英语,让她说桌子怎么拼,她总也想不起"desk",但一看见"desk",她立马知道这是桌子。所以,王绮瑶她妈坐在饭桌前,找不到反驳丈夫的理由。

"你想,如果我爸还活着,一是我就有父亲了;二,如果真是个富翁,那我们日子就好过了;三,我跟你说过很多次了,咱们家是皇族,我是正宗的爱新觉罗氏,找到父亲我要证明给所有人看:阿拉跟他们不一样!"

王绮瑶跟家里打了个电话,说:"从明天开始,走街串巷我也要把爷爷找到!"

可是北京何其之大,过千万的人口,一个人随便往哪一蹲,那就是水在水里油在油中。好在她爷爷不是个平头百姓,至少在王府井百货大楼里时看起来像大公司的老总,气质和风度是最好的身份证。王绮瑶在网上搜"王世宁"三个字,这个人成百上千,就在北京也有两位数。她一条条打开看,符合年龄的只有两个,一个在居委会工作,是女的,一个半年前已经去世。没准改名字了,她就搜"王世"和"公司",搜"王世"和"老总",搜出来的也没一个靠谱的。这说明,虚拟世界也靠不住,还得实实在在到现实中来找。

有两个方法:一是往各个公安局派出所跑,请人家帮忙;二是自己像货郎一样走街串巷,走到哪算哪,直到某一天为了拍打一只讨厌的蚊子一扭头,看见了,那个比她爸老好几号的人赫然就站在旁边,很有气派地背着手,然后他开始走动,左腿微微有点跛,但他掩饰得非常好。

可是第一条在这里行不通,王绮瑶去了最近的派出所,被人家拒了,你谁啊?就是国家公务员来也得带着盖公章的证明。她又不愿随便托个不熟悉的人来帮,万一找到的是一个只会在大冬天溜墙根晒太阳的半死穷老头,她脸往哪儿搁?她必须确信祖父是个人物以后,才允许别人跑过来瞻仰。否则,她宁愿他作为一个抽象的祖宗存在于朋友们的记忆里。现在只能使用第二种方法。笨是笨了点儿,安全。

开始的几天里,她把北京最好的几个社区和别墅区都跑了一遍。照正常理解,她祖父这个年龄应该待在家里颐养天年了。她能想象她祖父在离开妻儿之后,一定重组了家庭,现在,他必定儿孙满堂,他会在早上或者傍晚在小区和附近的公园里散步,牵着老伴或孙子辈的手。这个场景如此美好,每当王绮瑶在高尚社区的门口看见天伦之乐,都把自己感动哭了。

那些有钱的老头,如果有一个真是她爷爷,如果他牵着的是她的手,那该有多好。那些体面的老头长得跟她爸一点儿都不像。

然后跑北京的各个重要的商业区,出入各种写字楼。她希望祖父能够以视察公司的名义重新出现在繁华的地方。一旦出现,她肯定一看就能认出来。她的爱新觉罗家族骄傲的爷爷从豪华轿车里出来时,必定有人开门,有人搀扶,有人在雨天提前把伞撑好,迈进公司大楼时,身边围了一圈人,可能会挡住他残疾的左腿,但挡不住他的脸。父亲说,祖父的个头甚至比他还高。她记得他的脸,绝不会看错。出入写字楼的老先生很多,被前呼后拥地进去的也很多,为什么偏偏没有她祖父呢。

还可能在各种购物中心,她爸的朋友不是说在王府井百货大楼里见到的吗?那好,去王府井。那里没有再去燕莎友谊商场,亮马桥的燕莎和远大路上的金源购物中心的燕莎,然后去当代商城、双安商场、西单购物中心、国贸商城、东方新天地、寰宇新天地、美美时代百货、天空大道,等等。反正豪华高档的购物场所都得走一遍。以她祖父的身份,差一点儿的地方去了掉价。这些金光闪闪的地方花去了王绮瑶绝大部分时间,却也是她最开心、同时也最痛苦的时光。那么多好东西,那个精致和品位,即使不来找人只是闲逛,也如此之养眼,女孩子逛商场,那个精神享受不必多说;但这个富丽繁华的过程也常常揪心,好东西都是人家的,她只能看,口水和绝望的泪水一起往肚子里咽。原来都说,不到北京不知道自己官小,不到深圳不知道自己钱少，纯属屁话，你现在要是到了北京，你会发现你钱更少。

王绮瑶忧伤地出了天空大道的门，来到凡间，一阵大风差点把她送了回去。她剧烈地哆嗦了几下，浑身皮肤骤然间收紧，她本能地一手捂住衣服下摆，一手抱住胳膊。冷，北京的深秋带着更大的忧伤降临了。旁边经过一个贵妇人，穿裙子和黑带子凉鞋，脚指甲血一样红，裙子外面是雪白的貂绒披肩和貂毛围脖，仅这一套制作精良的动物皮毛，价钱至少在五位数以上。王绮瑶觉得身体有点儿空，感到了累，摇摇晃晃地站不住，她不想没品位地坐下来，但还是在台阶上坐下了。花岗岩的台阶比这个秋天还凉，王绮瑶的眼泪哗哗地就出来了，她委屈。她对着浩浩荡荡的北京大风张大了嘴：

"王世宁，你这个老不死的，给我滚出来！"

经纪人来电话，一个新戏，刚谈好的第二天又黄了，制片人突然抽风，非得科班出身的女演员。只能说那家伙脑子坏了，科不科班有啥关系呢。不过这个时代依然如此，凡事讲究出身，中戏和北影的演员就是市场好，好像只要拿了一张他们那里的毕业证，就等于是猪肉身上盖了一个免检的蓝戳，可以放心地卖个好价钱了。经纪人说，只能继续等了。

该死的中国艺术学院！吞了那么多钱也没能给她个毕业证。王绮瑶又郁闷了，半夜里敲开Coco的房门，拎着一瓶普通的长城干红，非让她陪着一起喝。

"你还没搞到证？"Coco从被窝里爬起来，对此好像很吃惊。

"你拿到了？"王绮瑶更吃惊。

"我是说，假的。"Coco一口干掉了半杯红酒。她的心情比王绮瑶好不到哪里去，老潘想睡就来了，提上裤子就开始磨叽，血也不是不放，可每回都是被逼急了才仨瓜俩枣地往外掏，这么个节奏往下掏，Coco在四十岁之前能把理想中的服装店开起来就算是乐观估计了。"随便哪个学校，整一个。几百块钱的事儿。"她从抽屉里摸出一个绿面子的硬皮本，翻开来，李红娟同学，毕业于首都师范大学艺术系，本科。

"这成吗？"

"有什么不成？你去看看那些混得人模狗样的，有几个真材实料？别逗了我亲爱的Anny，你以为咱那个啥艺术学院不野鸡啊？说白了不就是个拿钱买个证么？都是花钱买的，真的假的有啥区别？"

王绮瑶把Coco的毕业证翻来覆去地看，心里还是没底。别人给个假的跟自己去弄个假的，在她看来是不一样的；前者别人是小偷，后者自己是小偷。

"别傻了，格格小姐。别人偷你，你偷别人，还不都是通奸？洗洗睡吧。"

"那你说，我要办，该办那个学校的？"

"就想在演艺界干下去，等着那金鸡百花奖？"

"想。"

"我想想。中戏和北影我看就算了吧,太招眼,传媒大学吧,专业也对口。"

"不会出问题吧?"

"出了问题会死人啊?你是不是格格啊你?"

王绮瑶不吭声了,喝了一杯壮胆酒,回房间睡了。

大街上办假证的很多,王绮瑶经常看见人行道和公交车站牌上贴满了小广告,只是从未认真看过。有了这个心,再见到她就留意了,竟然有那么多抱孩子的年轻女人坐在街边,见人就问:"办证吗?"但这样的女人一走到她面前,王绮瑶总是赶快躲开,仿佛对方是瘟疫。倒不是恐惧,而是没法正视那些可能与她同龄但显得比她大很多的女人的脸。她们的脸上只有最朴素的干涩的交易的欲望,除此之外一片空白,尽管怀里抱着几个月大的孩子,却找不到新鲜的妻子和母亲的表情。她不能容忍一个年轻的女人和母亲用这样的脸面对她,她觉得莫名的难过。她不知道自己什么时候是否也会长出这样一张脸。

好了,现在她在街边的麦当劳里坐下来,慢慢地喝一杯咖啡来压惊。世界凉风四起但很热闹,王绮瑶透过玻璃墙往外看,想如何才能和办假证的安全、坦然地接上头。

到傍晚,她看见一个八九岁模样的男孩从天桥上走下来,走一步弯一下腰。近了,才看见他是在往地上贴小广告,动作极为娴熟。他的手里有很厚的一沓,撕掉扑克牌大小的小广告的背胶,弯腰贴到路上,跟着踩上一脚。然后重复这一列动作，贴下一张。他走过后，一条小广告拼成白线条歪歪扭扭地伸向远方。王绮瑶抓起小包就往外跑，顺着小广告追上小男孩。她说："小朋友？"

那男孩警醒地扭过头，目光里有冷飕飕的敌意。

"能请你，帮个忙吗？"王绮瑶谨慎地对他微笑。

小男孩穿一条裤腿短缺了一截的运动裤，如果不是布料缩水，就是最近他突然长高了。他的回力牌旧球鞋光着脚，光溜溜的干脚脖子有点黑。"操你妈！"小男孩的确就是这么说的，然后转身就跑。如同离开之前匆忙间说的一句祝福语。

王绮瑶直起腰，觉得秋风吹出了她的眼泪。她把两个拳头攥紧，慢慢地转身，这时候回家还来得及做一顿可口的晚饭。

最终的结果是，她买了一张新的手机卡，照路边一个小广告上的电话打过去，对电话那头的一个普通话走样的男声说："我要办一个假证！"她把"假证"两个字咬得很重，这两个字的发音，她自信比京片子还要标准。

他们约好在翠微大厦门口见面，下午五点。王绮瑶必须提供自己的两寸免冠照片，谈好了价，一个本科毕业证加一个学位证，一千块钱整。Coco觉得贵了，她的两个证才八百。但对方在电话里说，一分钱一分货，如果谁能辨出来他们的证是假的，白送。王绮瑶说好，谁都是为了真才去办假的。那个三十来岁的男人给王绮瑶的感觉不是很好，普通话土也就罢了，那张脸长得就让人不放心，鼻子嫌短，嘴过大，整个五官一副操之过急的样儿。但是他隆重地重复了之前的许诺：请放心，一分钱一分货。定金五百,一周后此时此地交货。

那天大风,尘土漫天像要来沙尘暴。王绮瑶站在翠微大厦的玻璃门里面,心里有点儿打鼓,脑子里老出现电影里毒贩子接头的画面。她在想短鼻子出现之后,他们怎样才能把货交得神不知鬼不觉。手机响了。

"王小姐你好,到了吗?"一个陌生的男声,普通话比短鼻子标准多了,"我在翠微外面。"

"你是?"

"送货啊。"对方说完竟然发出了放松的笑声。

王绮瑶从翠微走出来,大风吹走了所有人:"你在哪?"

"风大,在车里。"

王绮瑶站在翠微门前的广场往前看,一辆银灰色的宝马车停在路边上,一个男人从车窗里伸出手对着她挥动。她走过去。那人说:"上车?"王绮瑶犹豫了,陌生人的车,但证在他那里,一手交钱一手交货。那人说:"要不你先进翠微,停好车我就过去。兰蔻专柜见。"就是这句话让王绮瑶放了心,这是个懂女人的男人,做不了歹徒。她拉开车门,坐到副驾驶座上。

没有意外。很干脆。两个证和真的一模一样。

"小吴有点事儿,我代他。满意吗?"那人说,伸出手,"宁长安,认识一下?"

王绮瑶看见他把手表戴在右手,卡地亚山度士系列,商场标价应该在四万左右。王绮瑶没伸出手去被握,开宝马车,戴卡地亚表，一点儿都不符合她对办假证人的想象。

"对不起，挣钱的手都不太干净。"宁长安把手收回来，自嘲地笑笑，"要是请王小姐留个电话，可能更没希望了。"

"你不是有么？"

"咱们都不笨，你这号恐怕一会儿就该扔了吧？为表诚意，我把自己的号先给你。交个朋友呗。来北京混饭吃，都不容易是不？"

"你还不容易？瞧这装备。"

"我这就是驴屎蛋子，外面光。不值几个钱。"

这个人不讨厌。不会超过三十八岁，要不就是毛寸的发型替他加了分，长得不错，有点黑但比较清爽。没有啤酒肚，这非常好。

"还防着呢？"他又说。

"记吧。"

记号码的时候宁长安说："是不是以后就可以经常请你吃个便饭？"

"那要看我心情好不好。"

"今天晚上呢？"

"风大，心情不好。"

"没问题。总有好的时候。"

五天后宁长安打了电话来，王绮瑶突然有种惊喜，这感觉让她有点儿瞧不上自己。但惊喜是实在的，她就一边恨自己一边答应了宁长安的邀请。事实上这几天她一直隐隐地希望他找上门来，虽然这希望比较渺茫，她知道对很多男人来说，顺便跟女人勾搭一下完全是习惯性动作，转眼自己都忘了。宁长安说："给个地儿，去接你。"

第一顿饭一定要隆重，这是宁长安的观点，所以要去万龙洲吃海鲜。王绮瑶对海鲜其实不感冒，吃完了皮肤过敏，不过她没吭声。海鲜可以不吃，但不能不点，这是身价问题。所以宁长安点了澳洲龙虾，王绮瑶也没有吭声。她把张牙舞爪的大龙虾摆在面前三个小时，一下都没碰，饭局结束时，她对宁长安说，嗯，这只龙虾很漂亮。

宁长安口才不错，车轱辘话说得都好听。他说这几天他一直在犹豫，是不是该打这个电话，打了怕别人烦，不打自己又烦，最后决定打，已经过得这么不容易了，宁可烦别人也不能烦自己。说得王绮瑶忍不住乐了。接着他又说，从现在开始他已经在为下一个电话焦虑了：打，怕别人更烦，因为是第二次了；不打，自己显然更烦，也是因为第二次了。事情总是会越发的麻烦。所以他问王绮瑶：

"你说我下次打还是不打？"

"你该问的是手机。"

"我要是打呢？"

"你应该继续问你的手机。"

"我猜，后天晚上你心情一定很不错。"

"你就这么见不得我心情好一点儿？"

宁长安笑了，王绮瑶矜持了半天还是被绕进去了。宁长安说:"就这么定了。"

两天后,他们去厉家菜馆吃宫廷私房菜。又隔一天,去了全聚德。然后宁长安突然没了消息。王绮瑶以为他没耐心了。在全聚德,他给王绮瑶夹烤鸭时顺势抓住了她的手,被她推开了,王绮瑶说:"请你尊重我。"她也就是做做样子,人家只是碰碰她手,又不是上来就扒裤子,犯不着。但她的脸阴得厉害。剩下的半顿饭时间,宁长安的话明显少了,一副自责和深刻反省的样子。足足过了十天,才来了电话:"我已经在巨鲸肚的黑暗餐厅定了位子,请务必赏光。"那天下午他五点就到了王绮瑶楼下,天有点儿冷,王绮瑶坐进车里时打了个哆嗦。宁长安打开暖气。去巨鲸肚的路上,车绕了一个弯,先在一家商场门前停了下来。宁长安说,你该添件大衣了。

售货员对所有顾客都说好:那件大衣简直就是为王绮瑶量身定做的,边边角角都妥帖。六千六,绝对物美价廉,过了这个村就没这个店了。王绮瑶知道这行情,这样的大衣她算捡着了,但价钱还是让她抽了口凉气,要脱下来。宁长安手一挥,制止她,对售货员说:

"标牌拿掉。就它了。"

在车上,王绮瑶说:"回去我还你钱。"

"一谈钱人就远,就不能让我靠你近点儿?当礼物了。今天是什么节?哦,周六,周末也算节假日嘛,就当周末礼物了,不嫌弃就行。"

巨鲸肚黑暗餐厅王绮瑶头一次去。竟然有人想出来弄个黑灯瞎火的地方给人吃饭，这歪歪点子有点意思。一进去王绮瑶就明白了，什么人会最喜欢到这里来吃饭，心里也有了准备，所以饭吃到一半，宁长安的手伸到她腿上时，她没有大惊小怪，更没有大呼小叫。她知道，迟早的事。宁长安的脸在黑暗里只是个模糊的轮廓，侧影挺好看，很男人。王绮瑶把眼睛闭上，看见了他明亮的右手慢慢伸进了自己的衣服里，她的身体连着抖了几下。这个餐厅真是安静。

　　睡到一块儿是下一次的事。不能让人家觉得拿一件大衣就端不住了。下一次他们从格格府出来，王绮瑶的情绪不太好。格格府是家时髦的馆子，服务小姐穿着清宫服，袅袅娜娜地伺候你，花了钱坐到这里，你就是格格。这勾起了王绮瑶了无头绪的寻根梦，她可是真格格啊。宁长安敏锐地察觉到了，软磨硬泡知道了原委，立马拍胸脯许诺："哥哥我干这一行，三教九流都有交道，从现在起哥哥我上心了。今儿咱俩吃的是二人小宴，哪天一准叫你吃上格格府的团圆宴！"然后心疼地把王绮瑶抱进怀里，再没撒手，一直抱到了酒店里。在床上忙活时，宁长安说，瑶瑶，你何止是格格啊，你是皇后，是皇太后，你是我的心肝宝贝老佛爷。

　　第二天早上王绮瑶醒来，歪头看见身边躺着一个睡相痴傻的男人，嘴张大，皱着眉头好像梦里正在跟人打架，王绮瑶心里半有悲哀半是温情。就这么靠上了一个男人，她好像听见了开天辟地的哐啷一声。她知道他多少？不过话又说回来，知道那么多干吗？有意义么？在这个大海一样的北京城，有个人时不时给你靠一下，总比一个人跑累了没地方停下来要好。

好歹是个体面人。拍戏的时候宁长安开着宝马接她送她，在一帮小演员里，也算有了风光。给她拉车门时，宁长安站在其他护花使者里有款有型，你不能说他赖到哪里去。她接了新戏，民国的，她演一个资本家的四姨太，也是个花瓶，深居简出在资本家的一处私密小洋房里，台词依旧不多。有时候王绮瑶觉得，导演设置这样一个人物，纯粹是为了给房地产公司做广告。镜头转到洋房上时，谁都知道，有房没人是不合适的，所以一到这个点儿，导演就大喊一声，王绮瑶，窗边站着去。王绮瑶就走到窗边，拉开绣花窗帘，幽怨地向资本家可能出现的街道上望去。那个方向在傍晚，宁长安的车就会开过来。

她从不多嘴，这是Coco给她的忠告，轻易别把男人往绝路上逼。Coco和老潘交往的心得有不少，这是其中之一。王绮瑶也不会多问，大家都是聪明人。只要不是太掉价的场合，方便的时候她就跟宁长安一起去。包括他的朋友圈子。如他所说，这家伙的确三教九流都有往来，他的朋友里有教授、老总、警察、法官、个体户、IT精英、小学校长、火车站售票员、政府官员、作家、记者，甚至有夜总会里的小姐和妈咪。大部分都曾是他的顾客，他擅长把顾客弄成回头客。他们回头，除了还需要别的证件，比如停车证、出入证、假发票和各种卡，更多的是帮亲朋好友牵线搭桥，不断地往宁长安这里输送新的客人。王绮瑶跟着宁长安见得比较多的人是罗河。

他们是哥们儿，至少两个人当王绮瑶的面都这么说。工商局的注册单上，罗河开的是一家文化公司，承接文印、策划、宣传、包装等业务，在海淀有自己的公司门脸，三间办公室，看得见的员工就有十二个。很多大型晚会和旅游项目都是他的公司搞的。但他从不去公司上班，由他老婆全权代理，用宁长安的话说，小钱咱罗哥看不上。他另有一摊事，在五环外的一座居民楼里，一整层房间都是他的，干活的人不下十个。他在这里承接地下业务，宁长安就是他多年的老客户。

他第一次见到宁长安带了一个陌生女人来，很是谨慎，稍微涉及一点儿业务活动，他就兜个圈子绕过去，只是寒暄打哈哈。弄得宁长安很不好意思，只好先把王绮瑶支开，再跟罗河交代：请罗哥放心，这绝对是个放心女人。罗河问，放心到啥程度？宁长安说，浑身上下，每一个角落都是我的，不是多嘴的人。罗河才略略放了些心。等王绮瑶从洗手间出来，罗河对这个漂亮的上海女人笑了笑，说：

"长安夸你呢。"

"我有那么好么？"

"当然有。"宁长安说，"比好还好。"

"我看出来了，"罗河说，"长安管着三十一人，你管三十二个。"

王绮瑶很奇怪，他怎么会管着三十个人？他不是整天就一个人乱跑吗？

罗河彻底放心了，这女人不仅不多嘴，连好奇心都没有，有这美德的女人不多。都睡了那么多次,她对宁长安知道得还如此之少。"你可真是天生做领导的命,权力大到天上去了,竟然还蒙在鼓里。"罗河说,"我跟你说,瑶瑶,我这长安老弟可是咱北京城的假证大鳄,半个北京的事儿都归他管。别看大街上贴那么多号,像样点儿的活儿都得找求他。"

王绮瑶做天真状:"罗哥的话不要太深奥噢,不明白。"

"老弟,"罗河对宁长安说,"我可就替你给瑶瑶小姐做点儿启蒙工作啦。这么说吧,"他转向王绮瑶,"北京办假证的,实实在在的人,就有三十一个是长安的手下。大街上的小广告知道吧?你照广告去联系这三十一个人中的任何一个,他接到活儿都要送到我老弟的总部去做,大大小小证件、公章,一概搞定。"

这回王绮瑶听懂了,那个小吴大概就是三十一分之一。他们是一伙儿的。

宁长安说:"罗哥就别寒碜我了,我那点事儿,最后还不是得去求你?"

罗河很谦虚:"兄弟,术业有专攻。你们才是我的衣食父母啊。"

罗河在五环外的居民楼里干的是高科技,宁长安搞不定的业务只能找他。比如有的证件需要某特种纸,这种纸市面上根本找不到,只有官方机构在某些证书里使用,宁长安和其他假证头目就把样品送给罗河,罗河让他高薪聘请的专业人员作相关的高科技分析,最终按照样材质和比例合成出与样品相同的纸张。这还仅仅是纸张，任何稀罕东西到了罗河的地下公司，转身就弄出可以乱真的赝品。

"就是说，假钞也可以造？"王绮瑶说。

"这话可不能乱说。"罗河摆摆手，装模作样地四顾。他们坐在长安街边上的一个酒吧里，客人们都在谈自己的事情，根本没人注意他们："这活儿坚决不干，要杀头的，小姐。"

王绮瑶突然咯咯地笑起来："原来男人也怕死。"

这话其实没头没脑，甚至根本就没头脑，难道男人就该不怕死？但此时此刻，王绮瑶不合时宜的天真让罗河备感可爱，还有几分风情。关于男人和死，她没头没脑说出了这样的话。所以他凑到宁长安耳边说：

"你小子眼光不错啊。"

"那当然，"宁长安也不客气，"哥，我得告诉你，瑶瑶她还是个格格！"

"啥？"

"格格！就是大清朝的公主，还珠格格那格格。"

"你不会连人都喜欢整假的吧？"

"假了包换。"

"哦，"罗河撤回身子把自己整个放进沙发里，摸着下巴说，"这么说还真有那么点儿意思。我得好好看看。"

"嘀咕什么呢，你们俩？"王绮瑶问。

"格格！"罗河甩甩袖子做清朝官员行礼状，"格格吉祥！"

王绮瑶撇撇嘴，说："既不吉也不祥。过气啦！"

罗河恭维说:"瞎说,格格就是格格!"

此后他们再约见面,不管是日常往来还是业务上的事,罗河总会附一句:"把格格也带来吧,我请你们吃饭。"他们一起泡吧、吃饭、看演出,也经常出去玩,罗河自我标榜是个"野外主义者"。这个"主义者"王绮瑶闻所未闻,也许是罗河自己的发明,只要大块的时间,他就要跑到荒郊野外也看看。通常都是罗河自己开车。三个人坐在罗河的越野车里,去北京周边好玩的地方,比如司马台古长城、爨底下、十渡、十三陵等。罗河跟王绮瑶说,他已经请朋友打探了,一旦找到王世宁老先生,第一时间通报。人家好心,推掉好像不合适,但王绮瑶还是担心万一找了个溜墙根的,就说:

"要是找错了怎么办?"

"这还不简单?找错了就说明他不是王爷!"

王绮瑶觉得这个罗河真不错,想得周到,同时也为自己的顾忌被他轻易窥破感到难为情,把脸转向了车窗。冬天的北京郊外凄凉萧索,树木只剩下光溜溜的枝干,荒草被大风吹走,她看见低矮的民房里走出来的男人女人都缩着脖子,他们仰脸看天,等着一场大雪降临。"光阴似箭,日月如梭",王绮瑶想起小时候写作文最喜欢用的表示时间飞逝的成语,就是这么回事,与上海完全不同的冬天,她又看见了一个。

关于王绮瑶的寻根,宁长安也下了不少力气,私下里托了不少朋友,当然,他把王世宁严格地定义为有钱、有身份的老头,王爷嘛。他甚至提出了一个更简便的方法,就是把寻人启事印在办假证的小广告上,这样起码能被半个北京看见。提议被王绮瑶迅速否决,如此寻找祖父实属大不敬,她想到那个贴广告的小男孩,撕下来,弯腰,贴到地上,再踩一脚。祖父的名字被一次次被脚踩,她爸知道了得疯掉。而且,放到办假证的小广告上,创意好是好,可也太掉价了吧。

昨天晚上北京开始飘雪,不知道一夜是否马不停蹄,早上起来但见天地皆白。这是王绮瑶喜欢的景象,雪天里的北京让她觉得安静,少了喧嚣和戾气;若是雪再大点,似乎能听见雪地里隐隐升起歌声,飘流着喜气却又苍凉的调子。这调子是二胡拉的《步步高》?她说不清楚。反正四时的北京,雪天是她最喜欢它的时候。为了到雪地里走走,她跟尚在热被窝做梦的Coco说,今天早上她下楼买早点。这样的早上,只有纯正的北京豆腐脑和油条才配得上。

对一个习惯了上海的南中国生活的女孩来说,日常的北京不免粗粝、随意,有点儿硬,但是雪花蓬松,给整个世界都敷了一层厚厚的柔和的粉。王绮瑶下楼,顺着马路往前走,雪已经开始化掉,要在平常,她是极不喜欢化雪的,因为当它成了水,世界变得更脏。但今天不一样,化过雪的路面腾起缥缈的蒸汽,路就显得更黑,油亮亮的黑,而路两边的树和建筑上积雪隆重,是那种贴心贴肺的白,黑和白突然就建立出了巨大的层次感,北京变得立体了,像换了一个城市。王绮瑶很兴奋,顺着马路边走边看,一直走到了天桥上。

从高处看，又是另外一番的壮观。北京的大地从这条路开始陡然黑起来，黑夜和石头一般的沉稳凝重；白雪覆盖的一排排高楼竖起来，像仪仗队那样都站直了。白和黑因为单纯而有了气势和力量，北京的浮泛、浅薄和轻佻不见了，她觉得眼前的城市如同影像里的圣彼得堡、耶路撒冷或者伊斯坦布尔。王绮瑶习惯性地去口袋里摸手机，想找个人说说此刻的感受，这个人显然会是宁长安。没找到，手机放在床头忘了带出来。

买完豆腐脑和油条，在楼下看见了宁长安的车，打眼她就认出那个车牌号。这家伙今天起这么早？跑过来要带她出去看雪？好的雪景当然在公园和野外。大门虚掩，王绮瑶在门外就听见Coco说："她真的出去了，不知道什么时候回来。要不你下午再来吧。"她推开门，看见Coco睡衣外面裹着一件长羽绒服，正在和一个面色黑黄的女人说话。那女人穿着一件呢子大衣，脖子上围了一圈咖啡色的某种动物的皮毛，眉笔画出来的细长眉毛惊险地盘踞在额头上。王绮瑶听见那女人说："没问题，我等。"普通话里夹着浓重的河南腔，王绮瑶心里咣地响了一声，余音袅袅，像谁为她敲了一记锣。

"长得的确不错啊。"那女人抱起胳膊说，两个大乳房立刻把大衣和动物的皮毛顶起来，"知道我是谁么？"

王绮瑶把早点放下，都没看她一眼，换鞋的时候给Coco说："你拎回房间先吃。"换了棉拖鞋直接进了房间，说："想说什么进来说吧。"

那女人跟进来，大大咧咧地在床对面的沙发上坐下来，声音相当盛气凌人:"我来你不紧张?"

"你会吃人么?"王绮瑶坐到床上,隐隐担心的事情这么快就来了。她告诉自己要顶住,她想抽根烟,抽屉拉了半截子又推回去。抽烟会让她觉得自己已经怯了:"说吧。"

"有烟给我一根。"那女人说,"我十九岁出道,干这行十几年了,进去过两次。"

这个开场白让王绮瑶心惊。她说,她不是来打架的,只是想告诉王绮瑶,长安的发家史。

"长安和我一个村儿,高考没考上,我回家过年时我们俩好上了。他会吃、会玩、也会说,人长得也顺眼,就是不爱干活。我俩算是绝配,我把他惯得是没样子了,我是挣钱的,他是花钱的,只当多养个儿子。我估摸着他花钱把你哄得很高兴——那是我的钱。宝马你坐得也挺舒坦吧?我买的。生意有时候我懒得打理,我要管儿子念书,才把三十几号人转给他使唤——那三十个人也是我的。"

王绮瑶盯着对面墙上的一个点,是上一任房客楔进去的钉子。宁长安来的时候,喜欢把一大串钥匙挂到上面。他还说过,等天气暖和能开窗户了,他要买一串风铃挂上去。

"他还好色,见着长得像样点儿的就爱上去勾搭。我要没猜错,他是看了你的照片才想和你玩玩的。"

王绮瑶暗骂自己愚蠢。做毕业证是要照片的,自己倒把这茬给忘了。她竟然听信宁长安,只是帮小吴一个忙。他完全是有备而来。

但事情已经发生,她也从未有过奢侈的幻想,现在需要的只是自卫:"我不知道他结婚了。没跟我说过。"王绮瑶顺手把宁长安买给她的白金手链拿起来,往手指头上缠,她希望这东西能给她点儿底气。恰恰这个手链惹恼了宁长安老婆,她早在王绮瑶之前两年就有这样一条一模一样的手链。她的火噌地上来了。

"放屁!"她站起来,指着王绮瑶,"装什么装?以为你十八啊?我告诉你,从今天开始,他就只能在家闭门思过!我也告诉你,老实点儿!我能局子里出来,我就不怕再进去!不想混你早点儿跟我说!"

王绮瑶当时的感觉就是那句老话:秀才遇到兵。她又不能就这么俯首低眉任人宰割,也跟着站起来:"你别欺人太甚,这可是我的家!"因为着急,声音变得更尖细,上海话都出来了。

宁长安老婆忽然笑了:"小腔调还挺尖,怪不得长安喜欢。他可说了,就你那叫床的声音,怎么听都像个鸡!对了,听说你还是个什么格格?我估计啊,你那八竿子打不着的女祖宗,不得了了也就是王爷府里的通房大丫头!"

"你,无耻!"王绮瑶曾在一部肥皂剧里演过一个受了侮辱的女孩,她表示反抗的方式就是这三个字:你,无耻!她觉得这三个字过于程式化,没分量更没创造力,建议导演改,导演没听,她还挺委屈。现在,一着急,脑子一片空白,脱口而出的竟然也是这三个字。

"我无耻？"宁长安老婆说，"脱了衣服往别人老公身上爬，你还有脸说我无耻？"

王绮瑶彻底垮掉了，她哪里经过这阵势。一时间心乱如麻仿佛五脏俱焚，胳膊腿都不听使唤了。她想双手支在梳妆台上，做出的却是两手狂乱扫荡的动作，各类化妆品和小饰物噼里啪啦全滚到了地板上。然后放声大哭。

Coco听到动静，以为在肉搏，那王绮瑶肯定吃亏，攥了把菜刀就闯进门来："Anny，没伤着你吧？"

"别拿刀瞎比画。"宁长安老婆说，"我可没碰她，怕脏了手呢！让她哭，哭完了就知道小三也不好当。你们忙，我先走了。"真的转身就走了，神情步态都正常。好像她就是来串个门，拉完家常现在可以走了。

Coco的菜刀也就做做样子，举起来她也落不下去，不过这已经让王绮瑶很感动了：还没有被这个世界完全抛弃。她也不管光不光彩，抱着Coco的就哭起来，孤独、恐惧、羞耻和绝望一起来了，是真的伤心。Coco开始只是安慰，说来说去把自己也说进去了，她们俩的情况基本上一样，同是天涯沦落人，老潘的老婆打上门来也是迟早的事。这么一想，Coco也伤心，抱得比王绮瑶还紧，哭得更响，也是真的伤心。她们就这么断断续续抱头痛哭了半个上午，豆腐脑结了冰，油条冻得硬邦邦的，抡起来可以当凶器使。哭累了停下来，心情虽然没能彻底扭转过来，但也神清气爽，仿佛获得了新生，早上那天崩地裂的事件也变得虚幻遥远了。

"不能让宁长安就这么拉倒了!"Coco洗了脸,用完化妆品,红肿的眼泡让她觉得如果不了了之都对不起自己,就跟王绮瑶说,"Anny,给他打电话,就说你怀孕了,看狗日的怎么办!"

"怀孕?你怎么能这么说!"

"有什么?就兴他们由着性子糟践咱们?他不是闭门思过么,让他好好思思!"

经不起Coco的怂恿,王绮瑶真就给宁长安打了电话,她也想借此发发怨恨,此外也是不能彻底断绝,心底里还存了一点儿渺茫的希望。她对这电话说:"长安,我怀孕了!你这混蛋,现在必须过来见我!你要不来,有你好受的!"

对方一声没吭。也许对方并没什么不好受。

Coco幸灾乐祸地说:"信不?他老婆一定逼着他用免提,今晚有得他受了。"

王绮瑶挂了电话,失神地倒在床上,身体里空空荡荡。她不知道宁长安究竟会不会来。她无暇顾及Coco突然而至的快乐,也没意识到,Coco只是想让她帮忙预演一下,没准哪天这招自己用得上。对Coco来说,似乎也想不出更好的办法了。

这场雪刚停大半天,傍晚又下起来。副导演电话通知,戏往后推,天好了再说。宁长安没来;再拨,关机;又拨,是个空号。到此结束了。王绮瑶想,男人就这德行,真他妈快啊,比提上裤子就跑还快。她在浴缸里狠狠地泡了一个热水澡,一遍遍擦身体，那股劲儿是要把被宁长安碰过的皮肤脱掉一层才罢休。然后收拾停当，下楼买了两瓶红酒和几样熟食，在床上支起一张小桌子，招呼Coco来，两人盘腿对坐，咬牙切齿地发誓，喝到睡着为止。窗外大雪纷飞，有种深埋与沉沦的安宁。世界已然不存在，就剩一间屋，两个女孩相对饮，你好我好大家不好，来，喝。喝，喝。到了夜半，两瓶酒都见了底，两个脑袋抵在一起，歪倒在床上，小呼噜响起来。雪继续下，不知今夕何夕。

　　北京这些年很少如此大雪。全球变暖，据说年年暖冬，越来越暖，雪总也下不大。所以，早间新闻里播音员在说雪的时候很是兴奋，镜头里闪过一些著名地标，故宫、颐和园、长城、天坛、北京大学、未完工的"鸟巢"、中央电视台的"大裤衩"和即将完工的国家大剧院"蛋壳"，个个顶着积雪像怪异的大白头翁。播音员说，北京气象台预告，今天雪后初晴，宜赏雪景，不过外出务必注意安全。要在平常，王绮瑶肯定坐不住，但现在好心情一点儿找不到，宿醉的头疼还在，出了门也走不动。Coco去和老潘约会了，她打算就躺床上，等午后再说。

　　九点钟罗河打来电话。"格格吉祥，干啥呢？"他像早间新闻播音员一样兴奋，"长安换号了？我打他手机，一个劲儿说空号，玩失踪啊？"

　　"他失踪关我什么事？"

　　"你是他领导嘛。"

王绮瑶用鼻子笑了一声，三十二个人的哪是我，我他妈连自己都领导不了自己。

"吵架了？"

"这么好的天气，懒得吵架。"

"我就说嘛，这大好的天儿。想找你们去颐和园看雪，他找不着影儿，要不咱俩先去？"

"颐和园我不去，圆明园可以考虑。"

"那就圆明园。"

其实王绮瑶哪都不想去，随口冒出来个圆明园，纯粹是个修辞，因为它比颐和园寂寞荒凉，契合现在的心境。那颐和园的饱满和富贵对她不合时宜。十点，罗河的车到了楼下。

除了管理人员，整个圆明园那上午就他们俩。所谓赏雪景，就是在雪地里走。那些零乱的石头两人看过很多遍，你让他们按照大水法原始的模样把石头堆积起来，恐怕也八九不离十。王绮瑶又没心思说话，赏雪景就成了沉默的雪地里赶路。罗河很想知道究竟出了什么事，王绮瑶就是不说，抓了一把雪攥在手心里，越团越圆，越圆越凉，直钻到心里去，整个人里外都冰透了。罗河觉得这么走下去要出人命，王绮瑶的嘴唇都紫了，看看表，下午一点一刻，该吃午饭了。于是出了园，到"东来顺"点了个鸳鸯火锅，在靠窗的位置坐下来。

这样的天适合吃火锅，王绮瑶这样的人今天更应该吃火锅。锅底沸腾，羊肉下锅，热气一点点进到她的身体里，冻得发紫的两只手慢慢泛红，血液开始狂飙突进地运行，王绮瑶第一筷子羊肉热辣辣地进嘴时，终于绷不住了，一口肉全喷在了小料碗里，眼泪瞬间就挂满了一脸。罗河赶紧递上纸巾。

"我就知道出了事，"他说，"长安进去了？"

王绮瑶摇摇头。

"你们，分了？"

王绮瑶不说话，擦了嘴，把盛小料的碗推到一边，又夹了一大筷子羊肉塞进嘴里。浓烈的辛辣味冲得她想咳嗽，她使劲儿憋着，夸张地嚼出了声，囫囵下咽的时候，她觉得进肚子里的不仅是涮羊肉，还有一大把眼泪。

罗河绕过火锅握住她的手，说："没过不去的坎儿，有我在。"

王绮瑶慢慢抽回手，用纸巾细心地擦掉眼泪，掏出化妆包补了一下妆，说："我想吃蘑菇。"

罗河对着服务员打了个响指，吩咐："所有的蘑菇，每样来两份。"

服务员说："金针菇也算吗？"

"只要带个'菇'字，全上来！"

那顿饭吃得舒心。王绮瑶记不得在什么书上读过一句话：饱餐一顿可口的饭菜，世界观都能变。这话说得好，她的心情就像雪后初霁，新生活似乎可以开始了。宁长安就那么重要？爱情有那么伤痛人心？何况他们根本算不了什么爱情，从开始两人就都知道，这是合作，各取所需。合作最好的状态是双赢，赢不了散伙。就像Coco说的，三条腿的蛤蟆难找，两条腿的男人遍地都是。不就是个男人么。

他们上了车,越野车跑在雪地上如履平地。王绮瑶问:"有摇滚的碟吗?"

罗河翻了翻,找出一张崔健的专辑。"喜欢哪首?"

"《快让我在这雪地上撒点儿野》!"

罗河把CD放进播放器里,激烈的音乐把车都振动了。王绮瑶的左手放到操纵杆旁边的平台上,跟着节奏敲鼓点。她的手放在那里以后,罗河的右手基本上就停留在操纵杆上,五个指头如同在沉思,终于,它们像螃蟹一样爬到了王绮瑶的左手上。两个人手握在一起时,身体都僵直了,像两尊静止的蜡像,只有车、音乐和崔健的声音在动。

王绮瑶想,我学会勾引男人了。一阵悲怆的感觉席卷了全身,她再次把手一寸寸抽回来,说:"我想回家。"

太快了说不过去,想来罗河也这么认为。但作为一个男人,他希望现在就把车开到床上去。这不好。他尊重王绮瑶的想法,人家刚刚受过伤害,虽然这世界伤害无处不在,所有人都得在伤害中逐渐成长,她的手毕竟缩回去了。他把她送到楼下,回去的路上经过"宏状元"粥店,脑袋里闪过一道光,头一回觉得自己在生活中来了灵感,进店帮王绮瑶叫了一份外卖,六点半送到。他在电话里说,晚上喝绿豆粥,可以调剂一下中午的火锅,就别下楼了。他们还开了个玩笑,王绮瑶说,哟,挺周到啊;罗河说,我也是个要求进步的男人嘛。

此后一周,罗河给王绮瑶打过两次电话,只说找人的事。照她提供的年龄和长相,帮忙的朋友查过了,这样的头面人物朝阳区没有。照她提供的年龄和长相,帮忙的朋友又查过了,这样的头面人物海淀区也没有。"别着急,"末了他都会宽慰一下,"只要人在,一定能找到。等着做格格吧。"

第三次电话打来时,王绮瑶正在片场,天上落着冷雨。室外的戏没法拍,室内的戏拍完了,今天到此结束。大小明星们有车开车,没开车的等人来接,啥都没有的,可以坐剧组的车回去,那要两小时以后。王绮瑶躲在远离人群的地方,犹豫是等下去还是打车回。被宁长安的宝马接惯了,突然没了那风光还真有点不适应。更关键的是,接和不接、用什么车接关涉身价问题,上去了就不容易下来,尤其在大小明星云集的剧组里,暗地里大家较着劲儿地比。她怕别人问起。怕什么来什么,一个平常和王绮瑶就不对付的女演员走过来,阴阳怪气地问王绮瑶:

"人呢?"

"谁?"

"宝马王子啊。想起来了,宝马325耶!"

显然是盯上自己了,这一周宁长安的确没来。王绮瑶深知她的敌意,她们是同一个经纪人介绍进来的,自认是个演技派,但长得欠了点儿火候,姨太太的角色没拿到,只能演姨太太的远房表姐,台词倒不是很少,但谁会注意到一个偏远的姨太太的偏远的亲戚?所以她很不爽。私下里面对王绮瑶时,她完全忘了自己是个演技派,幽怨和失衡全挂在脸上。角色争不过也罢了,车更没法比,她来回只有剧组的班车可坐。

"他在换车。"

"够有钱的啊。"对方将信将疑,"可以透露一下什么车吗?"

"宝马越野。"

那女演员不依不饶:"是换车啊还是现造车?够久的嘛。"

王绮瑶没理她,当着她的面拨了罗河的电话。"什么时候到?我收工了。"

罗河正在和朋友谈生意,一下子没摸着头脑:不过很快会意。"现在?"他说,"我手头有点儿事。"

"就现在!你马上来!"

四十分钟以后,罗河的车在不远处停下来。王绮瑶指着宝马越野对那女演员说:"要不要验验货?"

女演员哼一声,起身坐到了另外一张帆布椅上。

东西总是越收拾越多。王绮瑶把家当都堆到地板上以便统一打包,发现小东西源源不断地冒出来,这其中有一半是宁长安送的。她坐到沙发上盯着它们看,考虑哪些东西必须扔掉,免得罗河见到了不高兴。他在回龙观给王绮瑶租了个独立的两居,那地方靠他的地下公司近,可以借口去干活儿,随时开车过去。这时候离搬家只有两天,早上Coco出门的时候还哼着小调,回来就板出了一副棺材脸。刚刚,一个小时前,老潘和她散伙了。

事情来得很突然,前几天还好好的。Coco告诉他王绮瑶要搬,老潘说那好啊,广阔天地,大有可为,一副猴急要往床上爬的样子。他还说,以后就可以从容地留下来过夜了。今天下午突然约了Coco去后海的星巴克,哼哧半天才说:"散了吧。"

Coco说:"为什么?"

"你就别问了。"

"我的事,我为什么不能问?"

"那也是我的事。没什么,我就是觉得该散了。"

Coco抓起包就走,多说一句话她都觉得丢不起那个人。当然,从和老潘在一起的第一天开始,她就已经在丢人了。现在只是不想更丢人。她在路边拦了一辆出租车,老潘跟上来,摸出一张百元大钞递给司机,说:"师傅,一定要安全送到家。"

"还给他!"Coco对师傅说,"听见没有?还给他!"师傅把钞票像炸药那样举着,左右为难,Coco抓住钞票扔出了窗外,"开车!"

进了门,王绮瑶看见Coco的脸前所未有地长,完全是情感懈怠导致的皮肉松弛。凭直觉,她知道室友出事了。Coco不说话,准备换鞋,最先看见的不是自己的棉拖鞋,而是一直放在鞋架上给老潘准备的那双大号鞋,每只鞋面上都绣着一颗火红的心。她特地在双安商场挑的情侣鞋,她的鞋面上也各有一个小一号的红心。她就站在鞋架前捂住脸哭起来,嘴里嘟囔着:

"我就是喜欢钱,我也是爱他的呀!"

相同的悲剧上演了。王绮瑶走过来抱住她,大家都一样。

"他凭什么呀？"Coco盯着那双鞋问。

王绮瑶想了想，说："可能是被你吓着了。"

"我怎么吓着他了？他不是一直想什么时候住这里就住这里吗？"

"想是一回事，做是另一回事。"

"他一直说要和我过一辈子。"

王绮瑶突然窜了火，推开她给了她一个耳光："你十八啊？"说完了才想起来这是宁长安老婆骂她的话，更气了，对着Coco又捶了两拳："这话你也信！宁长安你就没看见？"

暴力此刻奏了效，Coco好像被打明白了。她改直直地盯着王绮瑶了："Anny，你说得对，可我还是想哭一场，"说着就要往王绮瑶房间里走："你就让我哭一个小时吧。"

王绮瑶拦住她："要哭回你自己屋里哭！"她在地板上蹲下来，决定把宁长安送的所有礼物全扔掉。Coco的房门没关，哭声痛快地传过来。她哭得的确有点儿伤心，听得王绮瑶都难过了，两眼慢慢地就蓄满了泪。她在扔掉的礼物里，还是挑了两件留下来：一个是块元宝形的小石头，一个是蹲着一只小猴子的白金工艺戒指。

前者留下来是因为惊险，宁长安为了捡这块石头差点遭了车祸。他们俩从平谷回来，开着慢车一路说笑，王绮瑶一扫眼看见高速路上有块石头，大叫：元宝元宝。的确酷似元宝，宁长安停车下去捡。那地方是个弯道，后面的车没想到竟然有人会停下来，车直直地冲过来，好在一阵急刹车，杵到宁长安屁股时谢天谢地停下来，车主、宁长安和王绮瑶三张脸都白了，汗珠子直往下掉。如果冲上来的帕萨特刹车烂一点儿，宁长安现在可能就只会出气不会进气了。相互发了脾气又相互道了歉，车继续走，王绮瑶抱住宁长安开始自责。宁长安说，这不没事儿嘛，只要你喜欢。后者留下来是因为戒指上有王绮瑶的属相。那属相有典故。宁长安说，有个走乡串户给人算命的瞎子大师，在他二十岁时看过他的生辰八字，结论是他命定的女人属猴。宁长安送她戒指时，以罕见的严肃表示：瑶瑶，你就是我命定的女人。这个戒指和这句话，让王绮瑶在当时突然有了新娘子的沦肌浃髓的幸福和沉醉感。她留下它，因为这样的幸福与沉醉在她的北京生活中仅此一次，即便放到人生漫长的二十余年里，也屈指可数。作为女人，她需要这感觉，挺不住时温习一下，可以让她对生活再一次充满希望。

　　Coco哭完了，仿佛精神上洗了个澡，想问题有能力拐弯了。她看见王绮瑶坐在一堆小东西里，上去就开始帮她往门外扔。"要扔就彻底，别藕断丝连，"她说，"男人就是他妈的口香糖，嚼嚼可以，不是给你咽下去的。"

　　"你以为我们不是？"王绮瑶说，"人家把甜味嚼没了，吐得比你还利索。"

　　"所以，咱们不能再犯傻，要吐也得吐在别人前头！Anny，别一高兴又忘了啊！"

　　王绮瑶想，用得着你提醒么？她确信罗河不会比宁长安更义气，这也让她在处理两人关系时更为洒脱。哪那么多爱情啊。她认为一个人的爱情是定量的,你用出去多少就空掉多少,现在她空了一大块。即使她躺在罗河身底下的时候,都觉得使不上劲儿,没力气真正地爱这个男人。那好,她也不打算从他那里索取爱情,她只要更好的生活,要那些可以把一种好生活支撑起来的非常琐碎、具体但又极其重要的东西。口香糖的那个甜味和韧劲儿。

房子很好,精装修,房东是个卖药的。王绮瑶开始真没瞧得上,卖得再好又能咋地?见了面才知道卖药也可以卖成个大牛人,跟捡破烂捡成百万富翁、北大毕业生卖猪肉卖出大名一个道理。那个貌不出奇的房东有个好名字,董乐天,他向王绮瑶介绍自己的房子:楼梯两边的房子全我的,本来最近想打通,罗总急着想用,朋友嘛,能帮上忙当然好;有什么不满意的尽管说,我住对面,有事敲门、打电话都行。

在罗河的鼓动下,接着他们参观了董乐天这一边的房子。实话实说,单层房子这么大,王绮瑶在北京前所未见。怎么会这么大呢?拐了个弯绕过去,又拐了个弯才到头。家具装饰更是一流,不少东西都是进口货,商标上的字母绕来绕去。王绮瑶不认识,但分得清绝对超过四种语言。

"这房子有多大?"她用手比画着这让想象力失效的巨大空间。

"五百六。两套房子打通的。如果你不租那套,我还想继续打通。"

王绮瑶抽了口凉气，瘆得慌。没见过这么买房子的，他把本单元的这一层全拿下了。问题是他一个人住，离婚了，老婆孩子住在东城区。这么大的房子单个人跑来跑去，也不怕闹鬼。

"我是个土人，不像罗总会玩股票。我信老祖宗的，买房置地。这年头，钱存银行也不保险。"

回到房间，罗河帮着王绮瑶把东西简单归置好，拉着王绮瑶就往床上拽。搬进来的第一天做这种事，意义重大，是另一种意义上的加冕典礼。但王绮瑶不在状态，即使在她哼哼唧唧时也忍不住留出半个脑袋来走神，五百六十平方米的房子和诸多豪华的进口设备严重地刺激了她。从与万紫的合租房搬到与Coco的合租房，她感叹过生活在进步；从与Coco的合租房搬到这里，她也感叹过；现在，见识了董乐天的"五百六"，她觉得气短，肺活量低到了没有，悠长的感叹总也出不来，她不知道说什么好。卖药卖成这样，他卖的是什么药？王绮瑶突然抓住罗河光溜溜的屁股，说：

"先别动！他是不是个贩毒的？"

罗河就笑了。这一笑后果很严重，坚硬的身体漏了气，一下子懈掉了。"怎么会是个贩毒的？"他说。想再把身体绷紧，怎么也不听使唤。罗河很生气："好好的扯什么贩毒啊你！败兴！"

"对不起啊。"王绮瑶也觉得问得不是时候，而且显得自己很不敬业，于是蜷在被子里直道歉，"亲爱的，我就是在想，除了毒品，什么药能让他赚这么多钱。"

"三两句话跟你解释不清。以后慢慢说。"现在他没心思干别的。两人努力了半天,他还是绷不住,懊丧地去了卫生间。冲澡的时候说:"一会儿我回去。剩下的你慢慢收拾。"

王绮瑶收拾起来的确很慢,老想着把东西安排得跟对门的董乐天那样,弄不像。没办法,这房子当初是董乐天买给岳父岳母住的,装修也算相当好,但跟自己住的还是差了不少。装完了,老两口在老家过得也挺舒坦,磨磨叽叽不愿来,然后赶上女儿离婚,彻底不用来了。王绮瑶自认为不是贪图富贵的人,但住在对门,你真不能视而不见;尤其是董乐天没事就喜欢邀请朋友去整个Party,敲敲门她或者她和罗河就得到,你不能把两只眼放家里,所以看着啥都受刺激。她把这种刺激说给Coco听,Coco想了想,说,如果你不是贪财,那就是你想有个正儿八经的家了,生小孩过日子,女人对房子和家具最敏感。王绮瑶反对,她可不想早早地被捆在家里,壮志未酬呢。

"我知道了,那就是世界观和人生观变了。"Coco兴奋地说,"是你跟我说过吧?吃顿好饭世界观都能变。"

王绮瑶想,难道真是这样?她好像是有了些变化,比如对挣钱、对物质享受、对生活空间的大小等等的认识。在过去,奢华的生活对她只是传说,即便是逛大大小小的商场她也眼红过,但它们其实不具备日常性,还是失之抽象,所以她也并不太上心;现在看见了活生生的样板,近在咫尺,完全是日常生活的一部分,无所不在的细节证明了一种可以实现的巨大可能性——别人可以有,她未必就没希望。

——他究竟卖的是什么药？怎么卖才发了这样的财？

"就是我们平常吃的药啊，你从医院里买的那些。"罗河被她问急了，反问道，"你就没听说医药行业在中国是暴利？"

"听说过。也就听说过而已。"

"那就好了。老董就是靠卖药发起来的，暴利嘛，有些药利润百分之几百，甚至上千。"

"这么贵的药，谁要买？"

"咱们买的都是这么贵的药，"罗河说，"医生跟你说，这药好，你得吃。你敢不吃？这行当的知识看来真得给你启启蒙。"

整天喊着医药降价，看个病依然贵得要死。这王绮瑶是知道的，上次她感冒，就是头痛、鼻塞，医生听她说担心坏了嗓子影响拍戏，逮着她软肋，强烈建议用特效药，加上打点滴，五天花了一千块钱。被Coco狠狠笑话了一通，用药七天好，不用药一周痊愈，感冒历来如此，祝贺你赚了。

董乐天他们卖药，就是从医院下手。医生的话最好使。当然，同类的药有很多制药厂，标好了差不多统一的价钱后，你要利润大，就得销路更好。这个是买方市场，卖方你要烧香磕头往人家门上送。进医院有很多道坎，首先要让医生同意用你的药，然后得让药事会认可，他们认可后，还需要药库答应你的药进去，接着是门诊药局和病房药局是否愿意把你的药摆到药架上。这一系列流程哪个地方都不能出岔子，一个口堵上，事情就黄。所以你得打点，每个神仙的香都得烧到，而且要烧得比别人好。差不多的药，人家凭什么就非得用你的？你必须搞好所有的关系，该给甜头给田头，该送回扣送回扣。过这个坎，别人给你五百，我给你一千。处方上开出去一瓶药，别人给你三十，我给你五十，干不干？好，五十五就五十五，成交！没有谁的关系是与生俱来的，亲兄弟也未必好使，你就是得用钱砸，一个个砸服帖了，事儿就搞定了。

"那得要砸进去多少钱？"

砸完了剩下的钱还是很多，很可能更多。不过你要是聪明，也可以既省钱又省心。老董就有这一手，别看他个头不高，长得不叫好也不叫座，就是能迅速把医院里最大的头儿拿下。别人从下往上搞革命，千辛万险未必管用，老董是从上往下来，拿下了一个人基本上就拿下了整个医院。所以他胖，不必像其他卖药的那样整天上上下下地跑，腿都跑细了。还有，砸倒一个大头儿看上去代价高昂，但可以一劳永逸，只要他还认你，医院就是你们家的；从小喽啰开始砸起，每个花销的确不大，多了就不好说，而且那帮盯着小毛小利的家伙，见了钱大的就叫爹，你不知道什么时候他就撂挑子了，你就得一直跟在屁股后头忙活儿。手里香火不断，烦也把你烦死了。

这还只是大道理，罗河就哇啦哇啦讲了一堆，如果再把他有一搭没一搭透露出来的细节和案例都摆出来，那得一本大书才装得下。罗河一个搞文化公司兼营地下产业的，照理说跟这行完全不搭界，却能如此边边角角地娓娓道来，让王绮瑶开了眼。她开玩笑地说：

"你到底是干哪一行的?"

"现在我就想干这一行。"

"卖药?"

"不好么?"

"可你这是跨行作业。"

"有董乐天在。"

王绮瑶明白了:"所以你来租他的房子。"

"朋友嘛。"

"所以你把我弄过来跟他住对门?"

"没这事儿。只能我罗河碰别人的女人,我罗河的女人别人不能碰!"

"碰来碰去的,把女人当什么了你们这帮臭男人!"

"当宝贝宠着啊。"罗河乐呵呵地说,拍一下王绮瑶的屁股,"乖,听话,洗洗去。"

这一次他们相当和谐,感觉和节奏把握得恰到好处。罗河在她身上甚至还游刃有余地展望了一下药品经销大鳄的美好生活,那是一个人建立起来的帝国,把药变成黄金。王绮瑶也很快活,头脑里也有一幅好日子的美丽画卷,间或耳边会邈远地响起"碰,碰,碰"的声音。这个"碰"让她莫名其妙地兴奋。最后结束时,她喊出的最后一个音也是"碰"。然后两个疲惫的人很快进入了短暂的睡眠。王绮瑶做了个梦,在豪华的梦境里董乐天"碰"了她,先是用胖胖的带肉坑的小手,接着是胖胖的大脸,最后上场的当然是胖胖的身体。这些都不可怕,可怕的是末了董乐天道歉时,王绮瑶说:"客气啥,谁碰不是碰。"她被自己的这句话吓醒了。居然说出了这样的话,太不要脸了,就算在梦里也不行。她把罗河推醒,说:

"我不想住在这里。我要有自己的房子!"

罗河迷迷糊糊地说:"别闹了我的格格,要是有办法拿出这个钱,我怎么舍得让你寄人篱下呢?再忍忍,等我从老董那里得了真传,要多大的房子我都给你买。让我再睡一会儿。"

王绮瑶生气地又推了他一把:"这可是你把我放这个地方的!"

罗河哼了一声,呼噜又起来了。

王绮瑶告诫自己,没事别往对门跑,那么大的房子,出了事喊救命都没人能听见。但又不得不去。通常是罗河带她一块儿去,她知道自己只是个具备了日常色彩的交际工具,他在和老董套近乎。其他时间是聚会,一帮有头有脸的人来了,罗河不在董乐天也会给她打电话,反正没事,一起喝喝茶。董乐天从来不敲门,只打电话,担心被人看见了招闲话。王绮瑶明白自己只是去做花瓶,还是有请必到,她希望从董乐天的那帮朋友里找到个贵人。在演艺圈子里,要想往上走,得有贵人推一把。这个道理王绮瑶懂。所以王绮瑶虽然纠结,能往对门跑的机会也一次没落下。

两种到对门的途径中,王绮瑶更喜欢后者。

罗河在,两个男人基本都在聊正事,要么是政治,要么是经济，要么是药品营销。罗河总要绕一个大圈子，最后把话题转到这上来。王绮瑶只能做个干巴巴的听众，不停地喝茶，除此之外就是欣赏董乐天的房子和家具；与其被房子和家具刺激，还不如喝茶。这又导致另外一个难以启齿的问题，她中途必须用一下董乐天的卫生间。每次坐到董乐天的马桶上，她就想到老董那个肥胖的屁股每天都曾临幸此物。马桶是进口的美国货，福马牌，但老董的肥屁股是国产的。她甚至能想象当一个低劣的国产屁股从进口名牌上抬起来时的丑陋情形。老董的屁股抬起来后，她坐上去。这是个显而易见的逻辑关系。一想及此，她就不由自主地抬起屁股，于是她在对门上厕所的程序是这样的：因为难以控制地球引力和汹涌而出的欲望，她只能用纸巾擦一下马桶垫圈然后坐上去，等事情过半，她的控制力逐渐加强时，她开始身体上升，脱离垫圈，撅着屁股把事情做完。

如果只是一个人去，那情形就好得多。她是年轻女人，长得又好，正经不正经的男人都会凑过来。她基本上是政治经济之外最重要的话题，世界中心的感觉相当好。男人们当然会有所放肆，开一点儿不那么素净的玩笑；即使罗河在场时对她目不斜视的董乐天，此刻两只小眼睛里也会闪烁一些暧昧的光。不管以何种方式，她确实被关注了。他们争相献媚，许诺有机会一定提供帮助。他们的话你不能当真，但哪一天某个人的神经突然搭错了，事情没准也会成。王绮瑶只是在找偶然性，撞上一次就够。

因为常去，慢慢也就失去了戒心，董乐天的确没有对她进行过明显的骚扰。他在生意场上遇到不顺心的事,偶尔也会给王绮瑶打电话,有空过来喝一杯?罗河在更好,一起过来。有礼有节有据,起码外表上你挑不出毛病。他从没有乱过,一旦喝多了,都会提前跟她说:"趁我还清醒,你赶快走。"所以那天晚上接到Coco的电话后,她先给罗河打了电话,罗河不方便,她放下电话就去了对门。

那天晚上九点,王绮瑶正躺在床上做面膜,耳朵里听着影片里伊丽莎白·泰勒在说汉语台词。她是伊丽莎白·泰勒的忠实粉丝。Coco打来电话,说:"Anny,长安在我这里。"

"谁?"

"宁长安。"

"在就在,关我屁事!"她想一定是宁长安旧情未了,托Coco搭个台子然后他再来说话。

"这段时间他经常来。他很难过。"

"他有什么好难过的!"

"开始他天天在你房间里等你。"

"开始?那后来呢?"

"后来,"Coco突然就期期艾艾了,"后来他还来。"

王绮瑶一下子警觉了。"你们——"她不得不停顿,以免猜错了对方反应激烈,"在一起?"

"对不起Anny,我也没想到。当时他真是很痛苦,我也不知道怎么跟你说。但我觉得,还是应该跟你说一下。"

想什么就来什么。王绮瑶抱着电话,不放下也不说话。

两人中间隔了一截长达两分半钟的空白。最后Coco扛不住了,说:"Anny,你说话呀,我们还是朋友。你别难过好吗?"

王绮瑶对着电话笑了,面膜跟着皱起来,看上去像一张诡异又恐怖的脸:"有什么好难过的?我扔下的破烂被人当宝贝捡了,我有什么好难过的!"说完啪地挂了电话。挂了以后又觉得这么说太伤人,人家做的只是后续工作,又不是从你手中横刀夺爱,犯不着。她又拿起电话拨过去,想道个歉。没想到刚接通,就听见那头Coco哭着喊:"谁是被人扔掉的破烂谁心里清楚!"然后电话断了。

野鸡大学的同窗情,共处一室的同居情,对男人同仇敌忾的姐妹情,到此显然结束了。为了一个男人。那个男人为了谁呢?平心而论,王绮瑶知道宁长安对她好,也明白Coco和他搞到一起后,对她心怀愧疚。都还是有点儿心肺的人。也正因为如此,她才愤怒和难过,她心犹不甘,她也是对他动了情的,而他偏偏又睡上了自己的好朋友。无论如何她觉得自己受到了伤害。她揭下面膜开始给罗河打电话,让他来。此刻她必须用一个男人把自己从另一个男人那里解救出来,用自暴自弃的、甚至下三烂的方式:你和别的女人睡,我也和别的男人睡!其实这赌气完全无谓,都散了伙了,赌气给谁看呢。但她火上来后智商就下去了,非把这气赌到底。偏偏罗河那晚上被老婆看得很紧,找不到任何溜出来的机会。王绮瑶更生气,关键时候被两个男人同时抛弃,没法活了!她拎着一瓶洋酒敲开了董乐天的门。

"陪我喝一杯。"王绮瑶说。衣服都忘了换，一件棉睡衣，里面除了身体别无其他："今晚我不高兴。"

董乐天说："好啊，那我就负责把你喝高兴。"

"不醉不归！"

"醉了可别怪我，"喝到一半，董乐天斜着眼睛看她，笑着说，"是你自己送上门的。"

"今晚我就是把自己送出来了！"

"好，我就喜欢送上门的。"

这句话后来董乐天重复了两遍。一遍是把王绮瑶扔上床时。王绮瑶的衣服脱起来十分容易，解开睡带，不呼即出，挡都挡不住。董乐天个头不高，力气还行，拉下睡衣一把将王绮瑶扔到了英国的邓禄普乳胶床垫上，说："好，我就喜欢送上门的。"第二遍是在运动中。王绮瑶觉得自己像个苹果要被董乐天穿透了，而董乐天认为自己正在和一只八爪鱼搏斗，王绮瑶的四肢仿佛长出了吸盘，紧紧地盘住他。他喜欢女人把这种活动搞得像复仇，而且是找上门来寻仇，他高兴地对王绮瑶耳语："好，我就喜欢送上门的。"

王绮瑶的确是复仇，报男人们和自己的仇。她尝到了报仇的快感，身体和心理上的双重堕落的快意，竟然和这个从外观上一直没瞧上的小个子胖男人。她也得到了复仇之后彻骨的虚无和悲哀，这个胖男人，现在像头垂死的猪脸朝下趴在这个名牌床垫上。她想到了马桶垫圈，下意识地慢慢抬高了屁股。只是很快又被按下去，董乐天五指张开在她屁股上用力。说话的时候根本没看她。

"听说你是格格。"他说,"挺新鲜。以后常来。"

王绮瑶分不清让她常来的原因,究竟是"格格"还是"新鲜"。

"让罗河明天来找我。他不是想做药么?"

王绮瑶甩掉他的手,坐起来从床下捞起睡衣穿上:"那我呢?"

"你的另算。"

不知道罗河怎么想,反正王绮瑶觉得他其实是从她身上捞到了一笔钱,因为董乐天先在她身上捞了一把,而且还将继续捞下去。董乐天给了罗河密云和石景山两个区的三种药品的代理权,只要像样的医院和药店都拿下,绝对比炒股票日子好过,他会财源滚滚。为了在这两个区拿到最大利润,罗河很多天都在郊区跑,为了便于开展工作,也为了免去城内交通拥挤之苦,他干脆住到了那边。他和董乐天不同,老董经营多年,到哪儿都是一堆熟脸,从上到下就可以革命;罗河刚进这一行,还是得从基层往上做起,大小菩萨都得去拜,事情也就更多。王绮瑶不知道是不是罗河故意把床腾出来给老董睡,她管不了那么多,谁让他不在家。缺席就得付出缺席的代价,不能什么都占着。

当然,老董从来都坚持在自己的床上,自己的床,心里踏实,便于发挥,还有,他睡惯了邓禄普乳胶床垫。老董还有一个坏毛病，做完了两人都小憩一阵子，醒来后王绮瑶必须回到自己房间去。旁边有个人，他睡不好；即使是凌晨三点，也不例外。据他说，这也是他和老婆离婚的原因之一。有时候王绮瑶某根弦松了，做出了柔情蜜意想在一起完整地过上一夜，那也不行。搞得她下床回屋的时候总觉得自己是个妓女。但她也没吃多大的亏，老董的原则是：夜里欠的白天补，床上欠的床下补。

有机会他就带着王绮瑶出入聚会，在西装革履和晚礼服的公共场合和休闲运动的私人场合，把她介绍给达官巨贾。介绍王绮瑶的时候从来都是斩钉截铁地说："这是格格。"不说"可能是"；更不会跟人家说，她在寻根。她就是。"就是"才货真价实。他不主张王绮瑶继续去找什么王世宁，他从没在北京的上流社会听说这名字，罗河又下了功夫一个个区掘地三尺地打探过，这基本上可以说明没这号人。"假如有，呵．呵，"他对王绮瑶暧昧地笑了笑，"找到了可能还不如找不到。"意思很明显。最保险的：认为自己是，就是。

在那些光芒四射的场合，董乐天成了大家羡慕的对象，有美人为伴，名副其实的年轻美人。尤其江河日下的老男人，第一次见面总要猥琐地附到老董耳边问："女朋友？"老董说："女性朋友。"老男人便一脸坏笑："哦，女，性朋友。"老董就笑，说："俗。老兄，带着女性朋友参加聚会，尤其家庭聚会，是对同志们的尊重。洋鬼子都这么干。不像咱们，到哪去都光杆一个，老婆还在全扔在家里。"老男人就是一个人跑来的,于是讪讪地说:"好吧,看你跟国际接轨了。"

大家羡慕董乐天,王绮瑶刚开始觉得不舒服。他们的表情显然是一朵鲜花插到了牛粪上。老董比她矮,长相通俗,让她自然而然就想到,是自己傍上了老董。后来发现,那些带老婆或女朋友来的,几乎千篇一律都是美女丑男配,这至少说明三个问题:一、就算傍,也不是只有她一个人在傍;二、既然美女们都这么干,那她绝对是美女,要不也傍不上;三、老董是个人才,关键时候可以呼风唤雨,否则长成这样哪能有美人在侧。三条数下来,王绮瑶坦然了:挎上老董的胳膊,想看看吧,想说说吧,爱谁谁去。

罗河那边她不必担心,因为罗河本人都不担心,或者说,这也许正合他意。偶尔回到她这里,仿佛也只是礼节性上床,从不逗留过久,晚上十一点前一定离开。他知道董乐天如果没有活动,通常十一点半就要往床上爬。他得给他留下半个小时,以决定是否在床上从事其他活动。这也是老董喜欢罗河的一个原因,善解人意。多好的美德,男人已经很少有了。所以事情就完全调了个个儿,本来和董乐天的礼节性上床现在变成了常态,而罗河倒成了偶尔来蹭一次。他用"蹭"来向老董表态:人你可以用,但你得明白,所有权在我,别觉得分出去一点儿蛋糕就吃亏了。

好事总不会长久,罗河赚了,接着又赚,然后被抓了。事情很突然,而且不是因为卖药的事,但是电话打到了董乐天家里。当时晚上十二点零五分,董乐天和王绮瑶刚结束活动不久,正处在动荡后的安宁和小睡的幸福里。在此之前,活动刚刚结束时,累得像摊腐肉的董乐天用仅存的一点儿余力把胳膊搭到王绮瑶身上,说:"今天晚上真好,要不你就在这睡吧。"王绮瑶没来得及体味这个惊喜就滑进了梦里。电话惊惊乍乍地响了很久,两个人才睁开眼,精神都很恍惚,完整地看清对方以后才意识到自己还活在这世上。睡得可真他妈香啊。罗河的老婆打来的。她的嗓音很不错,普通话说得也好,即使情况紧急也没有影响她的发音。她说:

"董先生吗?非常抱歉这么晚打扰您,罗河被抓了。我想不到更合适的人能帮他,就给您打了电话。我老公对您一直非常景仰,经常跟我说起您,请您一定帮帮忙,拜托了!谢谢!"

事情的确很突然,罗河在晚上十点半钟开车到他的地下工厂,其实是在四楼,这个不吉利的数字。有三个高科技人员还在加班,他们要搞出来一种合成难度极高的证件用纸,人家付了加急费用,一天三个电话催着要。罗河是个好老板,懂得体恤下情,过来的路上在一家川菜馆叫了外卖,一会儿就送过来给员工们当夜宵。对了,他确实很喜欢顺路叫外卖。十一点一刻左右,门铃响了,他让大家停一下,吃完了麻辣夜宵再精精神神地干活儿。他从猫眼看见送外卖的师傅的一张大肥脸,打开门,先进来的却是另外六个壮汉。走在最前头的一个从口袋里摸出个证,那种证件罗河的地下工厂里做过,不用说他也知道他是干什么的,但那个头儿还是说了:"警察!据举报,你们涉嫌非法生产,要检查一下。"这句话把屋里的三个员工吓

坏了,全都不饿了。罗河被退到墙根站着,闪出宽阔的走道来。送外卖的师傅小声问:

"还吃么?"

"吃。"罗河说,"先欠着,回头付你。"

把在门边的便衣对着胖师傅瞪一眼,胖师傅的大粗腰立马软了下来,对罗河说:"您吃着,这次不要钱了。"转身就往楼下跑,像个肉球在台阶上一级级往下弹动,坐电梯他嫌慢。

人赃俱获,没什么好说的。说了也没用。便衣里有两个兼做技术,能耐可能不如罗河的技术人员高精尖,但没吃过猪肉见过猪跑,东西和流程看一眼还是明白的。三个员工要解释,便衣让他们住嘴,鼓励他们学学罗河,你看,老板就是老板,人家遇事就不叫唤。罗河的确没叫唤,他知道喊破嗓子也没用,都是有头脑的体面人,谁会声嘶力竭地在现场解决问题?要徐图后计。等他们搜得差不多,该拍的拍完了,他征求领头的便衣,可不可以给家里打个电话?说好了一会儿回去的,谁都有妻儿老小。领头的点点头。

罗河在警察跟前说:"我在四楼。今晚不回去了。留了张条儿在书桌左边第三个抽屉里。"

三句话。老婆立马明白了,彩排过多次的接头暗号终于派上了用场。常在河边走,难免要湿脚,两口子懂,总是有备无患。老婆直奔书房,从第三个抽屉里找出应急之用的"重要人物通讯录"。她根据名单上的头衔、关系亲疏和可能的权力范围,挑着电话打,大部分人这时候都关了手机,等打到董乐天，已经半夜十二点零五分了。

王绮瑶骨碌坐起来，说："怎么办？"

"还能怎么办？捞人哪。"董乐天从床头柜上摸根烟，王绮瑶赶快给他点上。董乐天吐出个滚圆的烟圈，说，"让我先想想。"

过一会儿，他也从床头柜的抽屉里摸出一个电话本，翻着找，最后圈定五个号码。只打了两个，一个没打通。打通的那个人语气似乎不是很好，三两句话就挂了。董乐天放下电话看了看手表，说："难怪人家态度不好，凌晨一点了。那三个谱更大，还是明天打为妙。你别着急，也不急在这三更半夜。"

王绮瑶说："我没急。"

"那就好。"董乐天揉搓了几下脸，重新点上一根烟，"你先回去吧。我再想想。"

王绮瑶只好回去。不回去不合适，人家赶了；再说，罗河怎么说也是自己的"男人"，自己男人进去了，她还赖在别人的床上，像什么样子。虽然她很想提醒老董，他说过今晚可以留下的。

第二天董乐天告诉王绮瑶，该打的电话都打了，谋事在人成事在天，等着吧。王绮瑶很想知道捞出来的可能性有多大，董乐天说，任何事情都有一半可能，罗河的老婆肯定不止找了他一个人，只要有一个关系搭对了，就没问题，中国的事情历来如此，关键是找对人。他找的最靠谱的一个是北京某区公安局的某领导，相当于副局级，他要是能开个口，捞个把人不在话下。不过,他觉得有点玄,该领导在电话里不利索,只顾打哈哈,据说他半年内就升职,敏感时候,多一事不如少一事。果然,两天以后那领导给董乐天回了话,鉴于罗河造假情节严重,影响极坏,他可能使不上劲儿。

"您都使不上劲儿,那没人能捞了。"

"不能这么说,通天的人多的是。老兄,我就是个小喽啰。对不住啦。"

董乐天向王绮瑶转达了该领导的话。完了也对她说:"我连小喽啰都算不上。对不住了。"

"这话对我说干吗?"王绮瑶看着别处,"要说你对他老婆说去!"

当时王绮瑶刚从对门来到董乐天的豪宅里,已经提前洗得干干净净,准备过来做半个女主人的,这话让她对自己的身份产生了瞬间的迷离。反正关系是乱了。董乐天把她往怀里拽,算道歉了,口头上一个"对不起"都没有。这又让王绮瑶不舒服,挣脱他的胳膊,说:

"我想去看看他。"

"没问题,"董乐天说,"捞不出来还不给看看么。"

几天不见罗河就老了,胡子疯长。之前王绮瑶一度认为他没胡子,因为他一天要刮两次,如果一天都在外面,包里必然装着飞利浦牌电动剃须刀。现在他的脸被包围在胡子里,像另外一个长得和他相似的人,比如他父亲,如果老人家还健在的话。当着董乐天的面,王绮瑶还是抓住了罗河的手,不握一下她觉得说不过去,这是否就是传说中的牢狱之灾?老董严格地站在一边,就当自己是个陪同的。等到他们俩说到没话了——的确很快就没话了,怎么样、还好吗、休息如何、挨没挨打这类话撑不住说几句——他才说:

"老罗,我尽力了。"

"谢谢。明白。"

"别着急,好事多磨。"董乐天说,"没准很快就有转机。有什么事情需要我帮忙,只管说。"

"如果真进去了,密云和石景山那边,老兄替我照应一下,一声不吭就消失,我罗河不干那种事儿。"从他的脸上看不到过度悲伤和恐惧,那口气就像只是出趟远门,时刻能回来,"还有一事相求,如果方便,帮我打听一下,谁下的黑手。没别的意思,纯粹是好奇。"

"没问题。"

"还有,帮我照顾好瑶瑶。"

"放心。你的事就是我的事。"

时间还没用完,罗河就主动要求警察把他带回去。没话说,大眼瞪小眼都难受。临走时他跟王绮瑶单独说了一句话,他说:"我后悔卖药了。"说完转身离开。这话让王绮瑶很有些费解,他被抓完全跟卖药没关系啊。回去的一路上她都在想,难道还有难言之隐?董乐天的劳斯莱斯十分稳当,没有出现任何影响王绮瑶思路的颠簸。进了小区,下车的时候王绮瑶

问董乐天:

"老董,我对你重要吗?"

"男人和女人,有什么重要不重要的。"董乐天笑笑,"下车吧,一会儿咱们去喝羊肉汤。"

董乐天城府远在罗河之上,猜不透。王绮瑶要把他弄清楚完全是痴心妄想。可能的举报人一定有很多,因为罗河的生意伙伴和朋友很多,王绮瑶认识的没几个,能够理清头绪的一个也没有,整天睡一块儿的也不行。如果把老董彻底撇清,不现实,罗河进去董乐天至少有捞到两个好处:一个是密云和石景山的营销市场,这两三个月里罗河开拓的市场已经初具规模,他接过手等于直接补上去捡钱;另一个是她王绮瑶,如果人家真的在乎的话,可是在不在乎老董从不表态,所以王绮瑶对这一好处并不自信。单要把罗河送进去,头一个理由足够了,白花花的银子那是能听到响的。

王绮瑶的小心思一动,董乐天立马明白了。他说得相当节制,完全像在对一碗特色羊肉汤说话:"想多了不好。管好你自己的事就行了。"

"管不好怎么办?"

"不在帮你嘛。"

王绮瑶半生气半撒娇:"那也没见有多少效果!"

"老罗在,管多了不太好。"

"那现在呢?"

"'现在'不是才刚刚开始嘛。"

他不能保证什么,谁也不能保证。即使你有一兜子本事,你也不敢说明天、后天就铁板钉钉。董乐天想什么她一点儿都不知道,城府深就罢了,嘴还紧。如果要单靠董乐天,途径不外两种:要么在邓禄普床垫上取得永久地位,升格为董夫人,一劳永逸,当然前提是结了不会那么快地离;要么继续靠下去,靠到哪天算哪天,或者是,直靠到不必再靠他为止。两条路做法相同,就是靠,从"现在"开始。不管哪一条路,风向标都是那张邓禄普床垫,晚上她能留下来就有戏,完事后走人,就很难说。

看过罗河后,他们的第一次邓禄普活动结束,身体死亡一般宁和,王绮瑶把娇弱无力之态做得更足,如同在剧组里演床戏。她的手缓慢地爬到董乐天的将军肚上,抠着他的肚脐眼儿说:"乐乐,我一动都不想动。"

"还是叫老董吧。"

"人家就是不想动嘛。"

"不着急。"董乐天说,"歇过来再回去。"

王绮瑶的心一下子凉了半截。这至少说明,如果真是他把罗河送进去,也绝不是因为她王绮瑶。失落感油然而生。她把全身的力气都拿出来,坐起来穿好衣服,招呼没打就回了出租屋里。董乐天毫无内容地咕哝了一声,听上去更像是即将熟睡的前奏。王绮瑶咬牙切齿地恨董乐天,能踹他两脚就好了;她更想踹自己,很多年前她还是小姑娘,见到母亲在吵过架之后对父亲谄媚,十分生气,发誓以后决不看男人脸色过日子,更不会跑男人那里争宠，没那么贱。

下一次，董乐天电话一响，她又过来了。没法不过来，她需要他，床上马马虎虎床下更需要。现在他是她可能通往广阔世界的唯一一扇门。他已经通过关系找到她下一部戏的制片人，如果可能，最好能进女角的前三号。他向王绮瑶原样复述了最重要的一句话："钱不是问题。"制片人回答，商量着来。听上去把握不小。王绮瑶满怀希望地等经纪人哪一天给她个惊喜。

先等到的却是宁长安的电话。那会儿罗河已经进去快两个多月了，照目前的情况看，短期内出来的可能性不大。他们找不到通天的人。也正是通过这件事，王绮瑶第一次真正意识到，罗河与董乐天在北京其实并不怎么样，伸出根小手指就比他们腰粗的牛人多的是。宁长安因为感冒嗓音有点儿变，加上是陌生号码，王绮瑶开始没听出来。

宁长安上来就说："是我。你还好吗？"

王绮瑶说："你谁呀？"

"是我。"

"知道是你。你是谁呀？"

宁长安清了清嗓子："我，宁长安。"

清嗓子的时候王绮瑶就听出来了。可能世界上没有第二个人像宁长安那样清嗓子，先一声，接着连续三声；再一声，又连续三声；第一声慢、长，接下来三声简短迅速，有点像顽皮小孩走路，先迈出一步，紧接着连跳三步。

"有事么？"王绮瑶说。

"没事就不能给你电话？"

"不能。"

"对不起，瑶瑶。"

王绮瑶脑子里闪过一个念头，立刻又否决了。不可能。他都把自己抛弃了，有什么理由为了她去举报罗河呢？跟罗河有业务关系的假证贩子很多，此外，作为一个假证贩子，更没有理由举报，他们也要靠罗河来赚钱。

"没什么对不起的。"

"瑶瑶，我是诚心道歉。"宁长安在电话那头吞吞吐吐地说："一直想你。"

恶心！床上那点事儿都能向老婆兜出来的男人，这话也说得出口！王绮瑶啪地合上手机盖。宁长安又打来，摁掉。再打，索性关机。半小时后开机，跳出来宁长安的一条短信："瑶瑶，你永远都是我的格格。"王绮瑶都想把手机给摔了，她在回复上写："如果你还是个男人，最好别把李红娟的叫床声说给你老婆听！"要发送的瞬间又删掉了，爱说说去，关自己屁事，为什么要多花这一毛钱短信费呢。

董乐天做得很绝，除夕夜也没把王绮瑶留在邓禄普床垫上。当然那晚他们什么事都没干，就是吃饺子、看春节晚会，吃完了每人端一杯法国香槟坐在沙发上继续看春晚。看完了已经凌晨一点多，董乐天打了一串哈欠说："收拾一下，睡吧。"王绮瑶以为今晚要破个例,除夕夜嘛,爆竹声声辞旧岁,梅花朵朵庆新年,大小是个团圆的历史时刻,而且,她是为了陪他才留在北京过年的。父母进了腊月二十号以后就在电话里一遍遍问她,什么时候回上海过年。她借口赶戏,一天天往后推,最后说回不去了。就因为董乐天说,没事儿就陪他一块儿过年吧。她收拾好,董乐天已经躺到床上了,背对着她说:"回去时帮我把门带上。"王绮瑶差点没背过气去。没见过这么做事的,你就客气一下会死啊!

  你可以想象这个年王绮瑶过得多么纠结,若是不担心父母看出破绽,她真想明天一早就飞回上海。好在从大年初四开始,王绮瑶逐渐缓过来了,董乐天没事就带她出去吃饭,到昌黎海鲜吃了木瓜雪蛤,到大董烤鸭吃芥末鸭掌,到福楼吃招牌鹅肝,到苏浙汇吃清蒸鲥鱼,到萨拉伯尔吃烤牛舌头,转着圈吃。有聚会也带她出双入对地与朋友们见面,这其中又有了一茬新的高官和巨商,包括各地来的土财主。

  有一个山西来的煤老板,要买LV包,请王绮瑶帮忙长长眼,四万多块钱一个的限量包一口气拿了四个。一个结完账直接送给王绮瑶,剩下三个,一个送前妻,一个送现在的老婆,还有一个送给手头包养的小三。这么贵的东西,宁长安、罗河跟董乐天都没送过她。"别客气。"他对王绮瑶一挥手,"两铲煤的事儿!"还一个浙江的房地产老板,过来打通关节,想把儿子送进北京一所著名的中学念书,顺便和董乐天见个面。据说和学校领导谈了,只要能进,他可以一次性捐三百万给学校搞建设。王绮瑶吓了一跳，三百万就为进中学，疯了。该老板笑笑，格格小姐有所不知，我把儿子送来不为念书，是来交朋友。学校好，头面人物的子弟多，考上名牌大学的也多，这些都是我儿子的同学，一辈同学三辈亲，将来都是资源啊。这资源，别说三百万，你扛几个亿也未必好使；现喂鸡它哪能下蛋？咱得把眼光往长里拉。

不知道是不是因为过年，大家花钱花顺了越发大手大脚，这段时间王绮瑶的确是被巨富和排场吓着了。钱在新年伊始似乎突然变得不值钱了。她把这个疑问告诉了董乐天，老董笑得大肚子乱颠，说："少见多怪，他们从来都是这么挥霍的，只是过去你没见到真正的有钱人。世界观又变了吧？有你变的时候。过两天要见个朋友，带你去瞻仰一下'人间天堂'。"

这传说中的"人间天堂"是北京一处著名的娱乐场所，上流社会的人际关系集散地。王绮瑶只是坐车时经过它门口，没敢进。如果传说确切，王绮瑶的确是没资格进，在里面转一圈随便喝点啥吃点啥见点啥，没五位数下不来；如果你还想整得有声有色，那价码就更高了。据说有种酒，标十二万，单位是美金。在过去，她一个女孩子想进也不能进，没人陪着替你付钱，多丢份儿。所以她在艺术学院念书时，和Coco她们几个还商量，是不是每人拿出一千块钱凑在一起，一块儿去那里见识一下？不搞奢侈的，就每人一杯矿泉水外加一个集体果盘，找个地方坐一晚上，如果没有时间限制的话；果盘坚决只要一个，听说很贵，全是进口水果；还得考虑到服务生和经理的小费，每人最低小费标准五百，如果伺候你的人多，那就一人五百，所以她们商定，坚决只要一个服务生，来多了让他们走。但最后没能成行。德州来的那个突然怕了，她有进七十六号魔窟的感觉；大家随即纷纷撤退，其实都怕，没这么糟蹋过钱。

传闻还很多，比如里面的声色服务，比如小姐里有著名的"十三钗"，花魁谁谁谁，都有说道。在北京，"人间天堂"成全了大部分平民和下层社会对奢华生活的想象，谁都没去过，但谁都能说出一大堆典故和轶事来。所以去之前，王绮瑶着实兴奋了一阵子。

这一天风和日丽，春风远道而来，王绮瑶把自己打扮得很像样子，穿出了最好的旗袍，保暖靠外面的董乐天送的貂皮大衣，打折的时候买的。因为是娱乐场所，她更要穿旗袍，端正、雍容、得体，免得跟坐台的小姐混了。请客的是北京某房地产商，请了五个人：某信贷办主任，建委某领导，一个国有企业的老总，外加董乐天和王绮瑶。没有一个人对所有到场的都熟，都是各自穿针引线联络到一起的；之前认不认识不重要，关键是现在认识了。在包间里坐定，国有企业的老总调侃地说："今天的聚会好啊，各方面的人都到了，爱新觉罗氏皇族也派来了代表。"他还特地和董乐天握了一下手，说："老董，祝贺啊。"老董谦虚，同喜同喜。半天王绮瑶回过神来，原来老董是用她的"格格"之名给自己撑门面来了。怪不得逢到重要人物来，老董都积极要求她也参加。"格格"是有用的。

想清楚这一条，王绮瑶更加生气，她如此重要，也没见他有更大的表示。可是该表示什么，她也不知道，难道就是让她永久性地留在邓禄普床垫上？好像也不是她希望的最佳结果。如果要傍非富即贵者，在座的任何一个都比董乐天更有前途；她知道以她的姿色，递一递眼神，用旗袍外面的光胳膊随便往谁身上蹭一下，凭她对经历过的三任男人（不包括之前的暗恋、初恋和分手过的历任）的心得，她有足够的把握在第二次见面时就拿下。不过那又有什么意义呢？顶多也就是又一个宁长安、罗河和董乐天，甚至连他们都不如。做人家的附庸，要看人家的脸色，赏不赏你，赏多少，人家说了算，你做不了自己的主——从你傍上别人的那一刻起，这种格局已然确定下来。是个问题。

男人之间的谈话她真不喜欢听。房地产商明明是想请别人开绿灯、帮个忙，却绝口不提正事，一个劲儿地劝大家喝天价的XO；几个人更像随机撞到了一块儿，上天入地东拉西扯，从中南海说到白宫，从中东局势说到华尔街，从迪拜的建筑说到不日将要到来的北京奥运会；当然，缺不了女人，男人在一起不说女人那还叫男人吗？他们谈起女人时没打算收敛，即使王绮瑶在座，百无禁忌惯了，何况还是在香艳的"人间天堂"。王绮瑶站起来，想出去走走。

建委的领导说："出门可要小心啊，别走成了'花魁'。"

"如果能走成'花魁'，"国企老总说，"亲爱的格格，我绝对支持你！"

房地产商说:"要是我,宁愿在'人间天堂'当个头牌,也不去当那什么格格。不过咱们老董就不乐意了。"

老董哈哈地笑,说:"我有什么不愿意?我太愿意了!"

王绮瑶说:"好啊,看来是众望所归。我争取不让大家失望。"

如果他们从中听出了幽默感,可以理解为过度阐释,或者误读,王绮瑶一点儿不想幽默,只想撒气。她看出来了,这帮臭男人,没一个愿意设身处地为女人考虑的,不过是用钱和权力做钓饵,找个女人玩玩。听那口气,他们更希望一个"格格"变成妓女,那才够劲儿。她从众多包厢间穿过,在大厅的椅子上坐下,眼前花花绿绿的男女来来往往。这么贵的地方这么多人来,谁说中国人穷?坐了两分钟不到,来了个年轻漂亮的女孩,穿着优雅素净的连衣裙,像个大学生。她坐到王绮瑶旁边的椅子上接电话。她在电话里说:

"对不起,我真的没法开车,麻烦你转告一下高师傅,务必在凌晨两点过来接我。对,如果不出去,那会儿我准点下班。"

挂上电话,就头看见王绮瑶,说:"你的旗袍好漂亮,是秀观唐的吗?"

"你很识货。你的裙子也很漂亮。"

"就是个职业装,不工作的时候我才不穿这个。"

"你是——可以问一下吗?"

"当然。"那女孩说,"我陪客人喝酒、聊天。主要是外国客人。"

王绮瑶想，哦，小姐。真是一点儿都不像，在她的想象里，小姐都是袒胸露背的，这里的当然衣服、长相和皮肤比站街的那些要好一些。

那女孩知道王绮瑶想到哪儿去了，言语便有了些刺："难道你不是？"

王绮瑶忙说："对不起，我没其他意思。你的工作我很羡慕，还会说外语。"

女孩态度和缓了，而且有了些骄傲："还行吧。我本科硕士念的都是英语专业，法语和西班牙语聊天也没问题。"

都说"人间天堂"的小姐素质很高，厅堂、厨房和卧室样样来得，看来此言不虚："你们所有人都会外语？"

"当然不是，但都有一两样拿手戏。要么你就天生丽质，客人们喜欢。"

王绮瑶点点头。长得难看只能去站街："听说你们收入很高。"

"还行吧。"女孩说，站起来要走，临时加了一句，"未必比傍大款做小三挣得少。"

王绮瑶笑笑，跟着脸就红了："好啊，自食其力，以后还要多向你学习。"

"没问题。"女孩胜利了，临走时给了王绮瑶一张名片，"可以随时给我打电话。"

王绮瑶继续坐在椅子上，她的确有点儿羡慕那女孩，名片上的名字是林思嘉，自力更生也能过上好日子。她从众多传闻里知道,"人间天堂"的名角哪个手里都有上千万,住豪宅,开跑车,休假时全世界转着圈玩,上班时如果陪酒,有专用司机接送。林思嘉的那个电话,应该就是打给专用司机的。她几乎要感叹行行出状元了,手机响了。经纪人低沉地通报了制片方的决定,她还是上不了前三号,导演看了她试镜,觉得不合适,坚持不用。经纪人鬼鬼祟祟地问:"是不是董总打点得不到位?"

她就给董乐天打电话。老董出了包厢接,上来就跟她说:"刚老邢电话,一个不太好的消息,女三号黄了。导演不给面子。"

"是你没到位吧?"

"那个数到不到位你都看见了。"老董说,"既然人家不满意,咱非得演那什么劳什子戏?你跟我跑药得了,挣得只会比演戏多,不会比它少!"

王绮瑶合上电话。辛辛苦苦这么久,最后人家说,进错行了,你不适合干这个。撞墙的心她都有了。她呆呆地坐在大厅里,每一个走过的人都看她一眼。有个领导模样的年轻女人走过来,犹犹豫豫地说:"你不是在这里上班吧?"

"我像么?"

"蛮像的。"那女的说,"开个玩笑。你看上去一脸福相。"

王绮瑶空荡荡地笑一下,没倒霉相就谢天谢地了。一直坐到男人们聊天结束,董乐天过来找她。她先看见董乐天的肚子从拐角处露出来,然后才是脚和肥嘟嘟的肉头,她想,我怎么就赖上了这么一个男人。

　　三天之后是周末,她又去了一次"人间天堂"。董乐天强迫她去的,约了一个大客户,对方带了太太,他必须有女伴才合适。她不愿去是因为两人刚刚吵了架,为她的演艺事业。董乐天的意思是,与其搭进那么多钱半生不熟、半红不紫地在影视圈里混,不如快刀斩乱麻,跳出来,随便卖点儿眼药水都比在片场挣得多。王绮瑶坚持认为,演不了女三号完全是砸钱的力度不够。她的偏执把董乐天惹火了,头一次对她发了脾气。他说:"你真想听那狗屁导演怎么说的吗?好,我告诉你。导演说,你以后见片场最好绕着走!"王绮瑶哇的就哭起来,难道就没有更人道一点儿的修辞吗?她觉得这一定是董乐天杜撰出来的,以她对那导演的了解,他的才华不足以说出这样有杀伤力的话来。因为要她当花瓶,老董只好拐回头再说好话,好说歹说把王绮瑶弄到"人间天堂"。

　　她去了,温柔端庄地坐在他身边,就像大客户的太太贤淑地坐在大客户身边一样。不过很快,大客户的太太就早退了,她要去燕莎友谊商场买多少年来一直用的一个法国牌子的化妆品。她们俩互为镜像的格局消失了,她也就没有必要再坚贞地坐下去,借口打电话就出去了,又坐到三天前的同一把椅子上。她把手机拿出来,却想不起来有谁可以说说话。她就在地址簿里从第一个字母往下翻,一直翻到"林思嘉",心里头咕咚响了一声,脑袋里空前敞亮。她坐到这里也许就是为了打这个电话,而她那天顺手把对方的电话存到手机里,似乎就是为了这一刻去拨它。一切都为她准备好了,只等她摁下一个键。

林思嘉今天在家休息。"你想试试?好啊。"她的声音里充满了姐妹情谊,"你就坐在椅子上别动,我给值班经理打电话,她会过去找你的。"

王绮瑶就坐在椅子上等。她想,一切就绪。长相,身材,演艺经历,首都师范大学的本科毕业证,还有,还有"格格";也许其他人什么都有,但除了她,不会再有第二个人有"格格"。她看见一个和上次穿同样衣服的值班经理走过来,面带微笑,她也提前把微笑准备好。

非常好,等董乐天叫她时,事情已经结束。一切顺利。从出生到现在,她终于干净、利落、胜利地做了一件大事。

回去的车上几乎一路无话。王绮瑶什么都不想说,身边的这个男人此刻对她来说前所未有地远,远到了陌生。她不想和陌生人说话。劳斯莱斯的封闭性非常好,马路上的噪音钻不进来,两个人只能听见王绮瑶手机电量不足的提示音,过一会儿嘀一声,过一会儿又嘀一声。快到家时,手机突然响了,一看号码她就知道是另一个远到了陌生的男人。在一瞬间她还想到了又一个远到了陌生的男人,此刻他还在里面,短期内几无出来的可能。不知道他怎么样了。

接通电话,王绮瑶上来就说:"罗河进去你知道么?"

宁长安说:"知道。"

"跟你有关系吗?"

"什么意思？"

"我问跟你有没有关系！"

"你为什么要这样问我？"

"那该怎么问？"

"我给你电话是想说别的事，我的一个弟兄——"

"我不想听任何别的事！"

"我觉得你应该知道，我的一个弟兄——"

"我不想知道！"

"我的一个弟兄——"

王绮瑶的手机连续嘀了几声，电量耗尽，自动关机。

宁长安在那边还在说："刚才说的你听见了吗？喂，喂，你在听吗？"如果电池还能再坚持半分钟，如果王绮瑶在听，她会听见宁长安说，"我的一个兄弟，在城南的一条胡同里，找到一个叫'王世宁'的老头，不知道是不是你爷爷。两条腿都不行了，常年卧床，没钱看病。我那弟兄找到他时，他刚被从床上抱到墙根，说晒完太阳就能把感冒治好。瑶瑶，你爷爷的胡子又白又长。"

当我们年轻的时候

"对,把梯子架到窗口上。"

我们从大门口把沾满彩纸的梯子扛到楼后。白天陈建的表弟站在上面向院子里撒花生、板栗、硬币、彩纸和小馒头。当时锣鼓喧天,鞭炮在头顶上炸。陈建今天结婚,按照本地的风俗,新人进门要漫天撒下这些极富民间隐喻的吉祥物。花生是多子,硬币是发财。板栗和雪白诱人的小馒头,呵呵,我就不清楚了。现在晚上十一点,亲戚朋友差不多散尽,闹洞房的也被赶出来了。陈建的老丈人说,走吧走吧,春宵一刻值千金。多好的老丈人,什么都知道。我、金阳和冷小飞,每人揣着新娘亲手塞到我们裤兜里的两包"一品梅"特供香烟打算出门。我说,陈建,好日子来了。金阳说,一对新婚人,两个旧家伙。他被陈建一脚踹出了门。我们在大门外的香樟树下坐着抽烟,商量接下来的漫漫长夜如何打发。院子里静下来,我们听见陈建戴眼镜的老丈人关上了宽阔的大铁门。

"要不咱去听听房?"冷小飞建议。

"有创意。"我说,我没听过房,很想试试。反正陈建是我们的兄弟。"听完了明天敲他两顿。可这关门上锁的怎么听？新房还在二楼。"

　　金阳的烟屁股在半夜划了一道亮光，落在梯子旁边："梯子！"

　　我们从大门口把沾满彩纸的梯子扛到楼后。非常好，陈建忘了把窗帘拉上。要是我也会忘掉，没必要，这地方在城郊，周围都是平房，陈建的这栋三层小楼完全是羊群里跑出一头驴，他就是让窗户洞开你也看不见床在哪里，除非你爬上屋顶。这就是别墅的自信，高度摆在那里。毫无疑问这是别墅。在这一点上我们三个不得不佩服陈建的脑瓜子好使。他在老丈人退休之前让他搞到了这块地皮，他老丈人好像是个什么局长，起码在这方面玩得转。买地皮、建房子加装修，一共二十万，跟白捡的没两样。金阳和冷小飞都买了商品房，要么被人家压在最底下，要么就是每次进屋都得爬到楼顶，紧紧巴巴的三居，折腾下来三十万都打不住，东拼西凑才拿出首付。所以金阳和冷小飞提起陈建的小楼就口水直流。好，现在把梯子悄悄架到窗户底下，看你个底朝天。周围没有人，窗户里透出暧昧的橘黄色灯光。

　　冷小飞年龄最小，先上。其实应该我先上，冷小飞虽然没正式结婚，但早就和女朋友同居了，昨天看见他女朋友挺着七个月的大肚子骄傲地从我们身边走来走去。你说女人能挺肚子骄傲什么，冷小飞挺起来你骄傲一下还有点道理。照金阳说的，他们俩以后结婚，也是两个旧家伙。我啥也没有，谈过两个女朋友，谈完就过了，至今还没睡过双人床。我该多急啊。

冷小飞当仁不让，让我们把梯子扶好。我那颗纯洁的好奇之心跟着他一起升高，他到达二楼的高度停下来，我的心还想再飞。冷小飞伸长脖子搜索半天，整个人在黑夜里放松下来，伸出一只手向我借个火。他要打持久战了，我们都不愿意，以我们现有的知识，那春宵一般也就十来分钟到半小时，陈建现在的多愁善感的小身子，没必要给他放宽尺度。

"不给我就下来了。"冷小飞说，"风有点大。他们相距五米。"

这比告诉我们零距离还让人好奇。金阳想不通，结婚那天晚上他觉得自己完全是头野兽。是前年，那会儿我们还在一个单位，洞房还没怎么闹他就赶我们走了，具体地说，是让陈建、冷小飞和我帮他赶人。他说，兄弟，帮帮忙，不等人啊。那时候的金阳浑身都是力气，鼓起来的肌肉看上去像假的。那时候我们刚工作不久，身体里有无数的小老鼠钻来钻去，对生活和事业有极大的不满足，一身的力气不知道往哪里使，周末四个人打篮球，从早可以一直打到晚，冲个冷水澡喝两瓶啤酒还可以去看通宵电影。

金阳决定上。他爬到窗户底下，说弟妹得罪了，我看一看就下来。他在梯子上明显犹豫半天，上半个身子扭来扭去，我以为他有反应了，谁知道他低下头丧气地说：

"真得来根烟了。"

冷小飞递上一根烟，兴味索然地说："要不就下来了，别等了。看来今晚不会有情况了。"

金阳在上面抽了半根烟，还是下来了。下来的时候说："想想还真没啥意思，不就那么回事么。"

轮到我了。他们的态度我不喜欢。这点激情都没了。我相信你不会因此断定我道德有毛病，你当然有这个判断力。事实上这次回来参加陈建婚礼，我发现他们三个人整个出了问题。什么问题我一时说不好，反正他们凡事很快就百无聊赖的死样子我不喜欢。就像储量不足的电池，刚打开每个格看上去都满满的，稍微用一下电力就迅速往下掉，下面装了漏斗似的，都是虚电。脑袋碰了一下生活，人就软了。上午我下了火车就去"斗牛士"酒吧找金阳和冷小飞，商量一下我们哥仨如何给陈建道喜。他们俩疲惫不堪地瘫坐在沙发里，像两堆巨大的肉。两年他们就胖成了另外一个人，脸上泛着苍白肥腻的油和肉的光，我差点没认出来。我在他们面前站了两分钟，金阳和冷小飞说，干吗，腰包鼓了就不认识了？我哼了一声说，我想把裹在肥肉里的金阳和冷小飞认出来。我想听听他们的意见，我想来点特别的，让陈建和他老婆开心一下。我们是好兄弟，别弄得跟邻居一样庸俗平常。

"好！"他们说，腰杆一下子挺起来，雄姿英发的模样。然后打了一下弯又成了软体动物，重新作为一堆肉陷进沙发里。金阳拿出烟，给大家点上，说："想想也没啥好点子。要不，你们来想吧。"冷小飞挠着板结的后脑勺说："对，这事交给你了，你说怎么整就怎么整。我早就开始过上失去想象力的生活了。"

"好像你曾经有想象力似的！"金阳跷起二郎腿，发出懈怠的笑声。

冷小飞对这样的讽刺早已习以为常。我们当年就对相互的这类讽刺习以为常。好兄弟嘛。冷小飞长叹一声："妈的，好像还真没有。觉得多少年都不动脑子了。就你来。"然后歪着头看着一个大屁股女人走进酒吧，直到她在椅子上坐定才把脸转过来。"其实，怎么闹不是闹，整天见，几张老脸。随便闹闹就行了。"

鉴于他们漫不经心的态度，我拿出了道喜的主要方针。他们一直点头，眉头皱得也很真诚。他们的漫不经心说到底不是敷衍塞责，而是整个人实在提不起来劲儿。力气被迅速撑大的皮囊一点点蒸发掉了。我们从酒吧里出来时，金阳感叹一声，他奶奶的生活啊。冷小飞则响亮地吐了一口痰。在接下来的一天里，我发现这些是他们的口头禅。他奶奶的生活啊……然后一口痰。

轮到我了。我噌噌地爬上去，非常好，玻璃擦得很干净，一看就是洞房。有真花和假花，摆着，铺着，从窗幔上袅袅娜娜地披挂下来。说实话，花不是摆在哪里都好看的。陈建坐在梳妆台前，对着墙上的婚纱巨照出神。那照片他妈大，半个墙只剩下两个人，陈建穿得像十八世纪英国宫廷的侍卫，他老婆穿着当下的祖胸露臂的白婚纱。不像一个朝代的人。估计陈建此刻也是在对着照片疑惑贴在墙上的一对男女是谁。时空错乱也就罢了，关键是照片上的人已经不像陈建两口子了，都跟影星似的。婚纱摄影是我们生活中最明目张胆的拍马术。陈建看着照片时开始揪下巴上一根看不见的胡子。他老婆坐在床上，很家常的样子，对他招了一下手，陈建点着头，摆摆手，继续盯着照片。

"进展到哪个部位了？"冷小飞蹲在梯子边问我，烟头亮得像鬼火。

"等等。"

我等了很久。他们俩就是没有实质性进展。我只好点上一根烟，金阳和冷小飞是正确的。烟烧到半截，我振作起来，因为陈建起来了。他走到老婆身边拍拍她的肩膀，老婆让开了一块地方，他顺势坐到床上。我低头对梯子底下说，有戏了。可是陈建慢腾腾地脱掉鞋子和外衣，一侧身进了被窝，自然得像身边没有女人。然后他老婆也站起来开始脱衣服，我赶紧回避，嫂子脱衣服哪能随便看。等我再转过脸看，他们俩已经平行地仰面躺到了床上，姿态端正纯洁，倒显出灯光一厢情愿的色情了。

"怎么样？"他们在底下又问。

我刚要回答，陈建灭了灯。床的位置是块静止不动的黑暗。我在梯子上坚持把第二根烟抽完才下来，陈建两口子顽固地守着他们的黑暗。井水不犯河水。

平淡无奇，事实就这样。我们的兄弟陈建的洞房之夜结束了，我们的听房行动也结束了。

漫长的后半夜突然成了负担，我们之前就没有打算这空白的时段该干什么。我想闹洞房嘛，兄弟们喝喝酒乐一乐，聊聊天，稍微折腾一下一夜的时间都不够。哪知道刚开了头就煞了尾。我们把梯子搬回原地，原地抽了根烟，决定找个地方继续喝酒聊天。

冷小飞说："咱这城小，不比北京，通宵营业的酒吧没几个。"

"找到哪算哪。"我精神头十足，两年没回来了，见着兄弟们当然开心。

我们往上海路走。从上海路到南京路要穿过一片二十世纪九十年代建筑的居民区，小区里杂乱破败，路边的树都歪着长。快走出小区时，看见几个卖夜宵的小摊，水饺，馄饨，烤肉串，麻辣烫，旁边一个夜间营业的小商店灯也亮着，有几个十八九岁的愣头青坐在烤串摊子前喝啤酒吃烤串和麻辣烫。

"要不就在这喝两瓶？"冷小飞说，"到最近一个酒吧也有段距离。"

"首都客人怎么说？"金阳说，"咱这简陋的小地方别让人觉得寒碜。"

"操，就这儿！我都快穷成要饭的了，尽拿老实人耍开心。"

我们找了三个小板凳围坐一圈，中间再找一个小板凳，上面放了一块不规则的三合板当饭桌，要了啤酒、烤串和麻辣烫。路灯在头顶上奄奄欲睡，昏黄的光笼住这一块地方，烤肉香、麻辣烫的香、粮食的香、酒香和木炭火的香一起飘上去。半夜了天也不冷，气温适宜大口喝酒大块吃肉。我喜欢这样的情景，像老电影里的镜头，其实是两年前我一直在经历的。那时候我们四个住在一套房子里，周末晚上，有时候不是周末也出来，找一个烟火气旺盛的街角和巷口像现在这样坐下来，喝酒、吃肉、被麻辣烫搞得龇牙咧嘴、划拳、大声地说笑、说脏话、臧否看顺眼和看不顺眼的领导、想象女人的屁股。这样的生活让人开心。但你不能总是如此幸运放旷地活着，你还有其他事要干，你有焦虑，有希望、不如意和难言之隐，等等。所以我辞职了。

辞职之前我是大学老师，听起来像那么回事。他们都是。我们同一年进来的，学校没房子，就把四个人塞到一个三室一厅的套间里，年龄最大的住最大的单间，最小的两个，挤在一间屋里。这是出于人性化考虑，年纪大的可能有老婆，没有的也得赶紧找，隔三岔五来成就点好事，没单独一间房子不行。最大的一间归金阳。冷小飞住最小的单间，他也有希望在最短时间内把女孩带进房间里。我和陈建最小，合住一间稍大的。金阳教物理，冷小飞是数学系的，陈建是总务处的，专管后勤。我在中文系。

我一直挺喜欢做老师的，你看，一个人面对泱泱一个大教室，即使任何东西都不能传授给他们，那种面对世界的感觉也是相当美妙的。当初就是冲着神圣的杏坛来的。我一直希望在弥留之际能看到桃李满天下。事实上有很大的出入。我报到那天，系主任语重心长地对我表示欢迎，像我这样的年轻人，系里面已经不多了。"新鲜血液"，这是主任反复强调的一个词。就因为这个词,我要吃苦在前,系里的团总支书记这学期脱产进修,年轻人要顶上去。时间不会太长,一旦物色好合适的人选,我就可以专心教我的书。你毕竟是教师编制嘛,主任拍着我的肩膀说,我们没有权利耽误任何一个人才。我头脑一热就顶上去了,热血澎湃地看着本来安排好的美学和写作两门课程被别的老师拿去了。

不知道你是否了解大学系科里团总支书记这个职业。其实我也不了解,干了几年我还是没弄明白团总支书记的职责范围到底有多大。据我印象,大事当然跟我没关系,只要是小事,不需要领导签名盖章的,都是我的活动领地。你可以把系科想象成一个大家庭,必须家长首肯的事情除外,剩下的基本就是管家和保姆的事。我就是那保姆,每天要面对近千个孩子的吃喝拉撒、衣食住行和思想、学习、活动的问题。看起来也都十八岁以上的成年人了,每个人头脑都很好使,但是一大堆凑到一起怎么就能整出那么多莫名其妙的事呢。打架斗殴,谈恋爱谈出了下一代,不好好念书,和社会上不三不四的人纠缠不清,抽烟酗酒,夜不归宿,实习,工作,开展活动,和其他系科竞争,聚众赌博,考试作弊,组织发展,民意测验。不一一列举了,我觉得这是世界上唯一一项可以用无穷无尽来形容的工作。干了两周我就蒙了,难道我当初念大学时也是这样多事和招人恨么。领导说,忍一忍,熟悉就没问题了。问题是每天都有新问题,我永远无法熟悉。辅导员又迟迟配不到位,所有擦屁股的事都是我一个人干。还好,年轻,浑身有使不完的劲儿，一周忙下来照样周末打一天球。

半年以后，我才觉得勉强能够承受琐碎的团总支书记的职务了，正好学校里中层干部开始大换血。我觉得甩掉这顶帽子的机会到了。系里的头头脑脑如愿以偿地都换了，我找到新主任，申明自己的惨状。主任说，这个嘛，还不太好办，新班子刚组建，人手不够啊，你再坚持坚持，革命嘛，为人民服务，时传祥和雷锋和国家总理只是岗位不同。他摸着他的右手中指的胖肚子。他一玩花招就开始摸右手中指的胖肚子，所以我见到喜欢摸手指肚的男人就本能地反感。我说，当初说好了只代一学期。新主任说，你看看，前任领导班子的决定我不方便插手。余老师，我知道你很辛苦，现在我郑重承诺，只要合适的人选一到，立马让你解放。

我等啊等，人都等瘦了，还是没动静。领导不喜欢下属拿人事问题去打扰他们，再说，我旁敲侧击已经无数次，就是个聋子也该明白至少二十次了。我清楚地知道耗下去的不仅是时间，也是自己，我的年轻力壮的好时光。但我还是憋着，可能是鸡肋的心态在作祟，像等车，都等了这么久了，如果刚放弃车就来了怎么办。后来我被一辆车彻底抛弃的时候，终于决定立刻辞职，等不到第二天。一个挺欣赏我的老教师重感冒，让我代他上一节写作课，我就去了。应该说那节课上得不错。下了课回办公室，遇到一个从教师休息室出来的女教师，她问我哪儿弄得满手粉笔灰，我告诉她刚上了写作课。她把眼睛人为地扩张到鹌鹑蛋的大小：

"哇,你也能上课啊!"

这句话我记住了,不是我小心眼。太有力量了,后来我一直感谢她,没这句话我不会那么利索地辞职的。在中文系,写作课是唯一一门谁都能教的课程,只要你认识两三千个汉字,能够顺溜的说几句话。教好了不容易,教坏了同样不容易。我只是上了一堂写作课而已啊。我一声不吭,回到我的团总支书记办公室就开始收拾东西。我受够了。

辞职申请领导一直没批,那已经不是我的事了。我什么都不要,光屁股走人还不成么。我决定去北京,有几个同学在那边混得不错。在此之前,我一直没去过我们伟大的首都。在我的想象里北京就是天安门和四通八达的立交桥。我不知道我能干什么,两眼一抹黑就去了。一晃两年。

苦当然受了不少,就不在这里列举了,没意义。我只想说,一晃两年,陈建结婚了,我专程回来喝他的喜酒。我没能像我和他们预想的那样混出个人样来,也许景况并不比继续做一个代团总支书记好,但我不惭愧,更不会后悔,离开这里可以让你舒展开四肢,没有人掐着你的喉咙把你想说的话憋成化石还吐不出来。在北京的两年里,我前后换过十四个住处,常常一觉醒来就向四周看,先确定自己在哪里。你如果执意用"鼻青眼肿"来描述我的北京生活,我不会介意,事实基本接近如此,少不了要碰很多头,但又有什么关系呢。每天早上我拖着巨大的行李箱去寻找下一个住处时,我想象太阳正从东边升起,阳光和风一起弄乱我的头发。我感到新鲜的力气正从四面八方源源不断地奔赴我的四肢。就像寒冷让人不能懈怠一样,一晃两年。

他们留在这里,金阳、冷小飞和陈建。生活缓慢地展开。我坐在午夜的烤串摊子前,感觉金阳和冷小飞好像是从两年前慢慢就坐到了现在,坐成了现在这副尊容,转一下脑袋都需要一个漫长的助跑。两年前,我离开小城的头一天晚上,我们也是在烤串摊子前喝到凌晨三点的。我喜欢这里的人间味和烟火气。

当时是四个精干的瘦猴。陈建刚刚被总务处处长的小车夹掉了左手的小指,酒喝得苦大仇深,大骂处长。他在总务处的工作是随叫随到,年轻人都这样起家。处长让他考驾照,业余帮他开开车。处长在外面有生意,涉及基建、饮食、房地产等。开始是业余,后来成了业内,处长有事就招呼,搞得他单位的事老做不完,总被副处长训。然后小指被夹掉了,是处长的儿子生气踹车门,陈建没来得及抽出手指。陈建现在让金阳和冷小飞羡慕的局势就是头脑好使,他能化悲痛为力量。空荡荡的那个位置恰好成了一个醒目的提示,陈建充分利用了那根不存在的小指,不断地让左手在处长眼前晃来晃去,处长就让他升了,先是副科长,接着是正科,现在口袋里装着房管科的印把子。房管科是个肥缺,谁都知道。

正科这个位置可能把陈建累坏了,现在他将军肚是挺起来了,但外强中干显而易见。从仕途来说,我当然不希望一个小小的正科就把他撂倒了。结婚典礼上他疲惫不堪,我担心他会把新娘子丢下，一个人找张床先睡一觉。好在他坚持下来了，模式化的做丈夫的幸福微笑一直挂在两腮上。听金阳和冷小飞说，陈建的前途远大，你看，副处，正处，看得见的。在这个小城里，正处什么概念？我说不知道。冷小飞吐了一口痰，说那就算了，学中文的向来头脑不清晰。

我去北京的前一天晚上，陈建痛骂处长，他羡慕我两手空空就往外跑。他好歹也是建筑工程学院的高才生，他的理想是这辈子设计出十座标志性建筑，即使一辈子窝在这里，也要让这里最好的建筑一个个都姓陈。

"都是过去的事了。"金阳给我倒满酒，"年轻人总得有点想法，现在陈建怕是连图纸都不会画了。他的小别墅还是找别人设计的呢。他奶奶的生活啊，老啦，不说了，喝酒。"

"操，才多大，就开始卖老了！"我说。

"说了你也不明白。"冷小飞说，"有时候我想，你在北京虽然过得不如意，但我还是觉得走得对，及时。不是环境废掉人，是人把自己废掉了。你看我，两年了，也没提起精神去复习考研，当初不是说一起往外考么，信誓旦旦，你考北大，我考南大，老金考复旦。到头来，瞧瞧，还不是念了系统内单招的研究生，混个文凭。老金觉悟还算早，你刚走他就参加单招考试了，再有一年文凭就到手了。"

"又笑话我。"金阳说，给我们都点上烟，"没办法，他奶奶的生活啊，真觉得使不上劲儿，不知时间、精力和智商都跑哪去了。动不起来。可能真老了，尤其是这两年孩子大了，一下子觉得根就扎这儿了,再怎么折腾也是原地打滚。就混混吧。不都是这样么。马上升讲师,过十年八年歪成个副教授,这辈子就算拉倒了。那么多有才华的老师退休时也不过是个副教授。"

夜晚小区里初秋的安静,几片梧桐树叶子从天上掉下来。陆续有夜游神来小摊子前吃烤串、麻辣烫和水饺馄饨,都是睡不着觉和不好好睡觉的,坐在板凳上或者倚着树斜站着,手里抓着瓶啤酒嘴对嘴喝。

我辞职的时候是深秋,校园里落叶满地。银杏树的叶子金黄,落到地上,像围着树桩划了一个灿烂的圆。我们在午后的巷子口喝酒,领子在秋风里竖起来。冷小飞对自己前一年考研的失利耿耿于怀,专业和英语都过了,他专业一直很好,政治缺了两分。他说今年再战,就不信这个邪。工作几年了,冷小飞没能养成对这个小城的好感,他不喜欢到处钻来钻去的人力三轮车和弯弯曲曲的小巷子,他要通过考试离开这个地方。我的离开激发了冷小飞悲壮的豪情,那晚他喝多了,我扶他回宿舍的路上他把吃下去的烤串和麻辣烫全吐了出来。

"我以为你会离开的。"我说。

"我也以为。"冷小飞说,一口痰射出去老远,"又考砸了,没办法。英语,差一分。他妈的狗屎英语,我都不知道中国人拿这东西来干什么。"然后他就笑了,一副与全世界和解的宽容表情。"我妈托一个半仙给我算,说命该如此,要认。我不信这玩意儿,但你没过去这是事实。那几天我站在大街上看人走，你说这地方小，总该有个两百万吧，人家不也活得好好的。然后就撞到了现在的女朋友。"

"还女朋友，搞得很纯洁似的！"金阳说，"老婆，肚子都大了。他奶奶的生活啊。"

"老婆好了吧，早晚的事。真是撞上的。我看见一个漂亮的骑着电动自行车过来，就以疯做邪撞到她车屁股，反正当时我很难过，就一分，杀人的心思都有。她倒了，我把她扶起来，送到医院，看了两次就成了。俗是吧？对，俗。过日子不就是个俗字嘛。"

"那你就打算做这里的女婿了？"

"还能咋地？肚子都大了。临阵脱逃不是咱知识分子干的事。也未必是坏事，谁知道呢。噢，对了，现在几点？"

"一点。"金阳看看表，"半夜三更也查岗？"

"不是有了嘛。情绪不太稳定，高兴了跟你闹，不高兴也跟你闹。"冷小飞从裤兜里掏出手机，开机，半分钟之后有个女孩子在里面娇滴滴地连叫四声："老公，有短信了！老公，有短信了！"

"谁呀？鸡皮疙瘩满地跑了。"我说。

"催命金牌。"金阳说，"小夫妻就是不一样，比鼻涕还黏糊。他奶奶的生活啊。"

"彼此彼此，老金。"冷小飞说，"小心你死得比我还难看。"

"好，咱们就试试，看谁先扛不住。走，找酒吧喝个通宵！"

"走就走！我先回个短信看她睡没睡。"

金阳到几个小摊上结了账，冷小飞盯着手机看，手机又叫了一声"老公"。冷小飞说："操，都第二天了还不睡！"

"什么第二天？"我问。

"凌晨了还不是第二天。"

"有什么最新指示？"金阳嘿嘿地笑。

"没什么，就问陈建的婚礼热不热闹。"冷小飞说，删短信的时候我瞟了一眼，他老婆的指示如下："天王老子也不行！"

天王老子都不行，何况我。我说要不咱就别去什么酒吧了，往哪儿盛啊，找个厕所回去吧。

"也好，快憋不住了。"冷小飞说。

"真不去了？"金阳问。

"算了吧。"我说，得给冷小飞一个台阶下，"我也困了，这长途车坐的，能把死人累活了。"

"老金，让他睡会儿吧。"冷小飞吐了一口痰说，"酒明天再喝。陈建忙，我请，到时再找个朋友玩两圈。一种新牌玩法会么？掼蛋。争上游和八十分杂交出来的新品种。"

我说好。头一次听说"掼蛋"。冷小飞和金阳、陈建都是高手，他们偶尔碰到一起，不喝酒就掼蛋，通常是边喝边掼。鉴于冷小飞没过门的媳妇花容动怒，我跟金阳去了他家。金阳说，我们可以继续聊，他奶奶的生活啊。

金阳家在城北，我们等了半天才拦到一辆出租车。师傅说，你们运气真好，正打算下班。街道宽敞，偶尔路面走过几个垃圾袋，没有人，后半夜的霓虹灯多半也灭了。整个小城在沉睡，呼吸平稳。经过一家酒吧门前，两个染了红毛的小年轻正对着马路呕吐，一个扶着另一个。

"现在，出来混的都是他们了。"金阳指着那两个小伙子语重心长地说，"咱哥儿们老啦。他奶奶的生活啊。"

"又来了！"我就不爱听。

"跟你说了也白搭，成家有了孩子你就知道了。你一下子就成上一辈人了，你会觉得孩子才是希望，自己哪有什么前途可言，混吃等死，放弃了拉倒。我要没猜错，小飞老婆一定是生他今天没给孩子做胎教的气。"

"操，他还科学育儿？"

"小飞还指望他儿子成陈景润呢。他奶奶的生活啊。"

"你呢？"

"我儿子？当然能成杨振宁最好。"

我有点不懂了。可能因为我还没有下一代。反过来一想又不对，你凭什么把希望都扣在一个小孩身上？你干嘛去了？

"你看我都这样了，希望不在儿子身上能在哪？"

金阳感叹着他奶奶的生活啊，我们进了他的家。和两年前没区别，只是客厅的墙上多了一幅全家福，金阳和他老婆都自觉地把脑袋往中间挤，被众星拱月的儿子笑得一脸惊慌。他不知道有个巨大的阴谋在等着他，可能在他还在另一个世界的时候就已经酝酿成功。他的惊慌是因为无力承受星星们无边无际的爱。

进了门就听见卧室里有动静,金阳让我先去洗漱。然后我在洗手间里听到琐碎的说话声,经过两道门的过滤,依然可以发现那是吵架。不会有错。金阳老婆我熟,过去常在一起吃饭,结婚时我负责点炮仗。她有一副适合吵架的嗓音。

我在书房里随便翻书,金阳进来了。"不好意思。"他说,"她家里有点事,刚才商量了两句。他奶奶的生活啊,总有没完没了的事等着你。你早点睡,明早我们一起出去吃早饭。"他把我安顿好,又回了卧室。争吵声又起。

他们在努力压低声音,但是金阳老婆的声音穿透力极强。我睁大眼躺在床上,精神很好,来之前我就储备了足够的精神要在酒吧或者大街上度过这一夜。现在凌晨两点半,他们的声音不能自持,越来越大,孩子醒了,哭声也加入进来。我记不起金阳儿子哭泣的样子,头脑里顽固地保留着他惊慌的笑。如同电脑死机时动不了的页面,挥之不去。不知道他们的争吵是否与一个不速之客有关,我犹豫了不下十分钟,终于决定离开。

临走时给金阳留了条,只说睡不着出去走走。关门声他们听不见。

一路空空荡荡。一辆出租车都没看到,冷小飞当年讨厌的人力三轮也没有。所有的路灯只照我一个人,影子忽短忽长。这是一座空城,悬在夜里,白天青草疯长,夜晚石头冰凉。不知道谁会把这里当成家园,包括那些在此居住了一百年的人在内。后半夜凉气上升,我把手插进口袋,每一把钥匙逐个摸过去。一把形状怪异的钥匙。两年来我竟然一直带着它，我、金阳、冷小飞、陈建，四个人宿舍的钥匙。按学校的规定，辞职和结了婚的教师必须把单身宿舍退还学校，但陈建掌管的房管科一直没有把它收回，28栋503，三室一厅，原因是陈建要把它弄成一个临时休息室，他、金阳和冷小飞，中午可以回自己的床上休息一下。他有这个权力。我一直捏着那把钥匙，决定回去看看。

步行近一个小时的路程。教工宿舍区的门卫在打瞌睡，我告诉他我是中文系的老师，刚从外地出差回来。开门放行。28栋503。楼道里灯坏了一半，声控的，怎么拍都不亮。我摸黑爬到五楼开了门。一股类似生菜的陌生味道。灯打开，照亮客厅桌上的一层尘土。至少半年没人进来了。我的房门半掩，床上的被褥都在，离开的时候除了几件衣服和必要的书，都扔下了。屋子里不闷，窗户半开，那窗户关不严实。枕头、被子和床单上落了一层灰。我打开被子，灰尘、霉味、潮气迎面扑来，呛得我直咳嗽。适应了之后，我躺到两年前的床上，聊胜于无。走了那么远，有点累了，夜又这样深。

躺着的时候，想起婚宴上陈建说的一句话，他向众人宣布："我们俩的结合，就是为了追求一种有意义有价值的生活！"有意义有价值的生活到底是什么样的生活？它在哪呢？我觉得脑袋运转开始不畅，歪歪头就睡着了。

逆时针

1

周围的人都坐着或蹲着，段总的父母站在电子大屏幕底下，显得很高。段总母亲说，这是为了让儿子好辨认。火车提前二十分钟到站，他们出了站发现广场上人多得像赶集，就找了这人少的地方站着。屏幕上在播新闻，有个国家着了火，半边领土都烧红了。段总的父亲刚抽完烟，丢烟头时对儿子说，地方小就是没办法，一把火都扛不住。说话时左边的嘴角往上拽，好像说句话花了他不少力气。段总跟父母介绍我："秦端阳，跟你们说过的。"

"嗯嗯，端阳，好名字。"老爷子郑重地要跟我握手。

我放下那只破旧的藤条箱子，伸出手："伯父好。"

"别。"老爷子摆摆手，左嘴角又往上拽，"叫老段。"

我看看段总，平常我都称他老段。我俩一个系毕业，他是高我四届的师兄，别人都叫他段总，我不习惯，当面从来都是老段。现在来了个更老的老段。段总说："就老段吧，别跟他争。"路上他就跟我说，他爸拧，得顺着。那就老段吧。

段总又说:"妈,房子就是端阳帮找的。"

我赶在老太太要夸我之前就说:"伯母好。"

老太太没来得及说话,老爷子的左嘴角又扯上去:"叫老庞。姓庞。"

"就老庞。"老太太说,"都这么叫。给你添麻烦了。"

我说哪里,应该的。好么,一个老段,一个老庞。这老两口。

上了段总的车,老段坚持把藤条箱放座位上,要让它也看看窗外的北京。这是老段第三次来北京,也是藤条箱第三次来。最早是"大串联"的时候,年轻的老段拎着新买的藤条箱挤上火车,转了大半个中国到了北京,看见伟大领袖站在天安门城楼上向半空里挥手,激动得藤条箱跟着一块抖。第二次是送儿子来北京念大学,一心想把藤条箱推销给儿子,革命传统不能丢,但当时的段总不答应,坚决又让他带回去了。那时候已经二十世纪九十年代中期,不是所有的传统都能让人喜欢的。拿不出手。老段就拎着空荡荡的藤条箱从长安街上走了一趟,怀完旧就回家了。现在是二十一世纪的北京,老段把脑袋伸到车窗外,语重心长地说:

"真他妈大。来三次了它还大。"

老庞让他赶快把车窗关上,马路上汽油味太重,她犯晕。又让老段别瞎感叹,看什么都要插上一嘴,当老师都当出后遗症了。老段是光荣的人民教师,在小镇上撅着屁股干了三十年,教过的学生数以万计,还培养出了一个在首都念大学又在首都工作的好儿子。在那个小镇上，空前的，至今也还是绝后的。老段笑眯眯地接受老伴的批评，多少年了，他早把这批评当成私密的夸奖。谁能教三十年的书又培养出一个好儿子？全镇找不出第二个。再说，北京的确他妈的很大，来三次了照样大。所以老段又重复一遍："就是大。"

车在四环上都跑不动，堵得不像样。辅路上的车头挨着屁股，慢得像一动不动，这条路如同一个狭长的停车场。老庞有点急，也有点怕，她没见过这么多的车，过两分钟问一句到没到，她要看儿媳妇。段总的老婆快生了，老两口来伺候月子，帮忙带孩子。段总说，再拐两个弯就到。两个弯很漫长。出了四环，我指了一条近道斜插过去，车子又兜了几个圈子停在一片平房前。

老段说："不是住二十一层么？"

"这是您和妈住的。"段总关上车门开始拿行李，"租的。"

老庞掐了老段一把，说："平房好，踏实。住高了害怕，都到天上去了。"

我赶紧跟他们解释，这地方环境其实不错，旁边就是一个小公园，平常可以散散步锻炼身体，周末晚上天要好，还会放两场露天电影。买东西吃饭都方便，离段总的住处也不远。段总那栋楼二十四层，步行过去一刻钟。我得拣好的说，这房子是我帮着租的。段总前些日子说，爹妈要过来，有合适的帮他留意一下。正好院子里有一对小两口要搬走，简单的一居，我伸着脑袋瞅了一圈，还不错，起码比我住的要好。段总说，你说好就好，拿下，多少钱都拿下。就拿下了。和我一个院子，我租的房子在柿子树右边，左边的就是这个。段总的心思我明白，老两口人生地不熟，靠我近，他照应不过来还有我呢。

铺盖和日用品新买的，整齐地码在床上，人到了就能开始生活。放下行李老庞又急了，要看儿媳妇。来这里不是为了过日子的，天底下没有比看儿媳妇更大的事。

段总只好说："她在医院呢。"

老庞以为生了，眼都大了。这可是早产哪。这么大的事竟不早说，这孩子。要是胳肢窝里长出翅膀，她现在就要往医院飞。"娘儿俩都好？"老庞问。

"还半个月，保胎呢。"

老庞把翅膀收起来，出了一口气，然后觉得现在就在医院保，有点早了。最主要的，在那个地方保，她使不上劲儿，那地方医生说了算。来之前她让老段把能搜集到所有针对孕妇的方子都写下来，煲汤的，进补的，当然还有保胎的。十六开大白纸整整六张。白折腾了。

"他们家人要求的，反正也花不了几个钱。"

段总的老丈人和老丈母娘在澳大利亚，帮定居在那里的儿子看孩子。段总说，他大舅子生了个大鼻子深眼睛黑头发的小杂种，长得还不让人讨厌。岳父岳母顾不上女儿了，但是坚决要把爱心遥控过来，电话里通知女婿，今天该干啥啥啥，明天该干啥啥啥，后天又该干啥啥啥。日程在南半球已经定好了，去医院保胎即为其中之一。

既然是人家要求的,他们就没法多嘴了。老庞看见老段正在点烟,一把将香烟从他嘴上揪下来,说:"就知道烧你的白纸棍!把鸡蛋拿出来!"老段把嘴角往上拽拽,从包里拎出一塑料袋挤扁了的煮鸡蛋,起码有十个,屋子里一下子充满了刚刚变质的煮熟的鸡蛋黄味。

2

老段戴着老花眼镜歪着头在院子里到处看。没住过这种大杂院的人都会觉得新鲜,屁大点地方竟然能住七家。户主其实只有两家,他们尽量把自家人都塞在一两间屋里,空出来的房间租出去。这还不算,我租的那家还在旁边自己动手盖了一间,单砖跑到顶,压两块楼板,再苫上石棉瓦,就算房子了。一样能租出去。在北京,你把猪圈弄敞亮了也能租个不错的价钱。不过老段老庞住的房子还是好的,几十年前正正规规盖起来的,青砖黑碎瓦,敦厚结实,屋子里空间也大。段总有钱,让老子住太差他没面子。贴着墙房东又盖了一间小屋,分成两个格子,一个做厨房另一个做洗手间,有电热水器,可以冲澡。所以是按一居室的价钱租给段总的。我租的没这些,只是一间光秃秃的屋子,十三个平米,和房东共用一个露天的水龙头,要洗澡得自己找澡堂,上厕所只能去巷头的公共厕所。夏天还好,到了冬天,半夜里北风跟逛大街似的没遮没拦地吹,撒泡尿需要相当大的勇气,所以我养成了坚决不起夜的好习惯。

老段歪着头一直看到我屋里。我跷着脚丫子在看小说，我老婆占据了我们唯一的一张桌子在校对一本书。她刚在一家出版社找到工作，编辑兼校对。有好选题就编书，没好选题就校对，这样她就能保证没活干的时候也能赚到钱。那张可以折叠的方桌既是书桌也是饭桌。在十三平米的空间里，我们要最大限度地把生活化繁为简。

"忙呢，"老段说，"我就过来看看。"

"别啊，您进来坐。"我把屁股底下那张像样的椅子腾出来递给他，我从床底下拿出个小马扎。我指着我老婆，"我媳妇，文小米。"

我老婆站起来说："段伯伯好，我给您沏茶。"

"小——米。"老段把两个字中间的距离拉得很大，右手食指像教鞭一样漫长地点一下，长辈的意思就出来了，"端阳说你很听话，好。叫我老段。"

后来我老婆说，这老段，说我"听话"是啥意思？是不是觉得我傻，一心一意跟你到北京来混，苦日子也过得下去？我说你可不能这么想，他们那地方夸女孩子都这么夸，那意思是乖，贤惠，可爱，能吃苦耐劳。我老婆哼了一声，又给我灌迷魂汤，我也就剩这点美德了。我就继续安抚说，我老婆觉悟高，听话。不管这"听话"作何解，放在我老婆身上基本不算离谱。本来我们俩在苏北的一个小城里过得还不赖，有固定工作，前年我头脑一热，辞了工作来北京，把她也给鼓动来了。只能租这种小房子了。有半年的时间我们俩都找不到工作，眼看口袋越来越瘪,手中没粮我心里发慌,肠子慢慢就青了,有点后悔来这鬼地方。真他妈没事找抽型的。我老婆倒镇定了,既来之则安之,就不信还能饿死在首都?后来我做了记者,正好碰上师兄段总当头儿,日子才稍稍安定下来。

那天老段来串门,坚持让我老婆叫他老段。我老婆也不客气,就给"老段"沏茶,然后问他和老庞住这里是否习惯。老段说得相当艺术,"北京太大,这里太小","睡着了都不敢大声磨牙",还有,"老庞说了,没事别往人家门口站"。老段说,没法不往人家门口站啊,出了自己门就到别人门前了。这么说时他笑了,他不但站过了我们家门口,还坐进了屋里。老段说:"跟我说说,公园在哪?"他有点憋得慌。

我决定带他过去看看,问要不要叫上老庞一起去。他说不用了,他找到了老庞也就找到了,她还收拾呢。我就让小米去老庞那里认认门,看能否帮上点忙,然后去了公园。

那公园不要门票,附近的居民都喜欢去散步和锻炼,尤其老头老太太。空气好,有树木和草坪,方圆几里,只有那里才能看到规模大一点的绿色。老段抽了一下鼻子,说应该让老庞来,她对北京的空气过敏,觉得到处都在泄露汽油。又说,再好的公园也没法跟他家比。他的小镇是山城,漫山遍野都绿,野草深得都能埋人,像个巨大的氧气罐。家在半山腰的一块平地上,栽什么长什么,种什么结什么,退休了他没事干,在屋檐底下养了三十六盆花。"不知道现在怎么样了。"他惆怅地说,"屋后是片竹林,天没亮鸟就叫,比闹钟还准时。风吹竹林你听过没有？像弹琵琶，《十面埋伏》。"

我记不起来《十面埋伏》是什么样的声音："医院去了？"

"去了，帮不上忙。人家都弄好了，吃的喝的都记在本子上，叫营养配餐。医生护士一会儿一趟，一会儿一趟，晃得我眼晕。我跟老庞老碍人家的事，只好往墙角躲。晾那儿也招人烦。"

老段很失落。没事干，又人生地不熟的。儿子忙，他不在医院他们俩也没法去，儿媳妇的确是自己的，可不熟，来北京之前也就见过两次，跟见北京次数一样。人家跟你亲不起来，叫你爹妈也亲不起来，一句话嫌少两句话嫌多，大眼瞪小眼最后都不会说话了。都难受。还有儿媳妇的朋友、同事来探视，嘻嘻哈哈说私房话，听也不是不听也不是，只好在一边看着人家笑，因为总是微笑，脸上的肉都僵硬板结了，像两个头脑出问题的老傻子。老段还好点儿，可以隔三岔五躲进洗手间抽根烟缓口气，老庞连这点爱好都没有，只能守在那里干挨。

"多见几次就熟了。"我宽慰老段，"有了孙子就更熟了，那跟爷爷奶奶生来就亲的。"

听到"孙子"老段立马眉开眼笑了，幸福从心底里往上泛，哗地就铺满了一脸。就冲这小东西来的。老段说："孙子好啊。个小狗日的！"

老段其实不算老，才六十，除了左嘴角说话会往上歪斜地拽，整个人都是直的，状态好时眉毛都打算立起来，一看就是好身板。时值黄昏，公园里的人多起来。狗也多起来，跟人一块遛弯。你想象不出竟有那么多的狗,而且一个比一个长得不像狗,有像猫的,有像熊的,有像熊猫的,有像狐狸的,还有像耗子的。正儿八经长一张狗脸的很稀罕。有只狗蹭着老段的腿要挨着他撒尿,吓老段一跳。他不是被突如其来的狗吓着了,而是被它那副尊容吓着了,又黑又瘦,肋巴骨一根根摆着,真不比耗子大多少,一把捏死问题应该不大。长得跟耗子还有点距离,具体像什么我看了半天也没看出门道。老段跳一下,让狗主人有点不好意思,大叫:"三郎,往哪撒呢!"是个四十岁左右的女人,也穿一身黑衣服,说句话浑身的肉都颤颤巍巍地抖,肚子上起码堆了三个救生圈。我怀疑她克扣了小狗的口粮。那狗接受了批评,立刻把后腿夹紧了,不尿了,却兜着圈子开始咬自己的尾巴。我头一次见到如此短的狗尾巴,几乎可以忽略不计,在尾骨那地方幅度极小地跳一下,又跳一下,像扑扇一只小耳朵。小狗够不着尾巴。越够不着越要够,整个身子就在原地转圈,像个推磨虫。老段一定也没见过,比我兴趣还大,脖子越伸越长。主人说:"三郎,还咬!"三郎翻了一下小眼,意犹未尽地正常走路了。

"狗也长变了。"老段说,"原来不是这样的。我在北京住了好几天,要么狗,要么狼狗,顶多是哈巴狗。"

他可能又想起大串联了。我说:"这些年不是日子好过了么,进化得快了。"

"那也不能往耗子方向进化啊。"老段十分不理解,半天了又嘟囔一句,"长变样了你说。"

经过居民健身器材那一块，我问他要不要动一动。老头老太太都爱往那里集中，慢悠悠地聊天、运动、过日子，玩什么器材都像在打太极。老段看看表，说还是先回去吧，老庞该等急了。他退休以后，老两口从来没有哪次分开超过两个小时的。我们就往回走，刚出公园大门，看见小米领着老庞正往这边走。人家说多年的夫妻成兄妹，他们俩是多年的夫妻成一个人。

老庞递给老段一粒含片，说："怕你咽炎又犯了，就送过来了。"够含蓄啊。

老段幸福又诡秘地对我笑笑："我有慢性咽炎呢。老毛病。"然后对老庞说，"还是公园空气好，你要不要去吸两口？"

"还母园呢。"老庞说，"哪来那闲情！我倒是惦记了我那两只老母鸡。"

回到院子里，我们各做各的饭。段总提前把炊具都给配置齐了。

小米炒菜我打下手。没有厨房，到做饭时就把电炒锅端到门外做，阴天下雨就在屋里凑合着糊弄一下。小米倒上油，小声跟我说，你猜段总他妈过去是干什么的？我哪知道，家庭妇女？业余接生婆！小米说得很隆重，跟说希拉里要竞选美国总统似的。他们镇上医院的妇产科忙不过来，经常把她请去。我还看见她收拾那套家伙了呢，大刀子小刀子，还有剪刀，磨得明晃晃的亮，一点锈都没有。真的。她说了，带过来就为了应急，怕来不及到医院。她还说，别看东西土，使起来顺手，接生自己孙子,她心里有数。

这老庞,真敢想啊。那剪刀还不知道是不是做裁缝用的。这要让段总老婆听见了,没怀上孩子也吓得跑医院去了。

"你听见她说那俩母鸡了没?"小米说,"就刚才。老庞特地给儿媳妇准备的,单喂。要么到山上捉虫子给它们吃,要么在饲料里拌中药喂,老中医配好的方子。大补,既能保胎,又能下奶。"

"那怎么不带来?"

"火车上哪让你带两只大活鸡呀?段总担心他们坐车累,托过去的同学提前给他们定了卧铺票。没办法。老庞本来想坐大巴来的,私人承包的车,想带什么带什么,赶头猪上去都行,只要你付足够的钱。"

"扔家里不是白喂了?"

"邻居给照顾着。等着想办法弄过来。来之前老庞把药饲料都调好了。"

我扭头往他们那边看,老庞正端着一锅东西从厨房出来,矮小精悍的一个老太太。老段背着一只手站在门外抽烟,两眼望天。

小米抱怨说:"你妈要能像老庞那样对我就好了。"

"我妈要是也那样,不是她抽风就是你抽风。你不怕我还怕呢。"

3

老段老庞去过三次医院，连着三天。第四天，正硬着头皮收拾要去，段总来了，让他们今天就别去了，在家歇着吧，医院里挺好的。老两口当然知道这不是儿子的意思，"医院里"的，儿子只是替人家绕了弯子。这就是说，"医院里"也不喜欢来来往往的。可是，"来"就为了"往"的，不"往"谁没事千里迢迢"来"北京干嘛。儿子建议，要不去圆明园、颐和园转转，离这不远，好容易来一趟。老庞说，当我们旅游呢。

段总说："要不，帮我把家里收拾收拾？自从她进了医院，就乱着。"

老庞说："好。"总算找到事做了。这是给儿子打扫房间呢。

那天老两口在儿子的二十一层里一直干到了天黑。看上去哪个地方都清清亮亮，一抹布下去还是脏。都说北京风沙大，一点儿都没错，大到一定程度门窗都挡不住，该怎么进来还怎么进来。都收拾好，老两口子坐在沙发里相互看看对方，迅速达成了两个共识：

一、这是个好家；

二、看样子儿子的确闹大了。

如果说他们还有第三个共识，那就是：好，真他妈的好。"他妈的"是老段加上的。段总的家我去过几次。一百六十平米，卫生间就两个。有时我里里外外看我十三平米的小屋，想如果再大十二倍会是啥样。想不出来。我念书时数学就不好，平面几何立体几何都差。没概念。回到家我从来没跟小米说过。这是朋友们传授的经验，在北京，千万别拿大房子刺激老婆，要出人命的。

段总的房子不仅大，还豪华。这其实根本都不用想。不豪华要那么大干吗？段总这几年发了，虽说只是报社的部门老总，那也是老总，我们报社的薪水从来不相互公开的。段总老婆也有钱，家底子好，陪过来的嫁妆差不多就是一套房子。这没办法，先天的。现在她还在一家休闲的媒体上班。据段总的玩笑，她上班也就是个聚在一起聊天的由头。从去年开始，上班不只为了聊天，还为了炒股，一办公室的人都盯着电脑屏幕，不管哪个数字蹦一下，都会有人大呼小叫。然后大家相互讨论，论证之后再决定是继续攥着还是出手，或者是再进别的。段总的老婆在弄钱上很有一手，直觉好，别人赔了她赚，别人赚了她继续赚。因为遵从父母的越洋之命，提前住进医院，依然不忘炒股，一闲下来就用手机上网，看又涨了多少。

我东拉西扯这些的意思是，段总有钱是正常的，房子弄得豪华也是正常的。

那天傍晚老两口干完了活，要出门的时候才发现一直没换鞋，赶紧换上拖鞋把木地板又重擦了一遍。然后相互提醒对方，以后记着换鞋，人家不叫换也得想着换。

第二天下大雨，从早到晚就没停下。气温一下子就降下来，穿长袖T恤在外面走都有点冷。我在郊区折腾了一天，冒雨采访一个新闻。昨天傍晚报社得到消息，该地一小领导升官，更小的领导们集体为他送行，在饭店门口放了一挂三万头的鞭炮，响了一半突然停下了，半天没动静，一个看热闹的小孩跑上去看，鞭炮又开始炸了，那孩子大叫一声，左眼没了。这事在当地影响相当大，但是见到记者他们什么都不肯说，要么是没看见，要么是不清楚。我在医院见到了那孩子，除了鼻孔和嘴，整张脸都裹在纱布里。孩子问我："叔叔，我还能看见吗？"我说："能。"搞得我很难受。出了医院重新去找拒绝接受采访的主要当事人，要升官的领导，他手下的小领导，以及饭店的老板，总算从其中两个人的嘴里撬到了一点东西。采访完了才感觉到冷，回到市区已经晚上八点多了，正在一家拉面馆里边吃热乎的拉面边写报道，段总打我电话。

"跟我爸妈说一声。"段总的声音很急，他在医院，"可能要生了，已经进手术室了。"

我想不对啊，没到日子。我收拾笔记本就往家赶。老段和老庞正坐在我屋里说雨。因为儿子在北京，他们习惯了每天晚上看北京的天气预报，对北京气候跟气象局局长一样有发言权。老段说，两年了北京没下过这么大的雨。老庞看见我湿漉漉地回来，心疼地说，大城市活人就是不容易，你看端阳才回来，也不知道林子回来没有。林子是段总的小名。他们老两口刚刚去过段总的楼，站在雨地里数到二十一层的窗户，是黑的。他们坐在我的小屋里，加上小米，满满当当的，我进了屋

转个身都困难。看老两口情绪还不错,我才说:

"段总在医院,可能要生了。"

老庞噌地站起来:"这么早?"老段还茫然地看着我,被老庞一把拽起来,"快,把我东西拿着,去医院!"

老庞到底是见过世面的,这时候还不忘把她的那套家伙带上。只是她没想到这里的妇产科跟他们镇上不一样,来多少产妇医生都够用。除此之外,还让老段从藤条箱子里拿出一个包,那里面有她在家时一针一线缝出来的几件小衣服。我们四个打一辆车,都去了。雨小了一点,马路上的水排不掉,车跑起来像船。老两口一个劲儿地催司机,快,快。司机说,那我也不能飞啊。

段总正在走廊里这头转到那头,手里捏着根烟捻来捻去,这地方禁止抽烟。请的二十四小时护工看雇主站着,也不好意思坐,半倚在墙上。她一点都不紧张,尽管只有十九岁,但生孩子的事她见多了。她跟段总说,没事,生出来就好了。说得像"肚子疼时,上趟厕所就好了"一样清淡。段总的一颗心哪放得下来,自己的老婆和孩子呢。我们四个人并排冲进走廊,段总也没觉得有多隆重,只是心不在焉地说一句:

"都来了?"

我说:"过来陪你抽根烟。"

老庞说:"人呢?"

段总指指里面。肃静。医院这种环境,看起来白得像一无所有,其实重得压死人,哪个想在这地方大声喧哗。老庞习惯性地要冲进手术室,被老段拦住了。这是北京的妇产科,别跑顺腿了。段总说:"妈,别担心,主刀的大夫是这里最好的。"

老庞掂量掂量手里的家伙,好像对"最好的"大夫也不是很放心。她问:"怎么会这样?"

"下午她到医院门口去,遭了点雨,受了凉。"

老庞立马严厉了,指着护工:"你怎么让她往雨里跑?这都什么时候了!"

"我是不让的,"小护工打着手势辩解,"可她非要去网吧。我去个厕所她就下楼了。"

"什么网吧?"老庞不懂。

"就是上网的地方。"老段说,"用电脑上网查东西。是吧端阳?"

我说是。我正背着笔记本,做好了持久战的准备,如果段总的老婆迟迟生不出来,我可能得陪他们一夜,我得赶在天亮之前把稿子写出来。

段总说,跟护工没关系,是他老婆自己的问题。不仅是淋雨着了凉,还有个原因是受了刺激,股票今天大跌,掉下去的速度有点惨不忍睹。他老婆买的两支股都赶上了。本来她午饭后躺床上迷迷糊糊要睡着了,一个同事给她电话,说完了,跌了;跌了,完了。跌之后的数字让她一直凉到脚心。她赶紧打开手机上网查,刚拨溜几下手机没电了。关键时候掉链子,她一定要出去找个网吧亲自看两眼。怎么可能跌成这样,简直没天理。小护工不让去,那也不行,一分一秒都是钱呢。钱是什么？他妈的血和汗，还有过日子的信心和平衡感。换了衣服就出去了，雨下得正酣。肚子挺出去太多，一把伞管不了全身，再加上风吹过来再吹过去，除了头发还算干的，其他地方都湿了。这问题还不大，关键是电脑上显示的股票曲线，一点儿弧度都没有，完全是九十度垂直往下掉，跟谁照着直尺画的悬崖似的，血淋淋的绿，能听到咣当一声掼下谷底的声音。当时她身边上网的人就听到有人惨叫一声，而她自己则是听见肚子里有人惨叫一声。她抱着肚子就不行了。

老庞不明白："炒什么股？股怎么炒？"

老段继续充当解说："就是把钱放到电脑上给人花，再下小钱。"

"自家的钱为什么给人花？还能下小钱？"

"人家花你的，你也花人家的嘛。你多花点不就赚了？"

老庞更糊涂了。老段因果关系也连不上去，干脆说："不说了，说了你也不懂。"左嘴角拽得更厉害了。

老庞也就不再问。她安慰儿子说："林子你放心，不会有问题的，妈在这里。"

小米在身后掐了我一把，我知道她想笑，于是我回掐了她一把。不该笑的别乱笑。

六个人突然都没声音了，安静得有点怪异，都伸头跷脚往手术室里看，看来看去还是那扇门。段总走到我面前，在我耳边小声说：

"其实也就十来万。女人哪，就是扛不住个事。"

我不知道他这话是啥意思,也许是因为紧张,所以我建议一块儿去洗手间抽根烟。这是眼下放松神经的唯一方法。

段总的老婆在手术室里折腾一夜,想生,感觉总是不能完整地找到。要是剖宫产早就完事了,但她不,提前跟段总商量过了,不到万不得已不切一刀,怕肚皮上留道疤。她看见过女同事小肚子上的那道生命之门,打开容易,关上也容易,但你想关得不留门缝不容易。后来医生累了,她也累了,只好切了。那会儿天都亮了。

在这之前,我跟段总和老段去了洗手间好几次,抽烟。三个男人躲在厕所里抽烟还是挺有意思的,像三个黑手党。都为了等孩子,但对孩子其实知之甚少。老段也是外行,有老庞那样能干的老婆,我不用猜都知道老段在家就是个甩手掌柜。他只是半天问儿子一句:"男孩?说定了?"段总只好一再重复:"B超说的。"除此之外,说得最多的就是股票。也就是涨涨落落的事。段总不炒股,不是他不关心这事,而是没时间,报社的事情实在太多。到了凌晨,他们爷儿俩出了洗手间,我留下来,坐在马桶盖上打开笔记本,得把报道写完。

小米和护工陪着老庞坐在椅子上,到了后半夜两个年轻人蔫了,下巴开始往下挂,过几分钟就要点两次头。老庞依然精神抖擞,一直握着她的那套家伙跃跃欲试,一脸革命前的表情。直到护士面无表情地推开门说:

"女孩。五斤四两。大人小孩都正常。"

老段、老庞和段总几乎同时跳起来。

老段绝望地说:"三代单传哪!"然后小声咕哝一句,"完了!"

老庞狐疑地看着护士的背影:"没生错吧?"她的意思是,是不是产妇多了,给弄错了。可是今夜分明只有儿媳妇一个人在生。

段总一直希望要女孩,我怀疑他说男孩是骗父母的。现在他显然很高兴,胳膊一挥,大喊:"五四,耶!"跟当年参加新文化运动的大学生一样兴奋。

我们进了病房看段总老婆。伟大的母亲现在很虚弱,麻药还没有退干净,只扑闪两下眼对大家表示:看见你们了。除了段总,其他人都不敢太靠前。段总握着她的手,耳语了一句。后来,他让我猜当时他在说啥,我说你们两口子的耳边风我哪知道。段总就义正词严地交代了:

"我对老婆说:你是我们段家历史的终结者。"

4

生完孩子两天,我和小米去看段总老婆和孩子,当然段总和他爹妈都在。小家伙小脸还没舒展开,眼睛拼命地闭,整个世界就在眼前,她不看。我找了一些常用又保险的词句赞美了一下,只能这样,当时我实在看不出小老头似的有什么好。我老婆煞有介事地说,额头、耳朵和下巴像爹,鼻子、嘴巴和眼睛像妈,所以长大了一定很漂亮,把段总老婆乐坏了。不知道她从哪里看出来的,反正我是没看出来,都没长开呢。要我说,只像她自己。

段总老婆好受多了,刚喝完老庞在家熬的萝卜丝鸽子汤,脸明显大了一圈。剖宫产之后要把肚子里的气排掉,萝卜和鸽子汤都是治这个的。段总老婆躺着跟我们聊天,小米不懂事,冒冒失失问她有奶了没有?段总老婆赶紧摇头说:

"我才不要有呢!"

"没奶孩子吃啥?"

"奶粉啊。"段总老婆说,"朋友们早告诫我了,千万别母乳喂养,不好断;最重要的,"她顺手拍了一下小米的乳房,"喂完孩子就不成个样子。难看死了。以后你可得小心啊。"

我老婆脸"唰"的就红了,结结巴巴地说:"那不都浪费了?"

"农民想法!肉烂在锅里,慢慢就没了。"段总老婆说,然后转脸对段总说,"说好了啊,喂奶粉。你订了没有?"

段总说:"还真订啊?都说母乳对孩子好。"

"还有都说不好的呢!"段总老婆撒娇了,听声音我就知道撒得不小,"你说话不算数!我就要你订!"

段总眼看着就软了:"好,订订订。过会儿我就打电话。就按大夫说的?好,没问题。"

老庞不同意,她也算半个妇科专家:"还是母乳好,孩子聪明。奶粉里面你知道他们塞了啥东西,没准吃出毛病来。吃奶粉的小孩都黑。"

段总老婆没说话，只是对段总递了一下下巴。看来他们分工很明确。果然段总说话了："妈，你说的是那些国产的劣质奶粉，我们要订的是进口的，按配方生产，缺什么补什么，比母乳营养还全面。"

"也是营养配餐？"老段说。

老庞用脚后跟磕了他一下，老段不吭声了。这种事老公公插嘴不合适。老庞不死心，说："再好的奶粉也是奶粉，我就不相信，牛身上出来的能比自己亲妈身上出来的好？"

段总老婆只好亲自出马了。她说："一袋奶粉上千呢，人家更科学。"

段总也说："越科学越好。"

老庞就不好再说了。不是被庞大的"科学"吓着了。人家做爹娘的都共识了，做奶奶的这一杠子不能插得太过头，远了一辈呢。但她明显不乐意。晚上回到住处，在院子里转了好几圈最后还是进了我们的小屋，扯完半天咸淡，终于忍不住了。

"你们年轻人到底都是怎么想的？"她忧心忡忡地说，"还科学，牛能比人更科学？祖祖辈辈都是吃娘奶长大的，有点钱倒变天了，改随畜生了。"开了头老庞有点打不住，也不避讳了，"女人不喂奶，长那两个大泡泡袋子干吗？留着看？叽里咕噜乱晃荡，干活都碍事，有什么好看的！"我老婆脖子都红了，老庞视若无睹，继续发牢骚，"林子当年要不是吃我的奶，哪能长成这样？我们邻居，建军他妈，生下孩子就没奶，建军吃奶粉你看给吃的，黑不溜秋跟从小煤窑里爬出来的,学习也不好。没办法好啊,头脑跟不上。跟林子一个班念的,林子考来北京念大学,建军呢,给人家开大卡车,还三天两头出事,今天压死只鸡,明天碰断棵树。他妈天天在家给菩萨烧香,求老天爷保佑别撞上人。你说糟不糟心。"

小米看这架势三两分钟是解决不了的,索性放下手里的校稿,向她请教点育儿经验。我们俩眼看着就三十了,提前学学没坏处。你没看见段总他老婆,自从决定要孩子,又是逛书店又是上网搜索,还去听专家讲座,床头一摞书,《育儿宝典》《新妈妈手册》《健康宝宝快乐妈》《你想做天才儿童的父母吗?》,等等,每晚睡觉前都要钻研半小时。

小米问:"母乳喂养到孩子几岁合适?"

"只要孩子爱吃,多大都行。"

"那段总,吃到几岁?"我问的时候完全是一脸坏笑。

"三岁啊。"老庞自豪地说,"那段时间我老生病,怕传染林子,就一咬牙一狠心,决定掐掉。林子不习惯,还要吃,奶水好吃啊。我就在上面抹鱼胆。"

三岁的段总一试味道不对,苦啊,撒嘴了,再试,又撒嘴了。就说:有东西。问是什么?年轻的老庞为了速战速决,干脆恶心恶心儿子,说:屎。三岁的段总果然就不再吃了。在这之前,段总想起来就往老庞怀里钻,哪怕正在和伙伴们玩,想起奶味也会撒腿就往家里跑。

"就那会儿断了。"老庞说,"过些天我又问林子,还吃不吃?这孩子说,不吃,有喜。他小时候说话不清楚,把屎都说成喜。"

把我和老婆给笑歪了。我心想,不是母乳好么,段总三岁了还说不清楚一个屁字。

老庞也就对我们发发牢骚,段总两口子最后还是决定给孩子喂进口奶粉。又过了两天,段总老婆有奶了,胀得难受,老庞企图趁机再游说一下,段总老婆根本不搭茬,让大夫开了药水,几针下去乳汁又回去了。

段总老婆在医院住了半个月才回家。这段时间老庞和老段尽心照料,只要能做的都做,只要能想起来觉得有必要的,也做。虽然是个孙女,终结了段家漫长的男丁时代,但她还是姓段,还是自己儿子的骨肉,来不得半点马虎。儿媳妇虽说也不怎么太听话,总有让老两口参不透的仙点子,但还是儿媳妇,该怎么好还是怎么好,这点道理老两口还是明白的。人家不听你的也正常,你是来帮忙干活的,不是来替人拿主张的。

但是,该拿的主张不拿也不对。比如孙女的名字,爷爷那是理所当然要拿主张的。不拿是不对的。不能总宝宝、贝贝、宝贝贝地叫。孩子刚生出来老段就焦虑了,跟我借《汉语大字典》《唐诗宋词选》和《古文观止》。本来以为生男孩是板上钉钉的事,突然改生丫头了,老段在家琢磨了大半年的一堆名字都没用了,只好连夜翻书。起码翻了三夜,老段眼珠子红得不行,把一堆书还给我了,说齐了。不仅找到了名字,而且还用他业余研习的阴阳八卦推算了一番,那是相当好的好名字。跟我们不能透露,要见到孩子再说。

老两口颠儿颠儿地把名字送到医院,段总告诉他们,名字已经取好了,叫段郑悉尼。老段当时就叫了,怎么成日本人了!听起来也不对味啊,段郑悉尼,猛一听像"端住稀泥",这哪是个名字啊,不行。老庞见儿媳妇躺在病床上不吭声,本能地觉得有猫腻。她又问儿子一遍:"叫什么?"

"段郑悉尼。"

老庞反应过来了。刚才懵懂是因为不懂地理。她早听说亲家现在澳大利亚的一个啥地方,悉尼,就是这儿。明摆着,这专利亲家已经提前申请了。她跟老段说,挺好,就悉尼吧。她把两个字咬得相当重,老段只要不是突然老年痴呆不可能听不懂。老段嘴张开一半,果然不说话了。儿媳妇笑眯眯地说:"爸,妈,别站着,坐啊。段,给爸妈拿葡萄吃。"老段和老庞坐下来,一颗葡萄吃了好几分钟。儿媳妇又说:"爸,妈,你们别生气,名字不就一个代号嘛,跟阿猫阿狗没区别。我爸妈就是想,我哥不是在澳大利亚么,生个孩子叫北京;我和段在国内,孩子叫悉尼,又有咱俩的姓,不是一家人亲上加亲嘛。"

"是啊,是啊。"老庞说,"应该的,有纪念意义。"

"纪念意义"这样文绉绉的词在老庞平常是绝对说不出口的,尽管舌头打结她还是坚持给说出来了。她觉得鸡皮疙瘩也跟着出来了。没办法。跟亲家不高兴就是跟媳妇不高兴,跟媳妇不高兴就是跟儿子不高兴。咱们是为了高兴来的。

老段却在心里嘀咕,何止纪念,等于上了保险,一个北京,一个悉尼,丢了都好找,直接进大使馆要人就行了。大名人家占了,小名总该能轮上吧。"这样一说,倒也有点意思。"老段站起来,一讲重要的事他就不爱坐着,职业病:"我和她奶奶就给取个小名吧。咱俩合计了一下,觉得还是土点好,就叫臭臭吧。要是男孩,就叫臭蛋了。"

儿媳妇的两只大眼慢慢变小了,鼻子眼都往一块挤,吃了辣椒似的:"爸,是不是,太土了点吧?"

"不土,一点都不土。大俗大雅。贱名好养活,一准大富大贵。"

"爸,要不再想想?"儿子打圆场,"叫牛顿怎么样?"

"嗯,叫牛顿好。"儿媳妇在床上拍手,"咱俩理科都不行,让闺女好好学,当院士去!"

老段刚想说,女孩子家叫牛顿,太不着调了!儿子及时总结发言:"爸,妈,那就叫牛顿吧。听说名字对性格和能力的塑造有很大影响,不能让悉尼跟我们一样偏科了。"老段几乎要挥起拳头抗议了,老庞踢了他一脚。肯定是人家两个专利一块申请了。一把年纪了怎么还那么不懂事呢?怪不得退了休也没熬成个副校长。该!

老庞倒无所谓,老段放不下,好歹几十年的知识分子,不仅是面子问题。怎么说丫头的"段"也在"郑"前头。老段就跟我嘀咕。我跟老庞想法一样,一定是澳大利亚那边有统一部署。上班时见到段总,我就说我们段郑悉尼的小名取得好啊。段总说,好什么,硬邦邦的,我倒是喜欢她哥家那小杂种的小名,歌德。听得我一愣一愣的,靠,那个是学文科的,叫莎士比亚不是更酷。

"没办法。"段总说,"有孩子你就知道了,烦着哪。我爸妈是不是不高兴了?"

"段伯很生气,后果很严重。"

"抽空替我说说,我也不容易啊。想把两头都摆平,怎么就他妈这么难呢。"

"比当老总还难?"

"难太多了。哪天你能把三个家都摆平,你做我老总。你看,她生孩子,非常时期,你让她一天不高兴,她可能就像慈禧似的,让你一辈子不高兴。再说,别扭起来对身体也不好,也搞得大家更生分。只好委屈自己爹妈了。你说是不是?"

5

段总老婆出院那天我没去,陪小米去另一家医院复查了。前几天她们单位体检,查出她卵巢有问题,片子上有两个阴影,是囊肿还是囊腺瘤医生也不敢肯定,而且有节结。建议换家医院再查。我对瘤这个东西一直很敏感,总在想象里认为那是阴险邪恶的花朵要盛开,所以赶紧托人找北京最好的几家医院去查。在北京,像样点的医院就跟火车站一样挤,挂个号队伍要绕好几圈一直排到露天地里。我从别人手里买了个号。很多人靠这个吃饭,跟倒黄牛票一样,排上了就卖,再排。靠山吃山，靠医院吃医院。去了两家医院，大夫说法不同，一个认为是巧克力囊肿，一个认为是囊腺瘤。但结论相同：剥离掉。理由是，我们结婚不久，阴影妨碍我们要孩子。那当然得剥离。

为确保万无一失，我带老婆去了第三家医院。大夫说，要想要孩子，还是尽早做了好。不管囊肿还是囊腺瘤，问题都不大，这病发病率挺高。腹腔镜，小手术，就在肚子上打几个眼，仪器钻进肚子里，电脑上操作。

"不过，也不好说。"大夫说，"究竟病情如何，还得手术的时候才能看清楚。"

"不过"很要命。我都结巴了，问："可能出现哪些情况？"

"最坏的可能是，切除卵巢。"

就是没法要孩子了。我手脚"唰"的就凉了，跟静脉注射了冰块一样。小米的脸也白了，两只手死死地掐住我胳膊，眼泪哗哗地流。我们俩都喜欢孩子，活蹦乱跳的那么个小东西，肉滚滚的。前些天小米看见段总的女儿，回家路上就跟我叨叨，我们是不是也来一个？我说不来，生出来扔大路上养啊。我的意思是，再混两年，等有了房子，从从容容地再来。看来还是盲目乐观了。

"大夫。"我说，要声泪俱下了，"大夫。"

"年轻人，想开点。"大夫边往外走边说，"没孩子不照样过！人家丁克，追着赶着都不要。要做，我们尽量帮你保住卵巢。"

129

我还想再咨询，人已经没影了。我突然觉得这大夫挺可恨，女的，五十岁左右，戴冰凉的银白色金属边眼镜，薄嘴唇，嘴角下垂，不会笑。朋友说，她是这家医院里该领域最牛的大夫。我照样恨她。

"怎么办？"小米说。

"回家。"

"我是说，没孩子怎么办？"

"回家。"

我握着小米的手，软软的，还凉。老婆，我们回家。

小米没心思做晚饭，我们就在外面随便吃了点。我尽力开通她，没孩子掺和正好，咱好好过二人世界，郎情妾意，举案齐眉，听着都诗情画意，人家想多过几天还没机会呢。再说也未必就没有，当医生的从来都是相对主义者，就喜欢这也可能那也可能，主要是用来逃脱责任。小米说，能生不要是一回事，生不了又是一回事。到时候我们还是喜欢孩子怎么办？

"领养一个。还有挑拣的余地，五官不标准的不要，智商低于一百三的，不要。"

"要是领养的孩子跟咱们不亲怎么办？"

"咱们对他好，就亲了。"

"要是孩子长大了找到亲生父母了怎么办？"

如果这问题我还能回答，小米会永无止境地问下去。她受的刺激的确不小，头脑已经不会拐弯了。我说你看那是谁，在我们院门口转来转去。那时候天已经黑透了。其实我已经看出来了,是老段,背着手跟看学生晚自修似的。见到我们,像亲人一样迎上来。

"复查怎么样?"老段问。

哪壶不开提哪壶。"没大事。"我说,"段总那边挺好的?"

"挺好。"老段搓着手说,"院出得很成功。老庞在那照顾。"

"哦,是应该照顾一下。"走进院子,我开了门。

"今晚不回来了。"老段跟着我们进了屋,"闲着没事,有闲书我看一本。"

我指指书架让他自己挑。小米情绪还没缓过来,头有点疼,我让她收拾一下早点睡,睡一觉啥事都没了。老段挑了一本章回小说、一本政治八卦,犹豫该看哪本。我让他都拿着,一块去他屋里抽根烟。出了门我就开始点烟。老段从老花镜上面看我:

"端阳,你有事。瞒不了我。复查有问题?"

进了他的屋我才说:"小问题。可能对生孩子有点影响。"

"你是说,可能生不了?"

"也没那么严重,大夫就是猜测,有那么一说。"

老段一屁股坐到床上。"我就说嘛,年头坏了。"他忧心忡忡地说,"看看你们大城市,年轻人跑过来,好好的生孩子都有问题了。没问题的,B超说好是男孩,临生了变样了!"他还在为没抱成孙子遗憾,随即声音小下来,"这样看,有个孙女已经不错了。"然后嗓门又抬起来,"我就说嘛,你看公园里到处走的，狗都赶上人多了！刚刚我还去了趟公园，你猜我看见什么了？一条狗，坐在婴儿车里，一个女人推着。那狗一只前腿搭在栏杆上，另一只举在耳朵边，过几秒叫一声，跟领导检阅部队似的，说同志们，辛苦了。"老段手也跟着比画，学那只长毛的京巴敬礼，乐得我差点给烟呛着。

"说正经的。"老段也点上烟，"大城市问题大到天上去了，当年我来北京的时候，五更头大马路上没几个人，更别说汽车，拖拉机都没有。现在好了，车挤人，人挤车，一个个忙得像抢银行。大街上哪还有个氧气，都是他妈的二郎八蛋，就是二氧化碳啊。"

老段到底是个老语文教师，懂得修辞。他严肃地认为，一定有问题。要说好，还是他们那地方好，山清水秀，草木丰茂，随便抓一把都是氧气。年轻人啥毛病也没有，只会担心生多了国家罚款，那家伙，一黑灯就一个，一黑灯就一个。"你猜猜我们家老庞生完林子之后，又怀了几次？"老段把嘴凑过来，神秘兮兮地问我。

我哪猜得出来，也没啥意义。我敷衍地晃了晃右手。

"五个？"老段得意地笑了，"再加一半，还多。八个！"他做出一个"八"的手势。然后神情黯淡下来，"八个啊。"都流掉了。

居然没把老庞折腾垮，真是奇迹，现在还这么利索能干。可是，他跟我说这些有什么用？我觉得挺烦，大夫的话没法像烟一样，说吐掉就吐掉，吸进去了就出不来。我的烦躁体现在

我一根接一根地抽烟上,不用打火机,直接续着了。老段也看出我的心不在焉了,就叹口气说:

"其实我就想让你放松放松,事再大装心里也不解决问题。我也是。老庞突然不回来了,我还真有点不习惯,就想找人说会儿话。人老了,比你们年轻人还怕事。"

他把老花镜拿下来,我看见了他的两个沉重的眼袋。然后是夹着香烟的手,手背显出光亮泛黄的老人的痕迹。从眼袋和两只手,你一定看不出老段年轻时如何风华正茂、如何意气风发,但是,你一定能看见他现在老了,在这个晚上没着没落,孤单一人。我突然就想通了,该怎么样就怎么样,担心和猜测都是多余的,既然大夫都不能确切知道,我们知道什么?

手术了再说。

6

那一夜没睡好,一直说话到下半夜。我开导她。女人此刻的心情你要理解。多余的东西长在她身上,直接关系到有无下一代的问题,她有相当的压力。最后小米咬牙切齿地说,好,明天手术。

去了医院才发现手不手术我们说了不算,要大夫和病房拍板。首先是主刀大夫有没有时间。那位不会笑的大夫姓陆,在医学院兼教授,博士生导师,只能没课的时候上手术台,还得把之前已经挂过号的病人先解决了才行。然后是病房。病床跟火车座位一样紧俏,也得排队。护士长说,今天满员,回家等着吧,空下来就通知你们。小米积蓄了半夜的勇气一下子散了,说要不就算了吧,怕挨那一刀。我说不是刀,几个小洞而已。都站了队了。其实我也怕,想想在肚子上钻几个洞,那也够瘆人的。

那两天碰巧我不忙,很多小新闻我在一两个小时内基本都能搞定,待在家的时间比较多。白天陪小米,晚上陪老段。老段很孤单。

段总老婆一个人照顾不了牛顿,尤其是半夜,喂孩子换尿不湿她就忙了前爪,老庞得坐镇。白天再帮着做饭,洗洗衣服,中间照看下牛顿,一天就很充实。老庞忙得开心,来就是干这个的,说明自己还有用,不是吃闲饭添累赘的。相比之下老段用处就小了,只能帮着买买菜,然后擦家具。这两项工作花的时间都不多,待在二十一楼上他又不好意思干坐着,只好拿起抹布再擦一遍。因为里里外外都得照顾到,那段时间就看到他一个人的影子四处闪现,老庞实在不好意思再不开口了,就说:"老段啊,家具擦坏了。你能不能坐在沙发不动呢?看看书也行。晃得我眼晕。"儿媳妇也说:"爸,没事您看看电视。"老段哪好意思。因为儿媳妇在说这话时,顺手把自己的房门关上了。她忙自己的事。一是坐月子;二是继续研究育儿宝典,原来只是理论,现在实践也跟进了,得重新认识;三是想起来就到电脑上看看基金。炒股导致牛顿提前来到这个世界上,为此她后悔得都想给别人几个耳光。在她看来这相当于早产,所以时刻担心牛顿会留下什么后遗症,谁都知道早产容易出问题。她请教了很多医生和朋友,各说各的理。有的说才提前十天,没问题,人家拿破仑是七个月的早产儿,照样做皇帝打到俄罗斯;有的说那不行,有一天算一天,要是没影响谁还愿意足月子再生?拿破仑,你看他那个头,明显吃了早产的亏。最贴心的朋友说,木已成舟,眼下最可行的是,好好养活,各方面齐头并进,增加营养,增强体质,把亏牛顿的都给补回来。她想,就这意思。为了专心致志补偿牛顿,她把股票都抛了,买基金,赚一点算一点。大多数基金都善解人意,只涨不跌,不过涨得慢了点。过去她嫌基金赚得不过瘾、不刺激,不屑去玩。

别人都在忙,他一个大闲人坐在客厅里神仙似的看电视,老段干不来。所以他觉得很难受,宁愿早早回到平房里来,孤单是没错,那也是自由的孤单。除了看书,他把大部分时间都耗在公园里,看看风景,在健身器材上活动几下,然后回来告诉我又看到几条稀奇古怪的狗。有一条他远看认为是小绵羊,近看还认为是小绵羊:头和尾巴长了一团蓬松的小卷毛,两只垂下来的肥厚大耳朵上毛最长,四只小蹄子上方各留着一圈长毛,像女孩子穿的低筒矮靴靴筒上的一圈人造毛。这还不算,不知道是天生的还是人工染发,两只耳朵是粉红,尾巴是黄的。完全是只楚楚动人的小绵羊,主人却说那是狗,还报了一个怪异的名字,他没记住。

老段不厌其烦地跟我讲这些,希望我也能对那条莫名其妙的狗感兴趣。然后又跟我说,他发现公园里有圈鹅卵石小道,很多人穿着薄底鞋或者袜子或者干脆光脚在上面走,按摩脚底穴位。旁边还竖了一块大牌子,画了两只大脚掌,标明穴位在哪里。好玩的在于,所有在小道上按脚的人都是逆时针倒着走。后脑勺上没长眼,一个个走得小心谨慎,不免跌跌撞撞。为什么不正着走?为什么不顺时针?老段问我。

我也不明白。但这事我知道,当初我也纳闷。还问过几个正在走的老人,他们也不知道。他们说,他们开始走的时候,大家已经这样走了,就成了不成文的规矩。开始不习惯,慢慢就习惯了,感觉还挺好。你只能理解为,这样走对身体更有好处。所以我跟老段说:"多走几次,您就习惯了。"

老段夜晚的孤单没有持续几天,老庞回来了。儿子请了一个年轻的保姆,就把老庞解放出来了。但是老庞被"解放"得很不舒服。开始儿子啥都没说,突然带回来一个三十岁左右的女人。那女人到了家里,儿媳妇把她带到房间里秘谈,不到四十分钟,那女人就灰着脸离开了。儿媳妇对儿子说:"这哪行!文化水平太低,意识也跟不上,土了。"老庞不知道他们在干吗,又不便多嘴,只管闷头干活。第二天又来了一个,更年轻,长得也不错,时髦的衣服一穿,完全是个大城市里的小少妇。秘谈完了,儿媳妇陪着她笑眯眯地出了房间。

"定了吧。"儿媳妇说,"今晚就住这儿。"

老庞没弄懂,问儿子:"来亲戚了?"

段总说:"请的保姆。我和小郑怕您累着。"

老庞当然知道保姆是干什么的，但她还是纳闷，难道自己不是保姆？难道自己还做不好保姆？"不就这点活儿么？我一人也干得了。"老庞说，"你妈还没老成那样。"

段总说："您来之前我们也请的，是钟点工，做做饭打扫卫生什么的。"

"过去我不管，现在不是我来了么。"老庞的第一反应是，小两口觉得自己不尽心。

新来的保姆赶紧去了厨房，开始擦洗煤气灶。刚动手，牛顿醒了，张开嘴就哭。老庞往围裙上抹着手上的肥皂泡就要跑过去，嘴里嘀咕小乖乖这才睡多会儿，保姆已经冲到牛顿旁边了。儿媳妇站在客厅走道里说："妈，让小王来吧。她女儿刚五岁，她懂。书上说，年轻人带孩子对婴儿有好处。"儿媳妇说完就进屋继续研究育儿宝典了，牛顿被保姆摆弄两下果然不哭了。老庞愣了。她知道儿媳妇说这话不是有意的，但她还是心里一沉，那也就相当于书上说：老年人带孩子对婴儿不利。大概是暮气太重，不能让孩子活泼。那个新来的小王正咿咿呀呀地逗牛顿，声音欢快悦耳，情绪高昂，如果牛顿现在就会笑，一定笑得咯咯的。老庞一下子觉得自己老了，习惯性地摸一下脸，无数道皱纹汹涌而至。

段总发现母亲一直站在原地，问："妈，您不舒服？"

"舒服，"她说，"小王歌唱得真好听。"

"小郑就想找个能说会唱的保姆。"段总说，"她现在都不让我在家唱歌，怕弄坏了咱们牛顿的审美感受力。"

平心而论，段总的确喜欢唱歌；平心而论，段总的歌唱得实在很不咋地，跑调不说，声音还像铁钉划过玻璃，一首歌听下来，你感觉到的就是一颗喝醉酒的钉子没头没脑地在一块巨大的玻璃上乱窜。老庞对"审美感受力"这个术语有点陌生，但意思她肯定自己已经听懂了。

"妈，您怎么了？"

"墙上那幅画歪了。"老庞说，"你脚上的袜子要不要洗？"

"下午洗完澡刚换的，您忘了？"

想起来了。儿子出差刚回来，然后洗澡换衣服，脏袜子现在洗衣盆里。老庞回到洗衣盆前坐下，听儿子搬动椅子去调整歪掉的油画。本来家里挂了很多奇怪的油画，人不像人，树不像树，老段跟她说那叫抽象画。抽成那样当然不像了，老庞不喜欢。前天段总又买了几幅新的换上，人是人，山是山，水是水，比照相机照出来的还要好看。牛顿妈让换的，要让牛顿睁眼就能看见优美的图画。这也是育儿宝典上说的，对孩子好。凡是对孩子好的，都是对的；凡是对孩子成长有利的，都要去做。老庞有一搭没一搭地搓袜子。儿媳妇从屋里出来说：

"段，过两天我还得去美容。书上说了，母亲的形象对孩子影响最大。"

老庞伸长脖子看洗手池上方的镜子，看见一张衰老的脸。老庞想，怎么就没想到自己早已经抽象了呢，真是越老越不自知了。

晚饭时老庞说："林子，我想回去住。"

"为什么?在这边不是好好的么?"段总不明白。

"我怕你爸一个人睡不好,孤魂野鬼似的。再说,有小王在,丫头也省心。"她总是不愿意说"牛顿"两个字,觉得难为情,像外语。

段总老婆用筷子捅一下段总的胳膊,意味深长地说:"笨死了!妈不是怕爸爸孤单嘛。"

老段连忙摆手说:"我不孤单。我真不孤单。"

"我在这儿也没什么事。"老庞说,"明天做早饭我再来。"

"妈,您就别着急过来。"段总老婆说,"有小王呢。她饭烧得也挺好。"

老庞就回来了。她知道儿媳妇没有恶意,也不是那号人小肚鸡肠的人,但她还是觉得儿媳妇的大大咧咧其实也伤人的。老庞回到平房老段很开心,重新找到组织了。他把左嘴角一个劲儿地往上拽,跟我说:

"还是平房好啊,平房好。林子想得就是周到。"

7

午饭后我在报社正开会,小米打我手机,说医院通知她,今晚就住院,病床腾出来了。我说这么急?一点儿准备没有。小米说,护士说了,过这村就没这店,那就不知道什么时候才能轮上了。那就住,你先收拾一下,我马上回。跟段总请了假,挤上公交车就往家跑。

带了几样简单的日常用品去了医院。小米紧张,说怕。我说还没做呢。手续不复杂。主要是交钱。押金一万。幸亏我把银行卡都带来了,三张卡才凑出一万来。病房在十二楼,8床。刚把东西放好,护士在门外喊:"8床,检查。"

病房里三张床。6床,7床,8床。6床是个清瘦的姑娘,马上出院,她妈正帮她收拾。7床四十多岁,密云人,一家小私营企业的老板,昨天刚手术,正躺着,床的右侧垂着一个塑料袋,里面有半袋血水,塑料袋上的导流管一直插到她的肚子里。为的是把手术后的废血排出体外。她也是腹腔镜,肚子上钻了几个洞。

半个小时,小米缩着脖子回来了,说:"大夫说,明天上午手术。"她怕,看到7床渗出来的半袋子血更怕了,抓着我的手要回家。她的手冰凉又哆嗦。

7床笑了,让她老公把帘子拉上,别让渗血袋露出来。"没事,就看着吓人。"她说,"麻药一打你啥都不知道了,想疼都疼不了。"然后6床母女跟我们告别,7床说:"回去好好养几天,消停了给我做报告啊。"

6床一挥手:"没问题。"

"知道她什么病么?"6床走后,7床对我们说,"子宫癌。切了。刚化完疗。你看人家那精气神。三十岁。知道自己是绝症,好不了。就是一个状态好,没辙。"

"那她,"小米说,"不怕啊?"

"开始怕。要死的事,谁不怕?刚进来绝望啊,拒绝治,还没结婚呢，年轻，漂亮，多好的时候啊。晚上也不睡觉，就埋头哭，护士换了三个枕头还湿。"

"后来怎么这样的？"这种事在故事和传说中常见，觉得没啥，真人站跟前就好奇了。

"8床。"7床指指小米的病床，"你之前的8床，刚走。也是癌。化疗九次了。五年前就说晚期，不行了，自己坚持要治，她说她不能死，要等儿子考上大学再死。"

"考上了？"

"明年考。她很乐观，觉得等到明年没问题。6床，小顾，活活被感动回来了，整个人一下子变了。你们看见了，哪像个癌症病人。"

7床的老公给我们两个苹果："多大的事，别怕。我公司前年赔了两百万，一滴眼泪没掉。吃苹果。"

真是看不出来。6床收拾东西时还唱着："让我们荡起双桨，小船儿推开波浪……"

晚饭之前，6床来了新人，一个超级大胖子，胳膊根子赶上小米腰粗，上床一个人上不去，得她妈和她姐又搀又搬才弄上去。刚二十三岁。后来我们一直叫她胖丫。急诊，腹痛。大夫检查之后说，住吧，明天手术。也是腹腔镜，比小米的严重多了。上了床就哼哼，要吃肯德基。她妈气呼呼地说，肯德鸭你吃不吃？胖丫就说，不给吃我就哭。她姐说，你哭啊，哭就把你扔床上，自己下来。胖丫噘着嘴说，那好吧，不哭了。大家都乐了。

出了医院大门,我还是紧张,不由人。这地方是医院,不是游乐场。这么想越发佩服前8床和前6床,两个患绝症的女人。今晚不让病人家属陪床,手术后才行。大夫嘱咐我,明天早点到,要家属签署手术协议。这是我头一次被赋予"家属"的身份,因为一个手术,我是家属。大夫说,他们尽量帮我保住卵巢。我们的孩子。

回到家我坐在床上发呆,抽烟,说不清楚,心里乱糟糟的,觉得拥挤的十三平米的小屋很荒凉。来北京以后,除了出差,我和小米还没有分开过,现在她住院了。掐掉烟我开始洗衣服,平常都是小米洗,生活突然落到了我的肩膀上。在这之前,我还真没有仔细琢磨过"生活"这两个字。洗了一半,老段和老庞过来了。老庞说:

"怎么你洗了?小米呢?"

"在医院。"

"定下来手术?"老段问。

"明天上午。"

"走。"老段拍拍我肩膀,"进屋抽根烟,说说话。"

我们到屋里坐下来。他开始安慰我,问题不大,首都的医生我们还是应该充分信任的。我跟老庞交换过意见,她认为没问题,小米这么年轻,该有的孩子一个都不会少,放心。来,再抽一根,抽我的。我觉得老段突然不啰唆了。过一会儿老庞拿着空盆进来,说,衣服已经晾了。让我很过意不去,竟然让她老人家帮我洗衣服。

"洗件衣服有什么,这孩子。"老庞说,"我给儿子儿媳妇天天洗呢。"

可我不是她儿子。只好说谢谢。继续说手术。他们提出明天陪我一起去,我说不用,忙得过来。

"想忙也没得忙,医生在张罗。"老庞说,"你们都大了,再大也是孩子,这种事头一回碰上,父母又不在身边。信姨一句话,多个人多分精神,陪你们说说话也好。"

我坚持说不用。他们还得去段总那边。

"端阳,别争。"老段说,"听老庞的,她懂。"

我还是不想惊动他们。

第二天早上六点我就出门,他们的门还没开。我想早点去陪陪小米,这一夜不知道她睡得好不好。刚进住院楼就看见老段和老庞坐在门边的椅子上,他们竟然早到了。我说:"这,你们怎么来了?"

老段颇为得意,说:"我跟老庞走来的。走了一个半钟头。"

"人老了,觉少,赶点早汽油味也小。"老庞说,"就当锻炼身体了,一路问到这里。"

当时我感动坏了。从住处到医院,拐了十八道弯也不止。老庞一直不愿意到处溜达的,北京太大,车水马龙的,还有环线和立交桥,想起来她都头晕,何况还有晕车的毛病。

"那起得也太早了。"我实在过意不去。

"早点车少,汽油味小。"老段说。

进病房的入口有值班人员守着,必须拿到通行证才能上楼。我去窗口要证,工作人员说探望家属每次只能去两个人,只给我两个证。我说我们三个人,我老婆今天做手术。

"大夫,不能通融一下?"

"都是病人至亲?"窗口里面问。

"都是。"

"什么关系?"

我一下子愣了,什么关系呢?

"我是他爸。"老段拍自己胸口说,又拍拍老庞肩膀,"这孩子他妈。我们是病人的公婆。"

窗口里面伸出个圆圆的胖脑袋,四十多岁的女人,看了看我们三个。"不像啊。"她说。

老庞说:"我儿子随他舅,单眼皮,头大。"

胖脑袋说:"头是不小。"给了三个通行证。

老段乐呵呵地说:"端阳,可不是老头老太要占你的便宜啊。"

病房里都起了,没进门就听见6床的胖丫在哼哼,今天她也手术。小米赤着脚坐在床上,松松垮垮的病号服显得她小而清瘦。她没想到老段和老庞会来,赶紧跳下床。

"小米,还说爹妈不来,这不来了。"7床性格外向,跟谁都能说上话,让他老公给"叔叔阿姨"搬椅子。她说,"叔叔阿姨,你们坐了一夜的火车吧?我就说呢,爹妈知道了现长翅膀也会飞过来的。"

老段说:"是啊,这么大的事,能不来么。"

老庞也顺着说:"这俩孩子,还不让来呢。"

上了十二层楼,他们就从我父母变成我岳父岳母了。我和小米也不好挑明,虽然不叫爹妈,但那排场完全是爹妈的排场。7床一个劲儿地跟老段和老庞夸小米,您女儿很勇敢,不怕了,昨晚还抖呢。老庞说,这孩子胆小,给你们添麻烦了。

陆大夫的助手让我去签字。她说手术不大,接着又把可能出现的最坏情况详细地跟我说明,不只是卵巢能否保住,还有,基本上大家都能想到,最坏的可能。然后问,签不签?小米被推进手术室之前,麻醉师也来这一套,全麻,可能会休克、昏厥,甚至停止呼吸,签不签?明知道我不得不签,还拼命地刺激你,简直折磨人。

小米和6床一起推出病房。我们去楼下家属等候区待命。大夫嘱咐我不要随便乱走,一旦手术出现意外,比如腹腔镜搞不定,得动刀子,或者卵巢必须切除,在这些重大决定之前都得和我交换意见。这栋楼上有好多间手术室,很多种手术同时都在做,所以家属等候区坐满了人。旁边有个小喇叭和几部电话,手术室有事需要通知家属,电话就来了,然后值班人员对着小喇叭叫:某某某的家属在吗?速来几楼手术室。或者,手术已经结束,病人已进病房。等等。我和很多家属一样,眼睛和耳朵都盯着那个小喇叭。

我不想坐,椅子冰凉。那天有点阴,温度明显低下来,我有点冷,手脚都在出冷汗。我在大厅和楼门前之间走来走去。我担心喇叭里突然喊"文小米的家属"。时间走得很慢。老段和老庞也站着，偶尔跟在我身后。他们只是默默地跟着我走，老段想起来会按一下我的肩膀。喇叭过一会儿打开一次，每次开关一响我就停下来竖起耳朵，心跳往脖子上跑。不是找我。不是找我。还不是找我。老庞攥了一下我的手说："相信姨，没问题的。"我说嗯。后来老段不见了，我也没在意，十分钟后他回来，买了豆浆、油条和包子，他们知道我一定没吃早饭。等我磨磨蹭蹭地吃完，那个时间上手术应该已经完成了一半。老庞说：

"一切顺利，不会再有事了，跟老段出去抽根烟吧。我盯着。"

然后她找了张椅子坐下。这段时间里她和我一样心里没底，但她不说。我的一颗心咯噔落了地，跟着眼泪哗地就出来了。内心里充满了感激，我穿着旧T恤，身无长物，真想把手机和手表一起送给他们。好像是因为他们在这里，手术才没有出现异常一样。我到口袋里找烟，忘带了。老段说：

"走，抽我的。"

连抽了三根烟。老段说，昨晚回去老庞就说，一定要来。这人遭事了，都脆弱，身边就是有个哑巴，也能跟你说说话。我直点头。我说手术结束了你们就回去吧，段总那里还等着呢，来之前也没打声招呼。

"没事，多陪一会儿。"老段说，"你和小米跟林子不一样，你们俩更不容易。"

在北京两年多，很多人对我说过你们不容易，我都一笑置之,没啥感觉。老段这句话让我有了感觉。我爸妈,小米的爸妈,他们不知道小米现在正在手术室里,很可能永远也不会知道。对两头父母,我们俩向来报喜不报忧,不想让他们担心,担心也使不上劲儿,反倒把他们的生活弄得一团糟;此外,也是虚荣吧,不想让他们知道我们"不容易",很多时候我们也并没有觉得有多不容易,很多年轻人在北京都这么过,甚至还不如我们。我和小米一次次和父母说,不错,挺好,一切都好,很好,相当好,你们就别操心了。我一直认为,我们应该有能力过上一种不需要父母操心的生活。

"对我们做父母的来说,"老段吐一口烟,忧伤地说,"帮不上忙更操心。等你们做了爹娘就明白了。"

外面开始下雨,我和老段进楼。喇叭里在叫胖丫的家属,手术已经结束。接着叫我。老庞对着我松开她的左手,满手心的汗。老庞长出了一口气,说:

"你们男人不知道,女人要生不了孩子有多要命。"

刚做完手术的小米很虚弱,嘴唇焦干,病床的一侧垂着渗血袋,另一侧挂着导尿管。她尽力睁开眼睛对我们笑。护士说,都认识吗?小米点点头。护士又说,病人的麻药还没彻底消散,别让睡着了,十二个小时之内不能饮食。陆大夫此刻正在进行下一个手术,护士转述她的话:手术很成功,卵巢几乎完好地保存下来。她们说话像白大褂一样简洁干净。

7床说:"全麻劲儿大,跟小米说说话,让她醒着。按摩一下腿脚,恢复得快。"

小米的手脚冰凉，我帮她按摩。老庞坐在床头跟她说话，说她这么多年里对女人的经验，还有孩子，以及补养身体的方法。对术后女人的修养，老庞很有一套。可惜段总老婆不听她的，只认白纸黑字，认为那才是科学。老段帮不上忙，坐在一边，不时替老庞补充几句。

三个小时之后麻药才逐渐散掉，已经是下午，小米感到了伤口的疼。能忍受。段总打我手机，说他爸妈不见了，我说在医院呢，正帮我照看小米。段总上班早，新来的保姆小王把家里收拾得也妥帖，小郑就把公婆的事忘了，午饭后才发现不对，老两口今天没过来，赶紧给段总打电话。段总开车就往平房跑，没找到才找我。老段接的电话，说：

"小米刚做手术，你妈说，看完了就回去。"

我让他们现在就回去，老庞不答应，要看小米打完这两瓶点滴再说，回去也没啥事。一直拖到傍晚，段总带了些水果、营养品和一个花篮来到病房。他抱怨父母不和他通个气，也怪我不跟他说手术的事。昨天请假我只简单地说去医院。段总给老段带来一个新手机，让老段以后随身带着，免得找不到人。他跟小米说了会话，就开车把老段和老庞接走了。

7床说："咦，不是小米爹妈么？我怎么看不明白了？"

"看不明白就对了。"我说，"小米爸妈在老家呢。"

"你们这邻居倒好，跟亲爹亲妈似的。"

"比亲爹亲妈还好。"胖丫恢复了精神，饿得肚子咕噜咕噜直叫唤，"我要吃肯德基。"

她妈不理她:"那你就哭吧。大夫说了,坚决不能让你吃。"

胖丫说:"那我要听摇滚,我要上网跟朋友聊天。"

"你就作吧你。"

8

小王做饭也是一把好手。她在北京待久了,饭菜的口味跟段总老婆很对路子,因此,如果不是特殊情况,老庞只能降为替补,需要的时候也可以打打下手。她的口味离北京太远。这样一来,老庞的活动范围就小了。她在二十一楼的工作主要是:买菜(一般和老段合作);打扫卫生(一般与老段合作);洗衣服;做饭和带孩子那要视小王的情况而定。此外,这是后来才慢慢争取到的工作,洗尿布。老庞绝非为了抢工作才坚持让牛顿用尿布,她不喜欢像大三角裤衩一样的尿不湿,任何加工过的东西在她看来都不可能有棉布来得舒服,自然,吸水,透气,保护牛顿的小屁屁。至于环保,老庞是不关心的。

开始段总老婆不同意,尿不湿是科学的产物,理应是最好的,而且他们的确也是买的最贵的尿不湿。后来她在一篇文章里偶然看到,科学认为,尿布还是棉布的好,才勉强同意,而且只答应白天给牛顿用。做尿布也费了不少事,先买来最好的棉布,然后裁剪成大小合宜的十来块,老庞担心自己的针线活儿做出来糙,不好看,就找裁缝来做,每一块尿布编上号才开始用。

尿布由老庞洗，老段认为这是她自作自受。但老庞很乐意，只要是为孙女好，她甘愿一天到晚洗尿布。为了让儿媳妇早点把身子养好，老庞把搜集好的食补方子私下里交给小王，让她按照方子上的说明来。小王当然没问题，她的确也想不出如此多的好方子。段总老婆每次喝完小王炖的汤，都要夸赞一番。小王也坦然地替老庞领受了。

这样老庞和老段其实并不忙，一大早步行去早市买菜，挑最新鲜的，很快就能回来。然后老庞开始洗衣服，老段开始打扫卫生，拖地，擦家具。也很快。如果想离开就可以离开，老段可以一天不再过来，老庞也只需要在傍晚来一趟，把积累一天的尿布洗干净。

开始干完活儿就离开，是因为闲下来实在没事做，只能像两个老白痴一样坐在沙发上看电视，或者远远地看着孙女的小脸，仔细地体会做爷爷奶奶的美好感觉。老两口都觉得这样不好，咱们不是来养老的。牛顿贪睡，哭两声蠕动两下又睡着了。老庞对小王带孩子的水平还是由衷佩服的。小王在段总老婆的监督下，很快就养成了极其良好的习惯，能够根据牛顿的面部表情和发出的各种细小的声音判断出她可能要干什么。比如说，牛顿正睡着突然哭了，那一定是需要奶嘴伺候；如果躺在那里不安分，乱动，那一定是该换尿布了。牛顿很小，生活简单，只需要几个动作就能把自己表达清楚。掌握了规律，小王也不忙了，她没有平房，所以必须待在那里；老庞和老段不行，赖这不走就有点乐不思蜀的嫌疑了，尽管房子很大，足够好几个闲人相互对视一直坐下去。他们能回平房就回平房。

有一天老段问我:"你看,我和老庞是不是像你们城里人说的钟点工?"

"可千万不能这么说。"我说,"您是段总的爹,老庞是段总的妈。钟点工怎么能跟你们比呢,太开玩笑了。"

老段幽怨地说:"其实钟点工也挺好。"

要说段总老婆不孝顺,那也是冤枉,她跟公婆的理解完全弄拧了。她觉得把老两口解放出来多好啊,闲着比累着强。他们没事了就离开,随他们去,来一趟不容易,在我们首都的土地上走一走、看一看,也算没白来。至于饭菜,她的确是更习惯小王的手艺,她是个直肠子,喜欢啥说啥而已。在自己公婆面前说真话是罪过么。她是为老两口考虑过的,给老段配手机就是她的主意,租平房也是,她担心老人住半空里不习惯。电梯速度也快,上天入地的,心脏不好的年轻人一般都不敢坐,何况老人。她一说段总就觉得对,的确没错,你挑不出毛病。段总在工作上挺认真,也敬业,生活里多少有点马虎,自己亲爹亲妈还能有什么,随便他们就是了。

有一天老婆跟他说,爸妈来好多天了,故宫都没去过,抽空带他们去看看吧。段总觉得可行,硬是说服老两口,开车把他们送到天安门附近。老庞是不愿意去的,没兴趣,另外觉得不干活儿还让儿子花钱带着游山玩水到处看景,不合适。刚停好车准备下去,报社急事找他回去,他就硬塞给老段五百块钱,让他们自己买票进去,下了班他过来接。老两口在广场上转了一圈，穿过天安门来到故宫前。老庞一看门票太贵，不要看了，不就几间屋么，电视上看得多了。老段倒是好奇，男人心底里多少都有个皇帝的梦，做不上看看也好。但一个人进去也没意思，干脆都不进。就在城外护城河边坐下来，喝了两瓶水，吃了两个煮玉米，一直等到傍晚段总的车来，屁股都坐麻了。

　　我劝过老段和老庞，没用。他们啥都知道，就是心里头别扭。来了不干活儿，走了又不对，多难受人。他们就来看小米，从段总家出来就往医院走。我一般只能晚上陪床，从护士那里借个躺椅，放在小米床边睡。夜里她要翻身、喝水或者睡不着，叫我一声就行。白天我要跑新闻去单位，只好请了个护工，我不在的时候帮着照看。老段和老庞一来，护工小袁就轻松多了，有时候把午饭都省了。老庞常常在平房里做好午饭、熬好汤带过来，呼啦啦一起吃。她的食补艺术在儿媳妇那里施展不了，全用到小米身上了。他们俩买菜都两份，一份给二十一楼，一份做好了送十二楼。

　　小米住了四天就出院了。伤口差不多了，我们也没那么多钱。出院那天，我从单位赶过去，老段和老庞已经帮着把所有东西都收拾好了，就等着我去结账走人。胖丫恢复得慢一点，和7床都是明天才能出院。分别时还颇动了一番感情，胖丫让小米一定记住她的QQ号，她可以陪小米一天聊二十四小时的天。7床说，只要小米不嫌弃，想跳槽就往她的槽里跳，绝对高薪聘请。病友相当于战友，也算同生共死过的。相互说了一大堆体己话。

上了出租车，老段得意地跟我说，他和老庞去找陆大夫了，详细地咨询了小米的情况，大夫说，不会有任何问题，只要你们不怕违反计划生育，完全可以生出一支足球队来。然后他说："你猜陆大夫为什么不笑？牙大。一张嘴就亮出一大排石碑。"

有点损。但我们没有批评他。小米出院了。照陆大夫说的，比进去时更好。

9

小米出院之后不能剧烈运动，也不能躺着不动，要慢慢走，小范围活动，以免产生新的结节。洗衣服、打扫卫生我没问题，但我不在家她的吃饭成了问题。老庞说，她包了。我要付伙食费，死活不要，我只好隔三岔五去菜场，一次多买些菜回来，连他们老两口的一起。还买了乌鸡、黄芩、红枣、枸杞，麻烦老庞帮着煲汤。老庞很高兴，每次都做出不一样的味道来。我也跟着沾光，心想这口味多好啊，不知道段总老婆的味蕾是怎么长的。

因为我要照顾小米，段总那段时间不再给我安排出差，傍晚我基本上都能按时回家。吃过饭，我就搀着小米和老段老庞一起去公园散步。老两口看人家在鹅卵石小路上倒退着走好玩，也跟上去走。开始不习惯，老要往后张望，怕跌倒，走两次就慢慢习惯了，也说好，按着脚底下舒坦。干脆去早市买了两双薄底的运动鞋,每天晚上都要逆时针倒退上几十圈。老段就是玩个新鲜,他让我帮他到图书大厦买本有关足疗的书,没事就戴着老花镜盯着看,看看书上的脚板示意图,再看看自己和老庞的脚底,指指戳戳说下次再走得如何用力,使了劲儿会对身体哪个相应的部位有好处。

　　逆时针倒走一定程度上改变了老段的某些想法。除了天伦之乐,他在北京终于找到了另外的一点乐趣,无所事事的感觉让他很难受。在医院的时候,我和7床的老公聊起"京漂",老段小声问我:"端阳,你说我算不算'京漂'?"我想都没想,当然不算。老段自言自语:"我看算。"过一会儿又嘀咕,"我他妈比漂还漂。"现在,傍晚的几十圈倒退让他有了点奔头,他又跟我说:"其实北京也是不错的,过日子嘛,静下来哪都一样。"

　　不到一周又变了。因为老庞的情绪不对了。

　　首先是"珍宝蟹事件"。

　　段总老婆突发奇想,要吃珍宝蟹。珍宝蟹是什么蟹,说实话之前我没见过,只知道这东西很贵。老庞和老段都没听说过。既然想吃老庞就得去买,兜里装着儿媳妇刚给的一千块钱菜金。到早市老两口直奔海鲜棚,问了好几家才问到珍宝蟹。的确是够贵的,一只就要他妈的几百块钱,简直是明火执仗的打劫。老两口倒吸一口凉气。

　　"便宜点呢?"老庞心虚地问。

　　老板打眼就知道这不像吃珍宝蟹的人。外地口音,老头老太太，买菜的小包都捂得严严实实。他随口说："一个子儿都不能少。新鲜的活蟹，没有低过这价的。"

老庞听出来了，老板的意思是，死蟹才能便宜。她巡视一圈大盆里张牙舞爪的珍宝蟹，眼睛突然亮起来，有只蟹正轻飘飘地伸直它的很多条腿，动作相当苍白。凭经验，老庞知道它快了。她碰碰老段的手，小声说："看见没？就那只。"老段半天才找到，点头。老庞说："走。"老段稀里糊涂就被拽走了。

出了海鲜棚，老段问："啥意思？"

老庞说："等它死。"

别的菜都买完了，老庞说："去看看，死了没？"

老段回来说："还动着。"

"先抽根烟，"老庞说。她看着老段把烟抽完，"再去看看。"

老段跑过去又跑回来："好像还没死透。"

"那你再抽一根。"

这根烟抽完了，老庞说："走。"

那只蟹依然没死透。老庞伸手把它抓起来，说："跟死了没两样。挺不了一个钟头，我知道的。"

老板也知道。与其一个钟头之后当成死的卖，不如现在卖。讨价还价之后，六十成交。

"就买一只？"老段问。

"你还想开养殖场啊？"老庞说，"就你那胃，吃这么贵的东西消化得了？"

"人家给你可是一千块钱啊。"

"你头脑坏了？哪有拿一千块钱来买菜的！你当咱们儿子开银行啊。再说，小郑月子还没出彻底，这东西吃多了伤人。"

老段想也对，这东西寒气大。回到二十一楼才发现把儿媳妇的精神领会错了。儿媳妇说，怎么就一只？老庞说，太贵了。不是给你们钱了么。那也不够买几只的。能买几只买几只啊。不是想给你们省点钱嘛。那也不能从嘴里省啊。

"哎呀。"儿媳妇突然叫道，"怎么还是只死的？"

老庞说："买的时候还活着，不信问你爸。"

儿媳妇说："这帮奸商，我打电话给工商局，举报他们！"伸手就要摁手机。

老庞赶紧拦住了，这事不怪人家卖蟹的。"是我，想便宜点。"老庞难堪坏了，半辈子活过来还从来没这么丢过人。"买了只半死的。"

"死了还有什么好吃的！"儿媳妇哭笑不得，又觉得不能伤老人的面子，赶紧往回拉，"没事了妈。我也就心里馋，也想让您和爸爸尝尝，真蒸出来可能又不想吃了。"

儿媳妇留面子了，老庞懂，但她还是窝心。当爹娘的谁不想替孩子省一点呢。省错了。要是儿子，她大可以发一通牢骚接着再教育一顿，关键人家是儿媳妇，生活在大城市，从小过的跟你就不是一样的日子。老庞有点灰心和无所适从，为自己的农民气，小家子气。老庞不高兴老段也没法一个人单独高兴，老庞垂下头，他的头只会垂得更低。晚上散步他吞吞吐吐地问我：

"北京的父母都是怎么过的？"

"不知道。"

"那，像我和老庞这样，子女在北京，父母过来了，是怎么过的？"

我依然不知道。其实这不是外不外地、父不父母的问题，而是生活观念的问题，然后是交流沟通的问题。当然，骨子里的东西可能一辈子也沟不通，那就没办法了。我现在就没办法，跟老段老庞说不清楚。再说了，我他妈的算哪根葱啊。

过了些日子，"珍宝蟹事件"差不多了，"两只鸡事件"又来了。就是老庞在家兢兢业业养了大半年的两只母鸡，老家有人来北京走亲戚，帮着捎来了。坐长途大客，两只鸡往蛇皮口袋里一塞，扎上口一路带到北京。老段跟邻居打电话，操心他的花花草草和老庞的两只鸡，顺便表达一下思乡之情。邻居说正好有邻居去北京，带上不？老庞在一边说，带，当然带。两只鸡到北京，正赶上段总出差，老段"麻烦"我带他们俩去莲花池汽车站。他们想见见邻居。

那真是邻居相见，分外眼红，老庞眼泪吧嗒吧嗒往下掉。邻居是和老庞年纪差不多的老太太，多少年都在一起聊天，她为老庞的激动感到难为情。"哭什么？"她说，"好像儿子儿媳妇让你受多大委屈似的！"老庞心里嘀咕，委屈大了，但嘴上硬气得很，自己儿媳妇，没得说，对她和老段那个好啊，比儿子都贴心。这个面子得要。老段着急问他的几十盆花草,邻居说,大部分都活着吧,谁有你那些闲心去伺候这东西。老段心疼得左嘴角直往上拽。那花花草草这些年耗了他多少精力。老段忍不住踢了一脚蛇皮袋,两只鸡清清嗓子在北京各叫了两声。

这两只鸡的用途很明确。在院子里先杀一只,按照最精妙的配方煲出了一锅鸡汤,象征性地盛了一碗给小米,余下的老庞用砂锅端到了二十一楼。进了房间老庞就喊小郑,快喝掉,还热着呢。因为珍宝蟹的事,小郑这些天发现公婆有点不对劲儿,就想刻意表现得好一点,听见名字就热情回应,捏着一张表格出了房间。她正按照网上提供的最新资料,在给女儿设计两个月后的营养配餐,哪一天该加苹果汁,哪一天该补充西瓜汁,哪一天该增添胡萝卜素。清清楚楚的一笔账。

"香,"老庞打开砂锅盖,热气冒出来,"真香。刚做好的。"

小郑抽了抽鼻子,说:"妈,什么味?感觉不对。"

"我用药材喂了大半年,味道当然跟一般的鸡不一样。"

"妈,是鸡汤?"

"是啊,邻居帮我从老家带过来的。"

"妈,"小郑无奈地说,"您知道的,我从不吃鸡。"

老庞慢慢抬起头,看着儿媳妇无辜的脸,可是我比她还无辜啊:"你不吃鸡?我不知道啊。"

"哦,忘了跟您说了。"小郑歪着头想了一下,的确没跟婆婆声明过,可是,"您该知道的,您看我从来没让您买过鸡。"

老庞感觉脸上的皱纹在一根根往下挂,如果对面有镜子,她相信镜子里一定会出现一张难看的苦瓜脸。老庞在那一刻绝望极了,儿媳妇没有错,毛病都出在自己身上。

小郑发现情况不妙,赶紧补救,说:"妈,我的意思是,您喝吧。"

老庞从众多的皱纹里挤出两个嘴角的笑,说:"我喝。我喝。"

当然她不可能一个人喝,段总不在家,她和老段和小王把鸡汤喝了,把鸡肉吃了。看着老段和小王勤奋地咀嚼大口喝汤,吃得虎虎生风,老庞眼泪都快出来了,自己一口都吃不下。大半年哪。

那天老两口早早就回了平房。我嫌屋里闷,坐在院子里写一个新闻稿,看见老庞蹲在门口看剩下的那只鸡,足有一个钟头。那只鸡腿上拴着红布条,系在一块砖头上,围着砖头像拉磨的驴一样转圈子,眼睛始终也不离老庞。它没想到从蛇皮袋里再露出脑袋,就到了如此陌生的地方,它对这里充满好奇和恐惧。它不知道自己还认不认识对面的老太太。

第二天清早,我迷迷糊糊听见梦里有只鸡在凄厉地叫喊。就几声,消失了,我继续睡。我和小米起床时已经上午八点。不赶着上班我们通常都睡懒觉。脸对脸发一阵呆,刷牙洗脸,坐到桌子边想早饭到底该吃点什么。老段端着砂锅进来了,身后跟着老庞。

老段说:"来,小米,快喝,刚出锅。"

他打开砂锅盖,一股很多年都没闻到过的香味直往我鼻子里钻。我最先做的不是推让,也不是感谢,而是跑到门外找那块砖头。还在。红布条也在,但是像一条射线,另外一头空空荡荡。我说梦里的鸡叫怎么如此逼真。

"喝!"老庞简直像一个可怕的监工,指着砂锅声色俱厉地对小米说,"都把它喝了!"

小米看看我,胆怯地往碗里盛汤,被迫喝毒药似的。烫,小米喝得很慢,老庞就站在一边看着。等她喝完那一碗,老庞慢慢坐到床沿上,两行眼泪掉下来。

她和老段让小米把鸡汤都喝了,一顿喝不了两顿,两顿喝不了三顿。反正是她的活儿了。小米说,她伤口都愈合了,恢复得挺好。老庞说:

"喝!恢复好了也要喝!"

等于花了大半年时间替陌生人喂了一只鸡,我十分过意不去。老段一挥手,把我的歉意抹掉了。"老庞心里难受。"他说,声音平静而又忧伤,仿佛在说他的慢性咽炎,"你们别在意。"

我们只有感激和不安。

"我想回去了。"老段又说,眯缝着眼看天上的太阳,"北京的太阳让人犯晕。"他把我递过去的中南海牌香烟叼在嘴上,点上,说话的时候烟卷上上下下地抖。"更要命的是,落下去还会再升起来。"

其实那会儿北京的太阳已经是大而无当,看起来挺亮,早就不热了。

老段不是随口说说。他的确想回去了。可能与花草有关;可能与帮不上忙有关,现在偶尔抱抱牛顿都有心理障碍;也可能与老庞有关。老庞心情不好,他也好不了。此外,他觉得自己无所事事也就罢了,还拖累了老庞分一份心来照顾自己,二十一楼的活儿也不能全身心投入,越这样越容易出问题。有个晚上他拎着一瓶二锅头来找我喝酒,下得有点猛,舌头很快就大了。小米担心他喝醉,让我带他去公园醒一醒。在假山旁边遇到一条雄壮的德国黑背,老段蹲下来向狗招手,拽着舌头说:"你过来,咱俩说说话。"我赶紧把他拉起来,那东西您也敢惹。

10

在北大附近采访,结束后直接回家,大约下午两点半。老庞慌慌张张跑到我们小屋,说老段不见了。上午他们都在二十一楼,十点多他说出去走走,午饭时回来。饭都吃完了也没回,打手机关机。老庞以为在平房睡着了,回来找,不在。又去公园找,还是没有。老庞担心出事,她记得老段出门之前还去看了牛顿。牛顿睡着了,看不见他的老脸。房间里播放轻柔的曲子,为了陶冶牛顿的情操。老段还碰了碰牛顿的小脸。

老庞回过头想,怎么想怎么觉得那像告别。我一听也紧张,骑上我的破自行车就往外跑。老段的活动范围我基本清楚,公园,小酒馆,旧书店,最远可能去图书大厦。

后三个地方我都找过了,没有。图书大厦人多,我让服务台用喇叭广告了三遍,还给他们留了联系方式。一圈下来跑了一身汗。回来经过公园,死马当活马医又进去。我骑着车子边边角角都转了一遍。那会儿人少,只有风吹草木和阳光播撒的声音。东南角背阴处有人叫一声,我骑过去,一群老头围在那里下象棋。没有老段。我掉转车头要走,看见树荫里有个人蹲在地上逗一只小狗,竟是老段。我骑过去,小狗看见一个大家伙冲过来,吓得尾巴夹到肚子底下扭头就跑。

老段招手喊:"别跑!你跑什么!"回头看见我:"就这条还像个狗样,你又把它吓跑了。"

那条狗的确长得最像狗,有点脏。已经跑出了公园。下棋的老头里没人上去追。我经常在附近见到流浪猫,流浪狗倒是头一回见。我说老段同志,您快把老庞急出心脏病了,还有闲情逸致跟小狗玩。老段看看手表,哦,都下午了。然后摸肚子,是有点饿了。

"手机呢?"

他从口袋里摸出手机,摁了几下说:"他妈的,没电了也不跟我说一声。"

看来老段的状态还不错,我们虚惊了一场。

但是当天傍晚就出事了。

一起去公园散步。我和小米在平坦水泥路上慢慢走，老两口去逆时针倒退。分手也就十分钟，小米歪着头说，好像有人叫你。我找了找，没听见。小米又说，好像有，你再听。我竖直耳朵，果然有。"端——阳！端阳——！"老庞的声音，都不像了，尖细，惊恐。我想一定出事了，撒腿就往鹅卵石小道上跑。老远就看见一团人围在那里，我扒开人群，老段像只大虾似的躺在路边一动不动。老庞抓着老段的手，脑袋转来转去在喊我。老庞说，走着走着突然就摔倒了。我背起老段就往医院跑。最近的一家医院离公园跑起来也就十分钟。有叫120的工夫我都到了。

老段看起来不胖，背上身才发现并不轻，一百四绝对打不住。到急诊室把他放下，我都快瘫了。老庞竟然也跟上了我的速度。她跟大夫重复了刚才的情况，倒退时，可能被绊着了，也可能是一脚踩虚了，反正就倒了。她没拉住。

"头着地了吗？"大夫一边听心脏一边问。

"没有吧。"老庞一脸的汗，"歪倒在地的。好像也碰了一下。"

手机响了，我到外面接电话，是小米。她回家把我们所剩无几的现金和银行卡都拿来了，正在半道上，问我老段怎么样了。我说不清楚，大夫正诊断。挂了电话我突然想起得把这事告诉段总，他是老段的儿子。段总刚下飞机，在轮盘前拿托运的行李，接到电话声音也有点变，说马上就来。

段总从机场直接打车到医院。那会儿老段已经没事了，正躺在病床上输液。诊断结果是短暂休克。老年人常会有的现象。有人咳嗽一声都会短暂休克。我也短暂休克过。工作时跟一班人去黄山玩，回来时车翻了。当时晚上十一点左右，刚下过雨，正经过一个小县城。那地方在修路，路面和旁边的深沟落差足有一米五，路面落满碎石子。我们的金龙中巴为追赶前面那辆同来的大巴，司机一个劲儿地加速，后轮碾着碎石子猛地一滑，车屁股甩出了路面。屁股下坠，车头就往上扬，落到沟底后车头才跟着落下来。我睡得迷迷糊糊，感觉自己突然飞了起来，然后什么都不知道了。等睁开眼时，发现自己倒在车里，坐我旁边的女导游蜷在我身边。我对她说，你怎么睡成这样了？我要拉她起来，拉了两次她都没反应，然后我听见身后有人开始哭叫，意识到出事了。我抱着导游往车外走，发现车门突然变大了，相当宽敞，我从容地走了出去。清醒了才知道，车前巨大的挡风玻璃碎了，我从那里走出来的。出来了导游也醒了。后来大夫说，我和导游的情况都属短暂休克。

段总担心不仅短暂休克这么简单，想让老段在医院里多观察几天。老段不答应，现在就想拔掉点滴离开。他想回家。

"那也得打完了再回。"段总说。

"你爸是说回咱们自己家。"老庞说。

段总半天才反应过来老段的"自己家"和北京的自己家不是一回事。段总不让走，一家人在一块儿这才待上几天啊。他打算忙过这阵子，等小郑也方便了，一家人出去玩玩，让爹妈把北京好好看看。再说，老庞在这里，老段一个人回去他不放心。老段不说话，翻了个身把后背给了儿子。

老庞说："就让他回吧，家里没个人你爸也操心。"

段总说："妈，是不是我和小郑哪个地方做得不对？"

"没有没有，你们做得都很好。"老庞拽拽老段的衣角，"你爸就是想家了。"

老段得到提示，扭过头来说："林子，爸就是有点想家了。"然后又把脸转回去，眼圈就红了。

段总坐在椅子上抓了一会儿头发，说："这样，要回您和妈一块儿回。"

"我就回去看看。"老段这回没扭头，鼻音出来了，"过两天说不定又回来了。你妈在这儿总还能帮你们点忙。"

老庞也说："我不能走，小王一个人忙不过来。我还想多看看咱们牛顿呢。"

那天晚上一家三口一直商量到点滴打完。段总妥协了。老段铁了心要回。段总说好吧，我帮您订车票，过几天可得回来啊。老段说好，尽快回。

11

两天以后的车票，老段早早就收拾好了。要回去他其实也高兴不起来，老庞也是。这些年可能从来没分开过这么久。也许一个月，也许两个月，也许好几个月。那两天我和小米常常看到老两口坐在院子里，不说话，也不干别的。有时候太阳很好也会去公园，随便找个地方，还是坐着，他们不会像城里的老头老太太那样亲昵地拉手，甚至坐着的时候身体都不接触。就坐着，在大太阳底下，身后两个一定不动的圆影子。

分别的前夜，他们依然什么都没说。后来老庞跟我说，那夜里她老是醒，说不出来由。醒来了她就用手指去碰老段的额头，一点一点碰，当她把手指变为手心时，老段在黑暗里睁开了明亮的眼。

第二天早上老庞按时醒来，老段还在睡。她和往常一样，给老段冲一杯鸡蛋花生奶。具体做法是，把鸡蛋打碎搅匀，用少量开水冲熟，然后倒入一杯已经冲好的花生奶。多少年都这样。区别在于，过去用的麦乳精，这东西逐渐稀少了之后，改用花生奶了。老段不喜欢喝纯牛奶，只有加了花生味才喝。冲好后，她把杯子放进热水里炖着，等老段起来喝。然后找来一张纸，把做法和用量写清楚，折好了放进藤条箱的夹层里。她希望自己不在的时候，老段每天早上也能喝到鸡蛋花生奶。

早饭也做好了，老段还没起。老庞想，男人就是男人，心再重也就那么回事，该怎么睡还怎么睡。她想叫醒他，又想老段接下来要坐十几个小时的火车，肯定睡不好，就让他多睡会儿。于是搬了凳子坐到门口。这感觉像在家里一样，多少年了她都习惯于没事的时候坐在院子里，看看山，看看树和草，听鸟在看不见的地方叫。老庞鼻子一酸。然后听见屋里有玻璃摔碎的声音。

老庞急忙跑进屋，看见老段拼命地对她挥动右手，右腿也在动。左侧睡姿,左胳膊左腿都压在身底下。老段的表情和动作都有点怪异,枕头上流了一摊口水。他碰掉了床头柜上的玻璃杯。不太像老两口之间的撒娇,也不像开玩笑。老庞问,怎么了你?老段喔喔喔地说:

"我,动,不,了。"

老庞头脑里闪过一个黑色的词。她赶紧过去扶老段,果然是半个身子不利索了。老段被扶起来坐在床沿上,右手搭上老庞的肩膀,左胳膊只能弯,左手像僵硬的鸡爪一样毫无规律地乱抖。老段的右嘴角开始往上拽,舌头也不灵光了,老段说:"我,的,左,脸,是,不,是,没,了?"一串口水掉下来。老庞看着他的脸,左半边基本上像木瓜一样板着,偶尔逃跑似的哆嗦一下,相比之下右半边脸上的动作和表情就显得极其夸张。老段的脸上仿佛藏着两个人。

老庞又想起那个黑色的词:中风。然后在屋子里就凄厉地喊我的名字。当时我在做一个分成两半的莫名其妙的梦:一半的梦中出现一条小路,越走越窄,让人担忧;另一半梦里,很多人像瓶塞一样挤在电梯口要进去,电梯门却迟迟不开。我就醒了。

段总联系的是北京治疗这方面疾病最牛的一家医院。老段住进去了。问题不是很大,但家肯定是没法回了。火车票作废。老段还是不死心,哆哆嗦嗦地说,他想回家治。

"都这样了您还回?"段总说,然后转向老庞,"妈,全中国最好的大夫在这里。"

老庞一声不吭,只是抹眼泪。她不知道该听谁的。

一直忙到下午三点才吃午饭。我和段总坐在医院门口的小饭馆里,段总无奈地说,人老了,你弄不清他在想什么。待得好好的你说你回什么家嘛,你看出事了。一点办法都没有。

夏日午后

1

如果我推迟一个小时往家赶,就会舒服得多。首先阳光不会那么强,骑车会更凉快;其次可以不见那么多人,不用向每一个人都重复同一句话:我回来了。但事实却是,我在六点钟的时候就进了大街,这是我们小葫芦街的公共时间,几乎所有的人都坐在街两边槐树花的阴凉里摇着扇子。主要是男人和小孩。男人们三五成群扎成堆,打牌或者吹牛,小孩两腿之间夹着一根树枝相互追逐,他们在等着厨房里的老婆和妈妈喊他们回家吃晚饭。他们都看见了我大汗淋漓的样子。

"回来啦?"一个问。

"回来了。"我说。

"回来啦?"另一个问,"看热的,像从水里刚捞上来的一样。"

"回来了。"我说。

"哟,回来啦?一床被子就累成这样。"又一个说,"到底是知识分子。"

"回来了。"我笑笑说。

我把箱子上的被子扶了一把，自行车的速度加快了。这是唯一可以减少重复同一句话的方法，车子嗖地从他们身边过去，等他们看到我时我已经跑远了。这个方法行之有效。到了曹三家的小商店处我得拐弯，还是有一伙围在小商店的雨棚下打牌的人注意到了我。我听到有人喊我的名字，说回来啦？我回头看了一眼，一个个头不高的年轻人伸着脖子站在雨棚下，为了看清我只好从人堆里侧出身来，向我举着右边的胳膊，手里的一把扑克在左右摇晃。他的样子像是斜插在人堆里。我认出了他是谁，初中时的同班同学，还是同桌，和我家隔三条巷子，可是我突然记不起他的名字了。不过我还是十分熟悉地向他摆手：

"回来了。"我说，"有空过来玩。"

回头和他说话时，车轮子经过一块石子，差点把我给扔下来。

母亲正在院子门前的柳树底下给祖母剪头发。原先我家门前也是长着一棵大槐树，夏天我们都在树底下乘凉，满身都是槐花甜丝丝的香味。大约十年前，祖母责令父亲把槐树砍掉，她说槐树上老有吊死鬼垂下来，扭来扭去的看着心里难受。吊死鬼是槐树上常生的一种小虫子，软体动物，像蜘蛛那样顺着自己吐出的丝坠下树来，在风里像吊床似的摇荡。父亲舍不得长了多年的槐树，就说村庄里到处都是槐树，再说，砍了槐树栽什么呢？祖母说随便，只要不是槐树什么都行。父亲不得不花了一天的时间把槐树砍了，然后栽下了这棵柳树。我们很快就发现柳树其实也很好，我们没有理由不喜欢，所有槐树的功能它都有，而且不生吊死鬼。祖母就更喜欢了，凡是能在树底下做的事都拿到树底下来做。比如现在，她就要母亲在柳树底下给她煎头发。剪头发的原因是天太热了，头发窝成一个大髻鬏不爽快。祖母早就抱怨天越来越热了，简直不让人活，恨不得把头皮给揭下去才凉快。今年她终于受不了了。

"再往下剪。"祖母说。

"不能再往下了。"母亲说，"再短就扎不起来了。"

"剪，剪掉的头发长了还能多卖点钱。"

"回来啦？"母亲说，咔嚓一剪子下去，祖母花白的长头发落到她的左手里。祖母的头发很多年没剪了。

"回来了。"我说，把自行车停好。"剪多了，奶奶。"我说，拿起镜子递给祖母，"你看，恐怕扎不起来了。"

母亲说："不是说月底才回来吗？"然后看了一眼我的车子，"怎么把被子也带回来了，在学校里晒晒就行了。"

"我辞职了。"

"什么辞职？"母亲问。

"我不教书了。"我没有看着母亲，而是把镜子移到祖母的左后方，以便祖母看得更清楚一些，"就是不干了。"

祖母突然抱着头啊地叫了起来，慢慢地哭出了声。

2

我说,辞职就是不干了,就是不再当老师了,不用再去教室里给学生们上课了。这是我的表达。对母亲来说不是这样。对母亲来说,辞职是指丢掉了工资和铁饭碗,好不容易从小葫芦街爬出去又自甘堕落地回来了,然后面临的问题是,为了找点事干必须整天到处乱转,就像天南那样。母亲的嘴和手一起哆嗦起来:"就是,"她的整个身子都抖起来,"就是天南那样,蹲在家里,到处去偷鸡摸狗?像条找不到屎吃的狗?"

天南,我想起来了,余天南,我的初中同班同学,我最后半年的同桌,就是刚刚拿着一把扑克和我打招呼的那个。天南的名声在小葫芦街不太好,他常会干一些莫名其妙的事。也不是什么大事,但一点一点就把自己给坏了。母亲用她通俗的方式基本上说明了辞职的现实含义,说不定辞职以后我在小葫芦街上众多种可能的生活之一就是母亲所描述的那样,就是像天南那样。这是我没想到的。在此之前我从未想过辞职以后干什么,辞职以后生活该怎样进行下去。

祖母叫了一声之后,慢慢地哭出了声。正如母亲所说的,一剪子下去后留下的头发太短了,根本不足以重新窝出一个小鬏来,甚至扎都扎不起来。祖母一边哭一边不懈地招拢剩下的头发,企图用她用了几十年的一根头绳把它们扎起来,没能如愿。当她意识到无论怎样努力都是白费的时候,哭声更大了,眼泪从两个皱纹堆积成的眼窝里向不同方向流开去。

"扎不起来了，扎不起来了。这可怎么办理？"祖母说梦话似的蠕动着嘴，"死都不能死了。这可怎么办理？"

"死不了不更好？"母亲的声音里孝敬老人的美德明显减少，有点不耐烦，"谁让你不干了？你说。"

"我自己。"

"什么不干了？"祖母还没有从悲伤里摆脱出来，问话比刚刚更像梦话。

"你孙子要回来种地了！"母亲没好气地说，剪子掉到地上，被无数的蝉声淹没了。

祖母一下子听懂了，停止了哭泣，站起来直直地看着我，右手捂着后脑勺上走不到一块儿的头发。看了我一会儿又看看母亲，说："我去做饭。"踮着小脚进了院门，跨过门槛时被绊了一下，幸亏扶住了门框才没有摔倒。

我没法向母亲解释辞职的原因，我辞职是因为我不想再教书了。当你不想做一件事时，最好的解决办法就是不去做，所以我决定不干了。我写了一份辞职报告交到了校长室，校长不在。这样最好，省得他再盘问一番。在我们学校，主动辞职这种事还是史无前例，这份辞职报告对校长来说一定是个新鲜东西，尽管我在报告上已经写得十分详细了。我说的详细是指我明确写了辞职的原因是不想再当老师了，其他的是否说清楚了我不敢肯定，我自己都不是很明白。我只是不想再看到学生整天被逼着趴在课桌上的样子，都读初中了，每天还要把单词和课文抄上五十遍,不管弄明白了和记住了没有。而我也必须这样折磨他们,如果我不这样干,学生记不住考不好,所有的责任都在我,校领导在每周两次的教师会上都要把我拎出来抖一抖。

我们的学生不可能考好,他们总是隔三岔五地辍学,家里有了一点钱就来念两天书,没钱了就卷书包回家。大部分学生是出了校门就再也回不来了。期中因为交不起280块钱学费,初二年纪一次辍学48人。我的班上走了10个。我去了一个学生家里,他的父亲对我说,要我儿子去念书也可以,你替他交学费吧。我只能回来了。在我的学校里,冬天几乎所有的学生都穿着廉价的旧黄军大衣,站在僵硬的操场上像一棵棵枯死的老树,在寒冷里面无表情。他们不知道怎样展开自己的表情,枯燥的大衣抹杀了他们的性别。那个时候我就打算不干了。我觉得我不像老师,倒像个集中营的看守。现在学期快结束了,校长在会上强调,班主任必须把辍学的学生找回来考试,否则我们的试卷数量与学籍上的人数不符,这个责任谁都担当不起。我要在考试之前周游全镇,到所有辍学的孩子家跑一趟,和他们约好什么时候来到教室里考试,然后目睹他们如何随心所欲地交上一份价值3分或者5分的试卷。他们过早地从中发现了生活背面的乐趣。

我在辞职报告上说,我坚持不到考试了,我必须今天就辞职。

"那你就回家种地吧。"母亲用鼻子跟我说话。

"你还怎么出门？"

这是父亲憋了半天才说的第一句话。他的意思很明白，我好歹是小葫芦街上的第一个大学生，是吃国家饭的，现在饭碗丢了，这面子怕是挂不住了。

"我觉得教书很累。"我在饭桌上做了总结发言，把饭碗推开准备去自己的房间。

"比下地干活还累？"母亲说，"不就是站着说大半个小时的话么？百灵从来不说她累。"我走到院子里又听到母亲说，"你回家种地，百灵怎么办？"

我怎么知道。百灵全名何百灵，说不清是否算是我的女朋友。在村庄后面的小葫芦小学当老师，中学和我、余天南同学，坐在我们前排，和胖子年勇同桌。我那时候很喜欢她，我猜她也喜欢我，所以我们一直有来往。做了小学教师后，没事了就来帮我父母点忙。母亲显然早把她当成儿媳妇了，尽管我们什么都没说过，也没表示过什么。我也不知道她是否愿意做我老婆，不过我倒是很喜欢她，越来越喜欢了。就这样。

祖母也跟着我出了门，踮着小脚送给我一块西瓜，"先吃了再说"，她说，一只手按住头上的用纱布改造成的白手巾。

3

祖母的白手巾成了天南的笑料。他当着我祖母的面实话实说，说奶奶你老糊涂啦，那几根头发值几个钱，害得大热天戴头巾。祖母没和他一般见识，骂了他老而不死的奶奶几句就给我们切开了西瓜。祖母现在整天都在头上盖着那块自制的手巾，那么短的头发她觉得没法见人。在小葫芦街上，只有祖母这样年纪的人还遵守着几十年前的老规矩，坚持认为老太太头发收不起来死了阎王都不要，阎王不要还怎么死，死不掉那就太可怕了。祖母在变糊涂和爱唠叨之前就一再表示，她可不愿成为一个老不死的。所以她用手巾盖住脑袋，把那些短发遮住。

西瓜是天南带来的。我回家的第二天他就来找我玩了。下午四五点钟的时候，我午睡刚起，母亲从菜园子里回来，见到天南脸就拉下来了，什么话都没说又拎着篮子去菜园了。天南一定是没看清母亲的脸色，在院门口就喊起了我的名字，说是送西瓜给我吃了。我们坐在柳树底下吃起祖母切开的西瓜。我和天南好几年没在一起玩了，他初中毕业以后就四处找钱，用母亲的话说，是瞎混。我却读了高中，然后上大学和工作。天南并不显得陌生，哗啦哗啦地啃着西瓜，汁水顺着手和胳膊流到地上。我看到了他左手上剩下的那半截小指。

母亲坚持认为那半截断指是天南偷鸡摸狗的见证。母亲昨天晚上对我说，这下好了，蹲在家里吧。想跟天南学还不容易，手指也伸过去给人家剁掉半截。其实我们小葫芦街的人都知道，天南的小指不是因为偷红石头村歪头家池塘里的老鳖被歪头剁掉的，恰恰相反，天南没偷，手指是他自己剁掉的。几年前他就和我说过一次，意思是日子不好过，现在只是搭上一根手指，不定哪天小命也搭上了。我早就知道初中毕业后他四处游荡，干过泥瓦匠，卖过水果，贩过假药，到野地里捉过黄鼠狼和黄鳝。他的手指就是在捉黄鳝回来的途中丢掉的。

那次收获令人满意，不仅捉到了十来斤黄鳝，还在乌龙河北岸边上捡到一只老鳖。捉黄鳝是件苦差事，半夜三更在野地里转悠，天不亮就得把头天晚上下的黄鳝笼子收起来。太阳出来之前天南已经收拾完毕，挑着他的笼子从红石头的野地里往家走。乌龙河的老鳖大概想到岸上来透透气，不识时务地爬到了一块石头上。天南当然不会客气，一脚把它踢翻，拎到了口袋里。他只想在歪头的池塘边坐下来抽根烟，折腾了一夜，被露水打得头重脚轻。烟只吸了一半，歪头的大儿子从小屋里钻出来，他只是想撒泡尿再回去睡个回笼觉。小歪头看到天南坐在他们家的鱼塘边上，脚边的一个蛇皮口袋里慢腾腾地爬出一只老鳖来。他对这东西太熟悉了，鱼塘里歪头两年前投放了一百只小乌龟，还指望着老鳖长大了卖个好价钱。谁都知道城里人尽喜欢吃这些乱七八糟的东西。他看到了自家的老鳖从别人的口袋里爬出来，火气就上来了。这家伙胆子也太大了，在自家门口偷起了东西，还心安理得地抽起了烟。小歪头把撒尿的事忘了，转身取下篱笆门上的菜刀，大叫着冲上去揪住了天南，人赃俱获，一个都跑不掉。天南跟他说不清楚，那只老鳖也不像话，顽强地向鱼池里爬。红石头和我们只隔一片野地和乌龙河，大家都认识。天南知道小歪头刚从监狱里出来不到一年，是个前杀人犯，对这种人什么都讲不清楚。承认偷了老鳖当然不行,小歪头完全可以用拳头把他活活打死;留下来更说不清,眼看老鳖就爬进水里了,他被小歪头牢牢地抓住,脱不开身。

"我没偷,是我在乌龙河边捡的。"天南说。

"你什么没干过?蒙我?"小歪头说,一把将他推倒在地上,"我知道你是小葫芦的惯偷余天南。你跑不了。"

口袋里的黄鳝也陆陆续续往外爬,天南急了,从小歪头的手里夺过菜刀,没等小歪头弄明白怎么回事,天南已经把他左手的小指剁下了半截。

"不是我偷的。"天南扔掉菜刀站起来说,"这下你该相信了吧。"举着血淋淋的手走到老鳖跟前,一脚把老鳖踢了回来。

小歪头没想到天南还有这么一手,他是见过大场景的人,知道放血意味着什么,便无话可说了。这时候歪头穿过野地从家里过来,太阳已经升到树上了。歪头看了一眼老鳖,对儿子说:"不是我们家塘里的,还不找块布给人家把手扎好。"

然后天南就回来了。再后来就不愿在野地里游荡了,说太苦,不是人过的日子。我听说这两年他出了远门,到哪个大城市里赚大钱了。当然在家待的时间也不短,像母亲说的,还是到处瞎混。天南说他的确去外面转了一圈,就是为这个来找我的。他想向我打听电脑的事,他想搞这个。我以为我听错了,电脑那东西不是一个两个钱就能搞到的,再说,我们的小葫芦这种已经被世界遗忘的地方,搞来电脑干什么。

"我又没说去贩电脑卖,只是想知道它到底是个什么东西,能干什么,值多少钱。"天南说,一副瞎聊的样子,"我在南京和武汉跑了两年,看大城市里的人都玩这东西,也想好好折腾一下。"

看来他的确在外面混过了,举止言谈都带上了点见过世面的痕迹。我告诉他我也说不好,我也就是在大学里玩过几天,现在忘得差不多了,大概只会开机关机。可以上上网,玩玩游戏,查查资料,打打字,看看碟片,就这些吧。工作以后就没碰过,不知道现在变成什么模样了。我们的那个烂学校,一个月五百块钱的工资都要拖后小半年才发,哪来的电脑。我也买不起,把嘴吊起来一年不吃不喝也只能买个一般的。

"这么值钱?"天南很遗憾地说,"我全把它们便宜卖了,几百块钱就出手了,有时给钱就卖。"

"哇,你出手倒是大方,哪来那么多的电脑?"

"别问了,知道了你要害怕。"他点了一根烟,递给我一根,我说我从不抽烟。他脸上出现了怪异的表情,微笑挂在两个多肉的腮上。我知道那些电脑的来路了。"其实也没什么,大教授。"他说,用的是我们同桌时他给我取的绰号,让我看到了十年前整天混在一块儿的幸福时光。他的口气像开玩笑,"从那些有钱人家顺手拿的。他们出门后我再开门进去,一个大口袋半个家都装下了,还在乎一台电脑。你不知道他们多有钱,我见过一家最多有三台电脑,四台电视,一个房间放一个。我想他们也用不了。"

他和读书时没变,说话还是直来直去,什么都不在乎。他的回答还是超出了我的想象,我说:"跟抽根烟一样容易?"

"比抽烟要难点儿。不过只要想干,办法还是有的,活人哪能让尿憋死。"他清清淡淡地踩灭了烟头,拍了一下膝盖,说,"上午我看到百灵了,告诉她你回来了。你也不过去看看人家,不就是个教授么,牛什么,小心她被别人骗走了。"

4

除了我家人,天南是小葫芦街上第一个知道我辞职的人。这些天他没事干,有空就来找我。母亲仍然不喜欢他,但态度改变了不少,她担心我老是窝在家里会出事,有个人陪着总可以让人放心。回到家以后我才逐渐明白辞职对我来说意味着什么,从未考虑过的生活、未来之类的大问题这会儿全来了,躲都躲不掉。我没有明确的后悔,但是日子变得不好过了却是明摆在眼前的,心情也跟着乱起来。有天南嘻嘻哈哈地和我说话,我的情绪多少有点起色。

我们聊的大多是过去在一起的开心事。比如小时候一起去乌龙河边放鸭子放牛,一起逃课到野地里去游荡,有时还把百灵和年大胖子带上。百灵和年勇胆小,烧土豆时听到护校的老马敲响了上课铃就哭了,害怕老师罚他们扫一个星期的教室。那时候百灵一哭就往我身边凑,大概就是那时候我们相互喜欢上对方的。我们都说年勇白长了一个大憨个头了,屁大点事都扛不住,却天天哄着要跟在我们屁股后边玩。

然后聊到了现在。十几年过去了,都变了。天南成了方圆闻名的闲杂人员。百灵当了小学教师,能歌善舞,长得越发漂亮了,母亲就警告过我好几次,让我赶快下手,很多年轻的小伙子都在小学校门口晃荡,错过了一天就错过了一辈子。年勇也非昔日可比了,他叔叔成了镇上银行的头头,搞到一笔钱,让他和在派出所当什么队长的哥哥开了一家很不错的饭店,听说这几年腰包鼓起来了,肚子更大了,看人都是斜上30度,因为个高,基本上看不见小葫芦街上的人。

天南对我什么都不隐瞒,还和同桌时一样。他说这两年逛了一圈真是开了眼界,二十年攥一块儿也没十来个月看的东西多。

"我们算什么?屁也不是。当然了,他们其实也屁也不是。"他学会了在无名指上戴上了银戒指,学会了用银戒指拨烟灰,他一直就这么在我面前拨来拨去。"我知道这种事不光彩,可我实在找不到能够在那些地方活下去的门路。我捡过垃圾,蹬过三轮,睡过桥洞和水泥管子里,有两天我只吃了半块方便面,还是从垃圾筒里找到的。后来还是干了,我还能干什么?我想看看他们家里到底有些什么。看了吓我一跳,乖乖,要那么多干什么。我就帮他们用吧。我认识了一个安徽人,老婆跟别人跑了的三十五岁的男人,两人一块儿干。有点害怕,干多了就没感觉了。干一会儿歇几天,钱包瘪了又凑到一起了,跟约好了似的。挣了一点钱,想回来找点正经事干,这不,晃过去两个月了还是没头绪。没办法,看来还得去。"

我无话可说,劝是没用的,他不是小孩,该懂的比我还懂。他找不到事干,就像我现在这样,逐渐被一种莫名的焦虑占领了。

"辞了职你打算干什么?待在家里肯定不是个事。"

"我也不知道。"

我突然希望这个夏天没完没了才好,炎热和作为暑假的称谓是我待着不动的最好借口。可是暑假过了我该干什么呢。没想好,也想不好。

"跟我一起到北京吧。"天南说,"九月份凉快了我想去北京看看。有我一口饭吃就饿不死你。"

我笑笑,没置可否。"再说吧。"我说。北京我没去过,陌生的大地方让我恐惧。读大学时一个姓程的老教授说,年轻人应该出去闯闯,否则很容易早衰。我想我现在可能是害怕去闯,我早早地老了。

我和百灵的来往在这个夏天多了起来。她经常到我家来,比我不在家时来得更多了,街上的人都把她当成了我父母的准儿媳妇。我不说,她也不说,我们都知道对方在想什么。百灵不知道我辞职的事,母亲不让我告诉她,天南也这样告诫我,最好不要让她知道。事实上也只有天南一个外人知道这件事。我也常到小学校去,既是去打篮球也是去看她。

一到下午我就烦躁,不知干什么好。天南不知从哪里摸出来一个破篮球,让我和他一起去活动一下。我知道他是让我去见百灵。我们那地方只有小学校才有一个比天南的篮球好不到哪去的篮球场，球场正对着百灵的办公室。好在我比较喜欢这项运动，虽然不太在行，总还有点能吓唬人的样子。打过一次我就知道一个夏天的下午该怎么打发过去了。天南的篮球打得很一般，只能算是知道篮球是怎么一回事。他的兴趣也不是很大，扔了几下就坐到球场边上的树荫底下，斜着面对百灵的办公室。他不时告诉我，百灵办公室里的老师哪个又伸出头看我了，捂着嘴的，笑着的，指点着我。他们在替百灵审查男朋友哪。

只有我一个人在下午渐弱的阳光底下大汗淋漓地跳来跳去，流汗和疲劳的感觉让我舒展。我看着自己的影子在残缺不整的水泥球场上腾挪跌宕，有种正在生活的扎实的安慰之感，觉得生活就该是这个样子，脚踏实地。但是黄昏来临，孩子们吵嚷着从简陋的教室里鱼贯而出的时候，我的心情又坏掉了，我想起了我的学生，他们那些早早麻木了的脸，还有将来的生活。该死的将来，我该做什么呢，我又能做什么呢。这时候百灵也忙完了，端着两大杯水从办公室里出来。杯子是我来这里打球以后她特意准备的。她把湿毛巾递给我，让我擦擦身上的汗。我只穿了一条运动短裤和一个小背心，有时候干脆背心也脱掉，光着上身热出一身的油汗。

"偏心，你怎么不给我一条毛巾擦擦汗？"天南取笑她，"我也是在这个球场上打球的。"

"去！你又没流汗，一直干坐在那儿，你以为我没看见。"说话时她还和过去一样,向我身边凑了凑。她说:"你看你,胳膊都晒脱皮了。"从我手里接过毛巾,小心地擦那些晒脱皮的地方,"他们都说你球打得很好,姿势也好看。"

"乖乖,百灵同志,现在就这么说啦,脸红不红啊。我也打球,就没人夸我一句?"

"你那也叫打球?在树荫底下坐了半个下午,他们都说你是在这儿坐着睡午觉呢。"

"天南在思考关于人类前途的大问题。"我说,"哪有时间打球。"

我的玩笑开得并不成功,他们都没感觉。

"我也给你送了一杯水了。"百灵说,接下来的是对我说的,"天南经常来学校看我,还给我带过很多好吃的。"

"喂喂,你别这样说,不要让大教授误会。"天南说,"我只是帮着教授保护你一下,不让那些不三不四的人影响你的工作和,那个,就是两个人之间的那个什么情的。我们是老同桌,这点忙还是要帮的。你说是不是大教授。"

这种话天南常说,他总喜欢把我和百灵放到一起表达出来。百灵还是每次都红着脸低下头去。"不理你了。"她说,扭着身子站起来要走。

我本能地敏感起来,脱口而出:"谁?"

百灵嘟着嘴,低着头向上瞟我,小声说:"年勇。"然后争辩着,"他只是偶尔过来玩玩,没什么的,我只当他是同学,真的!"她一急抓住了我的胳膊。

5

若是百灵不来，我们家的气氛一直是不冷不热的，连对现在的生活知之甚少的祖母，也不再像过去那样一句话能重复十几遍了，她老人家头上时刻盖着那块毛巾，再热也不拿下。父亲在家总是说水稻的事，吃过饭扛一把铁锹就下地了。在往年这种时候是很清闲的，他会到曹三家的小店和一帮闲人打牌下棋，晚饭都能一拖再拖，一直下到半夜才回家。现在突然都戒了。母亲变得寡言和不耐烦了，过去祖母不住地唠叨她都能忍受，现在不行了，祖母稍稍引起一个话头，母亲就说，行啦，八辈子以前的事有什么好说的。祖母看看我，便不再说话了。母亲也很少串门了，只在我回来一周后的某一天去了一趟外婆家，一大早天没亮就出门了，直到晚上九点钟才回来。母亲不会骑自行车，到外婆家去都是步行，十几里路，母亲走路又快，通常早上七点出门，午饭之后就回来了，回来后精神一般都不错，因为外公和外婆的身体都很好。但那次不同，回来后眼睛红红的，眼泡都肿了，我问是不是外婆他们身体出了问题，母亲说不是，他们很好，外公一顿还是两碗米饭。母亲哭过了，毫无疑问，我去厕所时，听到她在柳树底下对着父亲长长地叹了一口气。

好在百灵很快就放暑假了，一两天就来我家一次，也不是和我待在一起，而是帮着母亲做一些家务。母亲喜欢百灵，常常在干活时就忘了手中的事,满足地看着她理想的儿媳妇,看得百灵不好意思。百灵在午饭后问我,是不是家里出了什么事,她感觉不对劲儿。

"没有啊,能有什么事?"我终于开了一个关于我们俩的玩笑,"妈可能是觉得你比较像她的儿媳妇。"

"去,不理你了。"她把一个洗过的盘子又洗了一遍,"喂,还有一件事,说了你别瞎想。答应不瞎想我才说。"

"说吧,地球明天爆炸我都扛得住。"

"早上我来的时候遇到了年勇,他说什么时候有空请我们和天南吃饭,老同学聚一聚。"

"我们是谁?"

"当然是你和我。"解释完了她才发现是个圈套,跺着脚把盘子里的水往我身上泼。我抓住了她的手,第一次,就被从外面进来的母亲看见了。母亲看见了,转回身向院门外走去。

晚饭后百灵回家了,母亲来到我的房间。

"百灵知道你辞职了?"

"我还没告诉她。"

母亲长叹一声,说:"她知道了还会再来我们家吗?"

我也不知道。母亲的担心在她看来是十分有道理的,围在百灵身边转的小伙子很多,有不少都是我们海陵镇上小有头脸的人物,比如年勇。前些天我和天南在小学校里打球时见到了他,已经不再是当年的那个年大胖子了,当然现在更胖了,但却是眼下小老板的流行的胖,看到他们不同凡响的肚子和腰身时,你会想起他们同样不同凡响的鼓鼓囊囊的大钱包。他是小葫芦街上为数不多的皮带上武装了手机的人之一。我们看见了他,我相信他一定也看见了我和天南。他愣了一下转过身,走两步停住,没有回头,然后走出了小学校的大门,身上的衣服滑动着大片的阳光,然后我听到摩托车发动机的声音响起来,很快又被蝉声掩盖了。

6

八月上旬的一个晚上,我和百灵刚出院门,遇到了来找我的天南。小学校有个规定,为了保护公共财产,暑期安排教师护校。两个教师搭配起来住在学校里,两个人要护一周,现在轮到百灵和她办公室里的田老师,一个五岁男孩的妈妈。百灵在我家吃过晚饭,我正打算把她送到学校里。

天南说:"太好了,百灵也在,省得我再跑一趟了。年大胖子让我告诉你们,明天晚上他请我们吃饭,在他的年年有余大酒店。五点钟他开车在小学校门前接我们。"

"去不去?"百灵问我。

"当然去,老同学聚聚不是很好么?"我说。

"那我们怎么回来?天黑,从镇上回来还有十里路呢。"

"当然是年大胖子再把我们送回来了。"天南说,"要是有去无回,年大胖子就太不够意思了。"

第二天下午五点钟,我们来到小学校门前,年勇果然开着车来了。他饭店里的搞采购的工具车,还带了个和他相比瘦得不像样的司机。小车不是很好,六成新,白漆剥落,但那是年勇自己的私有财产,这在海陵镇也不是件谁都能做到的事。年勇热情地和我握手,好像上次根本就没看见我,脸上的笑一坨一坨地抖。

天南说:"胖子,别搞得跟真的似的。"

他说的是年勇握手的见面方式,年勇以为说的是用车来请我们到他的大酒店吃饭这回事,颇为得意地说:"哪里哪里,请大教授嘛。车子是自己的,当然想怎么用就怎么用了。"

我表示感谢,为了满足一下年大胖子,我说:"胖子混得不错啊,我们当年的一帮同学里,就你混得最好,看这肚子的规模,不是三个月两个月能速成的。"

年勇嘿嘿地笑,说:"没办法,什么时候向大教授请教一下减肥的诀窍。"他跟我说话眼睛瞟的却是百灵,嘴角油汪汪地蓄满水,像刚吃过一大碗红烧肉。

百灵突然抱住了我的胳膊。我说突然是因为之前她从来没有当着别人的面这样做过,即使我们两人在一起的时候也没有。我知道她的意思,她要让我放心,也让年勇看清楚她和我的关系。

天南说:"行啦,有话到饭桌上说。我早就想着胖子的那桌好酒好菜了,昨天晚上就开始留下肚子了。"

车开起来就凉快多了。年勇坐在副驾驶座上,我、百灵和天南坐在后面一排,一边走一边听年勇讲述他的伟大的事业史。

他侧身面向我们,左胳膊搭在椅背上,一副成功人士的模样。百灵靠窗坐在最边上,一直看着窗外的田野,脸上的潮红还没褪下去,因为她的左手在我手里,能感觉到她的手在微微颤抖。

年年有余看上去还可以,但大酒店三个字还是有点大而无当。我看了一下,那条街上的所有店面名字都很威风,起码三星级的,内容却还是保留在小镇这个层次上。年勇为我们安排了一个包间,他在这个小房间里花了不少工夫,消灭了不少乡下的痕迹。总的说来还不错,那顿饭是我这几年来吃得最好的一顿。天南吃得也不错,喝得也不错,他的酒量最大,一个人喝了八瓶啤酒,唯一的反应就是中途去了两次厕所。我是不行了,半瓶正好,一瓶头就开始转了,一瓶半人开始转,但是那天晚上我喝了足足两瓶半,剩下的半瓶还是天南帮我喝的。百灵不让我喝,但是没办法,年勇的热情让人受不了,我宁愿痛痛快快地再喝一瓶也不愿看到他的那张肥腻的笑脸。他一会儿教授一会儿知识分子地叫,说如果我不喝就是看不起他。我舌头打结地说,大家都是同学,是兄弟,谁都没资格看不起谁。年勇说那就好,喝。我就喝,就喝多了。百灵意志比较坚强,她说不喝就不喝,从开始就抱着一小瓶雪碧,一直抱到饭局结束,中间做得最多的一件事就是让我少喝酒而踢我的脚,不断地在桌子底下踢我的脚,可我还是喝多了。

我们三个男人谁喝得都不少,但是哪个醉了没有我不知道,分不清了。十点钟结束,坐上车回小葫芦街。在车上我都记不起在饭桌上聊了些什么,好像坐下就开始喝酒,一直喝,喝得我不行了，想吐，结束。百灵还要回学校护校，田老师特别嘱咐百灵早点回去，她一个人待在空旷的校园里害怕。一路上我都把脑袋伸到车窗外边，以便随时倾泻而出。竟然没吐，天南说那就留着，好不容易喝进去的，吐出来就太浪费了。

回去的时候天气就不妙了，开始起风，路两边黑暗的大风像水一样漫过野地。百灵有点着急，催司机把车开得快一点，以免半路淋雨，车子走土路不方便。还好，只是一直起风，把百灵送到学校雨也没有落下来。我原来指望一路大风能把酒气给吹散了，到了小学校发现不但没有吹散，反而被风吹得更厉害了，难受得想立马倒在地上。

年勇大着舌头说："大教授你太没出息了，这点酒量以后还怎么混。好了，我送你回去，送你回去。"然后对司机摆摆手说，"你开车回去吧，今晚我不走了，就在小葫芦住下了。我把教授送回家。"

我说："都是兄弟，胖子你太客气了。赶快回去吧，雨马上就来了。"

"没事。"年勇声音扭成了麻花，"我一定送你回去，送过你我就去我妈那里，好长时间没去看我妈了。"

天南说："那就留下吧，难得胖子有这份孝心。"

7

年勇把我送回家就去他妈那里了。他妈还住在小葫芦街，胖子要她搬到镇上和他一起住，她不愿意，在街上住了一辈子了，舍不得离开。我到家很快就吐了，吐得淋漓畅快，感觉肚子里所有东西都倒空了。祖母他们都睡了，天南帮我收拾了残局。他把秽物扔掉从外面回来，告诉我开始下雨了，雨点很大。我关上吱吱呀呀的电扇，果然听到雨点沉重地击打着屋瓦。

"一场好雨。"天南点上一根烟说，他要等雨停了再回家，"胖子他妈的成心要灌你，你不该喝那么多。"

我有气无力地说："高兴嘛，难得聚一次。"

"他是嫉妒，追不到百灵了借机整你。不过胖子也喝了不少。我也喝多了。"

"你不是说没问题么？"

"那是骗胖子的。我如果不硬充着找他喝，他还不把你灌死。"

天南抽了三根烟，雨还没有停下来的意思。我们有一搭没一搭地说着话，我都快睡着了。突然我听到了有人用力地敲着我的后窗，听到一个女人在喊我的名字。天南从椅子上跳起来去打开窗户，雨点立即扑进房间里。我听到田老师在屋后大喊：

"快去，快去！百灵让你快点到学校去，年勇在那里！"

田老师连伞都没打，冒雨摸黑从学校跑来找我，湿淋淋地站在后窗外，脸上头发上水流不断："快点！快点！年勇好像喝醉了！"

我和天南都没顾得上找伞和雨衣，开了门就往雨里冲。天南咬牙切齿地说，这个狗胖子，就知道他妈的没安好心。母亲房间里的灯也亮了,我们已经出了家门。田老师结结巴巴地说,年勇满身是水地敲响了她们的房门,声音都和原来不一样,听起来阴森森的。他一个劲儿地敲门,百灵说她们都睡下了,年勇说不行,他一定要看一眼百灵,他想她,再不开就把门踹开了。她们惊恐地穿好衣服,百灵去开门,让田老师一开门就跑出去找我,越快越好,她尽量把他拖住。

我和天南跑得飞快,这是我这辈子在雨里跑得最快的一次,天南跑得比我还快。在跑步上我一直不是他的对手。泥路上湿滑,田老师跌跌撞撞地跟在后面,很快就被我们落下了。她也没经过这种事,上气不接下气地跑,急得大哭。

刚进校门我就听到百灵的尖叫,我都快疯了。跑在我前头的天南被泥水里的什么东西绊了一跤,整个人扑倒在水里。我没工夫拉他一把,连汤带水地冲进了百灵的房间。该死的胖子正在撕扯百灵的衣服,上衣已经被他撕掉了半边袖子。年勇像一头大狗熊扑向百灵,硕大的屁股正对着敞开的门。我吼了一声,从侧面对着他的屁股狠狠地踹了一脚,年勇倒在地上,像一摊行动不便的肉。他想爬起来,天南已经进来了,跟上来一脚又把他踹回了地上。

百灵扑进我怀里,声音都变形了。她吓坏了,身子抖得像被电击似的,一阵阵打着剧烈的寒战。我抱着百灵站在一边安慰她,天南发了疯似的对着年勇的身体猛踹,嘴里叫着:"你他妈的畜生!畜生!"

我把衣服脱下来给百灵披上,田老师跑进来了,紧张地抓着百灵的手,哆哆嗦嗦地说,没事吧,没事吧。百灵只是哭,抱着我的腰。年勇被天南踹了几十脚之后才抽空从地上爬起来,嗷嗷叫着要还手,又被天南一脚踹倒在地上。父亲和母亲也湿淋淋地跑来了,怀里抱着两把雨伞和一件雨衣。母亲看过百灵发现没什么大问题,就让我赶快把她带回家,余下的事他们来处理。

天南把年勇拽起来,说:"别在这里丢人现眼了,我们到外边把这事了结掉。"然后对我说:"你把百灵带回去,这狗日的交给我了。"年勇空有一个大块头,打起来还不是天南的对手,天南个头不高,身体却灵活结实,他什么事都经过了。

天南把年勇推进了雨地,事情就变得简单多了。我把百灵带回了家。一会儿工夫母亲把田老师也带回家了。父亲留在小学校替她们护校。我们回到家里,祖母已经烧了一大锅热水留给我们洗澡,还在另一只小锅里烧了一锅姜汤。百灵在祖母怀里又哭了一回,然后开始喝姜汤,洗澡。都收拾完了,已经是凌晨两点半了。田老师留在我家,和母亲睡在一起。百灵在我的房间,除了洗澡那一会儿,她一直抓着我的手。

进了房间她平静多了,只是委屈地哭,在我怀里嘟囔着说害怕,要结婚,她想早一点结婚。我们真的就把那天晚上稀里糊涂地当成了新婚之夜。在错误没犯之前,我努力提醒自己,千万别冲动,千万别冲动。

我说:"你会后悔的,我已经辞职了,什么也没有。"

百灵说:"我知道。我是嫁给你,你干什么和我有什么关系?"

女人的逻辑有时候毫无道理可讲。我说:"你怎么知道我辞职了?"

"我早就感觉到了,你们家整天愁眉苦脸的,跟天塌了似的。"

雨一直没停。我们刚停下来就听到后面的敲窗声。

"谁?"我问。

"我,天南。胖子我教训过了。"

"他人呢?"

"还能到那儿,去他妈那里了。"

"天南,你从院门进来。"百灵说,"我给你热姜汤喝。"

"别麻烦了,我困死了,要回去睡了。你们忙吧。"

他随手又敲了两下窗户就走了。百灵掐了我一下,缩进我怀里。

8

两天以后小葫芦街传开了年勇的死讯,他是那天一早被钓龙虾的小孩发现的。年勇的尸体漂在后河的芦苇荡里,鼓胀得像个气泡,还穿着那天晚上的衣服,身上落满了苍蝇。我们一家包括百灵和田老师,无一例外都被公安人员带去了问话,还有天南。我是从派出所回来的路上遇到了天南,他已经被调查过了。

"怕什么？我就是踹他两脚，他死了关我屁事。我也挨了他好几拳头，瘀血现在还没消。"

我们骑着自行车边走边聊。我问他那天晚上他们出去了到底发生了什么事。

"你怀疑胖子是我杀的？"

"没有。我只是想了解一下。"我说，"你是帮我才惹上麻烦的，我不想警察冤枉你。"

"我都跟警察说得很明白了，我们出了学校，我一直在骂他，我最痛恨这样的人了。我想痛快地和他打上一架。他也骂我，我们就打起来了。谁都没赚到便宜，只是他一个空架子，三两下就不行了，多挨了我几拳。后来我也懒得打他了，雨又大，就散了。他说他回他妈那里。我怎么知道他就钻芦苇荡里死了？"

"他骂你什么？"

"还能有什么？我不想听的。狗嘴里还能吐出象牙？"

和我们一样，从天南那里公安局也没能找到年勇的死因。案子很棘手，尸体已经开始腐烂，雨过天晴的芦苇荡边什么蛛丝马迹都找不到。小葫芦街上议论纷纷，但议论不过是议论，他们对年勇的死缺少愤怒和同情，倒是对他雨夜闯进百灵她们的房间表示愤怒和鄙视，认为这样的人死有余辜。认为年勇死于他杀，并且主张严惩凶手的只有年勇的叔叔和哥哥，尤其是他哥哥，有事没事开着摩托车到我们家周围转悠。他母亲除了悲痛无话可说，她知道自己的儿子并非死得干净和无辜。

因为找不出有说服力的证据，最大的嫌疑人天南仍然没有失去自由,他和往常一样在午睡之后来到我家。来时不忘带上一个大西瓜,我们坐在柳树底下边吃边聊。母亲对他的看法发生改变,觉得我们家拖累了他,给他带来了这么多麻烦,所以经常留他在我家吃晚饭。因为临近开学,百灵这几天常要到学校去,她担心刺激我,就嘱咐天南多来陪陪我,让我不要想得太多,辞都辞了,就这样了,怎么活不下去,又撞上年勇的事,别烦出毛病来。天南也没事,睡醒了就过来了。

我在柳树底下支了张桌子放西瓜。天南让我多吃,说多喝水多吃西瓜利尿,能够避免结石和糖尿病什么的。我对医学一窍不通,但我对西瓜情有独钟,吃起来也不输给他。正吃着,年勇的哥哥骑着三轮摩托车从街上拐过来,带了两个部下,后座上一个,车斗里一个。他看到我和天南坐在树底下,车子就停在我家门前。

"你们日子过得不错啊,一天一个大西瓜,"年勇的哥哥坐在车上说。另外两个抱着胳膊站在上司跟前,阴阳怪气地看着我们。

"你们也来一块?"天南用菜刀点着另一半还没切开的西瓜说,"大着哪,俩人吃不完。"

"留给你吃。"年勇的哥哥说,"多吃一口赚一口,还有你没得吃的时候。"

"你还认为胖子是我杀的?整天在这儿转,你们烦不烦?"天南说,然后他做出了让周围四个人都叫出声的事情来。他手起刀落,左手的无名指齐整整地留在了桌子上,他竟然哼都没哼一声。"看到了吧,"他把半截滴血的指头拿起来对年勇的哥哥晃了晃,甩手扔到了他们的脚前,"我说过了,胖子的死跟我没关系。"

他们几个也愣住了,一只公鸡跑过来也没想到把它赶走。公鸡从容地叼起了天南的半截无名指,一阵小跑离开了。我要追上去抢下手指,天南一把拉住了我:

"让它吃,公鸡从来不吃杀过人的无名指。"

我们都看到那只公鸡将天南的手指放在地上,翻来覆去地啄,显然对它很感兴趣。年勇的哥哥脸上的肌肉抖动几下,说:"你有种。"发动摩托车带着两个部下离开了。

给天南包扎伤口时我疑惑地问他,公鸡不吃杀过人的无名指,我怎么没听说过这种事。

"我也没听说过。做点样子给他们看看,省得天天来烦人。"天南说。

"那也不需要断送一根手指来做这个样子,十指连心哪。"

"所以才管用。无名指留着也没用,你看我没了半截小指不照样活得好好的?"他终于叫出了疼,咝咝啦啦地吸冷气,"这帮鸟人你不给他们放点血他们就不死心。"

用了大半瓶云南白药才止住流血,看得祖母两只小脚一个劲儿地往后退,右手紧紧捂住头上的手巾,跑来跑去帮我拿白布,嘴里说:"这可怎么办理?这可怎么办理?"

包扎好了天南又拿起一块西瓜,吃着说:"我想明天就走,省得他们再来找麻烦。先到北京去看看。一块儿去?"

我脑袋一时没转过来，明天就走？太突然了。我也许应该出去闯一闯，可是眼下还没有立刻行动的想法，而且还有百灵。很多事真正迫在眉睫了，就不是想象的那样可以利索果断地解决掉了。

"算了，你再等等吧。还有百灵，你们可能要结婚。我想明天就走。"

9

八月三十日之前的几天是我最为痛苦和无聊的时间。往年这个时候我该整理行装回学校了。现在我无所事事，天南去北京了，那天他说过去北京之后我再也没见到他，一定是走了。我想起了四十里外我的那所中学，我不喜欢它，讨厌它，不愿见到那些年复一年早早麻木的孩子，可是现在，我想念他们，比什么时候都更想念他们。我发现我原来也是爱那所学校的，爱那些到了冬天都穿着旧黄军大衣的孩子们的，我还想着早就有过的一个想法：我想把他们都教好。这个发现尤其让我痛苦，我开始后悔当初草率的决定。

三十号一大早母亲就拎着一个大包袱出门了。等我起了床，祖母告诉我，母亲回娘家了，晚上才能回来。我又要度过一个难熬的日子，尽管百灵有空就来陪我，仍然不能改变这一天的漫长。我感到一天比一天更漫长。晚饭百灵早就做好了，一直放在锅里，说要等母亲回来一块儿吃。大约八点半，母亲风尘仆仆地回来了。进了门她把包袱往椅子上一扔，我从没看到母亲有过这种动作，家里人大概也觉得陌生，都瞪大眼看着她，等她说话。

"我热死了，百灵，把电扇往这边转一转。"母亲说，一屁股坐到另外一张椅子上。

祖母坐在她前面的小板凳上，电扇的风猛烈地吹过来，掀掉了头上的白毛巾。祖母想抓没抓住，只好慌忙拢住头发，忽然麻利地站了起来："长起来了！长起来了！能扎了！"祖母激动地说，"能扎起来了！这可怎么办理？这可怎么办理？"

祖母忽然发现她的头发悄悄地长长了，已经可以扎起来了，再也不要整天盖着一块毛巾了，她已经获得了死亡的资格。

母亲却大声说："儿子，校长让你明天去学校报道！"

我看着母亲。百灵说："真的？"

这个消息让祖母和父亲也吃惊，祖母不说话了，父亲从烟叶的浓雾里站了起来。

"校长亲口对我说的。"母亲说，眼泪哗地流了一脸，"儿子，你还是一个老师。"

百灵抱住了我的腰，说："这下好啦！"

我说："我不是辞职了么？"

母亲说："校长没见到你的辞职报告，想辞职要当面向他辞职。你还想辞职吗，儿子？"

我什么话也没说。母亲竟然在一天时间里来回步行了八十里路，她还带了一个包袱，她想给校长送礼，求他让我再回到学校。而校长当初就没看到那份辞职报告。我觉得奇怪,我是亲自放在了校长的办公桌上,还用墨水瓶压住了,怎么可能没看见?可是母亲说了,校长没看见,他让我明天去学校报到。我想起了刚回家一周后的那一天,那时候母亲就去了一次学校,只是那会儿学校已经放假了。

母亲步行了两个八十里路,我又成了老师。

当天晚上百灵就帮我收拾了行李。收拾好行李她对我说的第一句话,和第二天送我走的最后一句话相同:"我要结婚。"

我说:"好。"

早上七点多钟,太阳已经升起。我推着自行车从家里出来,准备去四十里外的学校。从曹三家的小店拐上大街,我看到一伙人吵吵嚷嚷向远处走去,后面跟着一群早起的看热闹的小孩。我问站在商店雨棚下的一个人,那些人在干什么?

"公安局的,抓天南的。他真的杀了人。"

我仔细看了一下,果真看到了人群里走着一个被推搡着的小个子男人,他走路的样子像极了天南。可是,天南不是说年勇不是他杀的么?他不是早就去北京了么?

一个人从我身边走过,说:"回去啦?"

我说:"回去了。"

又一个人说:"哟,回去啦?"

我说:"回去了。"

下一个是你

二十岁时在念大学，因为脸皮长得老，同学叫他老罗；到了三十，老朋友见面还是老罗；四十岁，一脸成熟的男人相，同事不敢不叫老罗；五十以后，他反倒显出年轻，但老婆已经习惯了叫他老罗。还叫"老罗"。老婆说，你以为你十八啊？现在的老罗一大早坐在沙发上直走神，明年四月二十八号退休，他一茶壶的碧螺春抱在怀里一动不动。又犯傻，老婆说，拎着提袋要去早市买菜。早市的菜新鲜。老两口起得早，这是老罗在老婆退休之后意识到的，天不亮就醒了。跟着意识到两人老了，前些年觉可都是不够睡的。人老了觉也少了，老罗觉得这有点不合情理。老了事也少了，为什么不能让我们多睡一会儿呢。

闲出神经了吧你，老婆临出门又说，你看眼都直了，没事买菜去。

老罗放下茶壶，说好，这就跟你走。

这些年老罗不是没买过菜，但的确很少，那一般是老婆身体不好或者不在家，他不得不顶上去。老婆退休以后，他也跟着去过早市几次，一大半原因是碰巧他那会儿兴致好。人一高兴了什么事都愿意干。

这一次去，是因为除此之外他不知道该干什么。一大早起来就茫然，又有点百无聊赖，说不清楚，就是没精神，干什么什么没意思。这个症状不是一天两天了。很多天以前了，往精确里算，几年前就开始了。在单位里他没少和同办公室的小高聊过，小高半知半解。茫然无聊谁都有过，但长期如此小高不能想象。单从工作讲，你要选题，要组稿看稿校对，甚至要了解市场，还得听上面的话，保证不出娄子。他们在报社，这是例行事务。再说生活，艰难如果称不上，那辛苦总可以说的，自己的，家庭的，孩子的，吃穿用和将来的发展，反正小高是一屁股事情，也一屁股债，他觉得每天都有根鞭子在身后追着他响。革命尚未成功，这是小高的口头禅。小高的偶像是孙中山，崇拜的原因据小高自己说，就是因为孙中山说过这句话：革命尚未成功，同志仍须努力。小高说，老罗，我没法和你比。老罗就认真想，大概这就是他们俩的差别，小高年轻，革命尚未成功。而他自己，革命就成功了吗？他不愿意承认这点，因为若是承认，那就意味着他的茫然无聊来自于生活缺少动力，没有追求，革命成功了嘛，没啥需要再干的了。

去早市路上，老罗蔫头耷脑的，走路费了他不少劲儿似的。老婆说，没睡醒啊你。老罗挺挺腰杆清下嗓子说，睡醒了。走两步腰又塌下了。老婆说，要是不想去就回去，别跟我求着你似的。老罗说你没求，你看我挺直了。腰真的挺直了。

今天是周末，要在平时他早就去单位了。在他们办公室，老罗总是第一个到，如果不是加班，他基本上都是最后一个走。全社大会上领导多次严重表扬了老罗：到底是老革命，没说的。其实领导不知道，老罗去办公室是因为在家没事干，到办公室也干不了正事，不过是这张纸翻翻那张纸看看，时间就消磨过去了。下班不愿走，是因为懒得动，也干不了正事，就是在网上不停地打开这个网页再关上那个网页。挪屁股上趟厕所，老罗有时候都觉得是个负担。回家只是因为饿了，晚上要睡觉。这两样你抗拒不了。

因为他下班后总盯着电脑看，同事都以为他炒股。他才不炒呢，在老罗看来，炒股基本上等同于把自己的钱拿出来给别人花，而他也没几个钱。当然也不算少，钱归老婆管，如果数目不是很客观，老婆不会一提到"银行"两个字就对他笑的。他们没有负担，孩子大学毕业，工作让他都羡慕，就是夹着个包陪领导四处开会，钞票就哗啦哗啦地往口袋里进。他不太懂，但他知道儿子值这个价，念书时的成绩摆在那里，哪次考不了第一那一定是考试之前感冒了。老罗不炒股，但老罗爱看，没事也会打开股市行情看，看它飘红，看它挂绿，知道红的是钱，绿的是绝望和眼泪。

他在家无所事事的痛苦老婆看在眼里，有一回跟他说，小区里不少邻居都去上老年大学了，要不咱们也去回回炉？老罗哼了一声，我才不去，那都是老头老太太！他坚持认为自己还没老到那分上。他也不想去学那半吊子的书法或者国画，或者做京戏的票友。他知道自己没这个天分。收藏呢？这是很多他这个年龄的老头常玩的。老罗想了想，也否了。没那个闲钱。他觉得收藏纯属烧钱，谁都知道潘家园和大钟寺的古玩市场里没几件真货。反正他什么业余的活动都没有。前两天他一个人端着碧螺春坐在电视机前，脑子里突然冒出来"一生"这个词。如此庄严正大的词汇让他觉得难为情，他习惯说"一辈子"。接下来他想到的是，这辈子怎么有一大块空白啊，毕业，谈恋爱，结婚，生孩子，然后"唰"的就到了现在，就像一个水漂，浮光掠影地就要退休了。那白花花的漫长光阴里好像啥也没有，日子都给谁过了呢。

年轻人说得好：没劲透了！咬牙切齿地说。这么时尚的话老罗说不出口，他只能让它在肚子里咕噜咕噜地叫。说出口的是，提不起精神哪。

老婆问，你说啥？

老罗说，没啥。到早市了。

据说这是全北京最大的几个菜市场之一，蔬菜运到这里还沾着泥土和露水。买菜的主要是平头百姓，也有个别开奔驰宝马的，图的是新鲜，他们莫名其妙地信任带泥的东西。老罗大冬天都能在这里闻到一股汗味。人很多，你卖我买，你吆喝我还价，跟乡镇的集市一样，就是稍微正规一点。老婆是买菜的好手，拎着篮子在人群里钻来钻去，身手矫健，完全不像个退休的老太太。老罗只好跟着追，这么多人，自己要丢了他会心里发慌。之前丢过几次，害得他在早市门口一等就大半个小时。老婆讨价还价时有足够的耐心。

还是跟丢了。老罗找了半天没找到，无端地就对自己生了气。为什么非要跟着她呢？又不是小孩子，怕什么！他停下来，决定以不变应万变，掏出根烟点上，在豆腐房门前的台阶上坐下来，然后开始到处乱瞅，以此来给自己填补空荡荡的心慌。然后他看到了站在杂货摊子前的那个男人，穿一件夹克外套，质量看起来不错，拎着印有"会议纪念"字样的青灰色帆布提包。四十多岁，生活绝对不会太难过，皮鞋亮得可以当镜子用。老罗看见他把帆布包换到右手的同时，一个细长的红色的东西不知道从上面静悄悄地落到帆布包敞开的口里，然后他轻轻一抖，包扁了，敞开的口应该合上了。老罗疑心看错了，一个红色的东西真的存在么？它从哪里来？他站起来，看见那个摊子上摆满了散装和袋装的火腿肠。肠衣鲜红，细长。可是它从哪里来？

老罗想走过去看看，那男人已经转过身站在了卖核桃的摊位上。他抓着两颗核桃在右手里转，此刻帆布包又转移到了左手里。老罗看见他先是转那两颗核桃，一边和摊主说话，也许是还价，然后他放下核桃又抓了另外几颗，有人过来了，拨拉着核桃跟摊主说话，摊主向新来的顾客解释，那个男人扭扭脖子，抓核桃的手攥成拳头举起来去挠太阳穴，老罗看见那只手稍微松动了一下，两颗核桃几乎像幻象一样掉落下来，就一刹那，老罗本能地往地上看，什么都没有。然后那个男人把手里剩下的核桃放下，转身往别处去，走几步后开始把帆布包换到右手，包到右手的同时，两颗核桃落进包里。

老罗发现那人的右边的袖子卷了一圈，开口宽阔。

开了眼了。老罗突然兴奋起来，想冲上去做点好人好事。转而一念，还是抓个现行才有说服力。就这么办，跟上去。他想象自己是个地下党，竖起想象中的风衣领子，在黑夜里盯住那个小偷，跟上去。太阳晃眼，小偷偶尔故作从容地东张西望。当他往后看时，老罗就往别处看。老罗的心脏扑通扑通地跳，嘴唇发干，这感觉让他想到了二十五岁，这一年农历九月初六，他把女朋友放倒，然后女朋友就成了现在的孩儿他娘。当时的感觉就是心动过速，嘴唇干裂。放倒他。放倒他。

那个男人站在苹果摊前，突然改变了策略，他竟然实实在在地买起了苹果。他挑了三个放进秤盘里，拿着另外一个犹豫是不是要接着放上去。他拿着苹果的手搭在货架的边缘，旁边是更多的苹果。老罗正纳闷，那男人手一松，那个苹果悄无声息地往下落，没错，帆布包张开口在下面翘首以待。还是偷了。老罗觉得自己走过去的时候像个老练的猎手，所以没必要快，苹果在包里就是现行，没必要那么迫不及待。猎人要有风度，不年轻了，得把火气降下来。他几乎是面带微笑走过去，贴近小偷的那一瞬间突然改变了主意。他对卖苹果的说：

来二斤。

他突然觉得就这么放倒有点可惜，他的心跳和嘴干才一小会儿，太短了。很多年没这感觉了。他明白自己为什么总觉得没劲了，原因就在这里，激情。就这个东西，激情在很多年前没有区别的生活里消失了。现在，身边的这个四十多岁的男人让他重新找到了，什么是激情？就是你猴急猴急地要做某件事，觉得生活充满了向往，一天盼着一天过，这一小时一分一秒盼着下一个小时下一分下一秒，就是感到有很多力气从手指头、脚指头和骨头缝里丝丝缕缕地钻出来，在身体和大脑里左冲右突，决心把一个个人、一件件事情放倒，利利索索地搞定。他儿子喜欢说，没问题，搞定。所以，他得节约着用。先放他一马。

那天老罗一直跟到那小偷离开早市，他继续目睹了他偷橘子、蒜头、茴香和火锅底料的全过程。他像个脱离了小偷身体的影子，远在几米之外。然后才想起买菜的老婆，赶紧往早市大门口跑。

老婆正拎着菜篮子等得团团转，见到他就说，你没被当成南瓜卖掉啊？

老罗说，谁卖得了我？只有我卖别人的份儿！

喊，老婆哼着鼻子说，逛趟菜场还长本事了。

老罗心里说，那是，长不少呢。他没说小偷的事。第二天还是周末，起床时他就跟老婆说，买菜时招呼一声。没特殊情况，老婆每天都去菜场，因为那些菜每天只带一次泥土和露水。

小偷真去了。老罗怀里像揣了个贼，激动得两脚底下踩了云彩一样。老婆说，别跟丢了。老罗说好，转身去了另一个方向。那小偷没让他失望，换了身衣服，依然像模像样，帆布包倒是没变。偷东西之间的空闲里,他还抽上了烟。这就越发让老罗奇怪了,他抽的是"中华",打火机都不是常用的一次性的那种。怎么看都像个有点身份的,起码不至于靠小偷小摸为生。老罗觉得更有意思了。盯住他。那天小偷在早市转悠了大概一个小时,偷的东西计有:梨,苹果,核桃,土豆,圣女果,以及数个螺丝帽和一个自来水龙头。后者是在早市最南边的五金市场里偷的。方法基本相同。

老罗的初步判断是,此人不是主题小偷,专冲着某一类来,而是遍地开花,哪个顺手来哪个。从理论上讲,这样的小偷纯属滥偷,老罗有点瞧不上,职业操守不过关。这么想老罗就笑了,成什么事了,都替人家上纲上线了。他在犹豫是不是要将小偷"现行"一下,小偷不偷了,拎着帆布包径直出了早市。那家伙的身材宽大,背影很有点样子,他从早市大门口消失的时候,让老罗多少有点失落。兴奋到此告一段落了。

一把年纪了老是走丢,老婆很生气,这还没退休呢,脑子就不够用了,别是老年痴呆提前来了吧。老罗直打哈哈,说没报告擅自上厕所了,下不为例。果然就下不为例,因为那小偷从周一到周五就没露过面。老罗有自己的小九九,每天一大早主动请缨,跟着老婆往早市跑,理由是锻炼身体。反正他单位近,从早市回来再去上班也不迟。老婆嘴上感叹太阳从此打西边出了,心里头还是没当回事,以为老罗回过神来了,知道心疼自己的身体了。事实上老罗的确有了可喜的变化,过去你嘴皮子说出血让他步行或者骑自行车上班,他坚决不干,就四站路非得在公交车上晃过去,现在好了,开始骑单车了。老婆高兴,老年人养生有一条:能走别坐车,能站别坐着,能动别躺着。老罗身上有点劲儿了,前天晚上竟然往她被窝里钻。这可是大半年来的头一回。

她不知道,老罗眼看那点精气神就没了。五天了,那小偷影子都没见着。周六一早起来,老罗觉得哪个地方有点不对劲儿,刷牙洗脸吃早饭,别扭劲一直跟着。饭后接了儿子的电话,因为说话断断续续,儿子问他是不是身体不舒服,老罗条件反射似的摸住胸口,发现原来是心在慌。问题是这太平盛世的心慌啥呢。放下电话他又抱着一壶碧螺春发呆,老婆拎着菜篮子从厨房出来,那篮子一闪,老罗找到毛病在哪了。早市,那小偷,今天他会去么。老罗噌地站起来,老婆,走,咱们去早市。

谢天谢地。老罗看见那个四十多岁的男人时,眼泪都快流下来了,像连喝三杯咖啡,精神头立马起来了。他又换装了,另一件藏蓝色夹克,还打着蓝白条纹领带,皮鞋依然是镜子。没准出了早市还要干正事。周末他才来。老罗明白了,周一到周五得上班。他跟老婆说,他想去五金市场看看鞋架,家里那个得退休了。然后一直若即若离地跟着那个体面的小偷。

几乎和前两次没区别,来来回回就是那些小东西,一个两个,一点两点。老罗算了一下,照这么偷法,一年偷下来也不值那一件夹克的钱。那他到底在忙活什么呢。老罗觉得自己不能再憋下去了。他跟着小偷把早市逛了一遍,跟着他出了大门，看见小偷走到一辆奥迪车前，在他打开车门的时候老罗冲过去。

老弟，老罗说，指着他的帆布包。我想问一下，你要这些小东西干吗？

小偷眼睛陡然放了光，接着又暗下去，买菜啊，你们家不吃菜么？

你知道我在说什么。

小偷笑了一下，打开后面的车门，老哥，能到车里谈么？

老罗犹豫一下钻进了车里。小偷递给他一根"中华"烟。发动引擎，车离开早市门口。换个安静的地方，小偷说。

一根烟没抽完，车到了五环外。老罗一点都不害怕，这在过去没法想象。陌生人的车，跟着人家走，谁知道会出什么事。停下时，路边是野地，很快风格怪异的楼群将在这里长出来。小偷拎出帆布包，对着一个吹掉了盖子的破垃圾箱把偷来的小东西全倒了进去。

这东西我一点都不缺，他说，图的就是个乐子，刺激。

老罗伸长脖子往垃圾箱里看。上周末他看见的蒜头、橘子和火锅底料等也在。这地方有个垃圾箱已经是怪事，现在它归面前这体面的家伙专用。

说了老兄未必理解。小偷见他不吭声，又递一根烟，我就觉得生活没劲，多少年过一样的日子。烦。有时候连觉得烦的心思都懒得有。嫌烦是要力气的。这事不算新鲜，你别笑。不过，偶尔调剂一下，就不会乏味得想死了。

老罗说，看样子你算成功人士吧？

衣服？小偷掸掸衣服下摆，又拍拍车头，车？然后笑了，说，做皇帝也会无聊。这跟你干什么没关系，跟你是谁也没关系。跟这个有关系，他拍拍脑门又对着心口窝捶了两拳。再好的日子多少年过成了一天，你也会想死。

我懂，老罗说。所以我没当场把你揪出来。

谢谢，小偷说，我姓周。对，叫我小周就行。您贵姓？哦，老罗，你是不是觉得这事不堪？他的意思是说，他没有勇气干更刺激的，比如抢银行，他不需要更多的钱。他也不想给别人带来更多的伤害。他的确顺手捎带了不少小东西，但他记得在哪顺的，过段日子他就会在那家随便买点东西，尽量不让他们找零钱，欠他们的他会还回去。

小周说，当我想到还能过上另外一种完全不同的生活时，我就觉得生活还不至于那么糟。而且是一种多少有点惊心动魄的生活。我们可能隔三岔五需要一点这样的惊心动魄。对，你说的没错，激情。它让你焕发出了一点激情，尽管不太体面。

没想过换一种别的干干？老罗的发问其实是在为自己找答案。

想过，没找到。小周说，我也不知道怎么就喜欢上这种小偷小摸了。当初朋友告诉我的时候，我觉得这玩意太糟糕了，简直下三烂。开始我只是想向朋友证明一下我绝不会干第二次，可是我干下来了，有第一次就有第二次，有第二次就有第三次，直到现在。两年了。

小周的朋友跟他一样要什么有什么，就是没劲，偶然一次顺了超市的一块香皂，上了瘾，一下子对生活充满激情，从此欲罢不能。当然现在不罢不行了，躺在医院的病床上，脑袋里长了个东西。

老罗说，我理解。我不说。不会说的。

老罗想，他们跟我一样没劲，手就向核桃伸过去。这是经过认真考察之后，最保险的东西，小而圆。借鉴小周的经验，老罗提前把外套的右袖管衬里和衬衫在臂根之前用别针别在一起，确保东西进来后不会再往里滚。他举起攥着核桃的拳头去挠痒痒，上面的四根手指稍稍一松，一颗核桃落入袖中，先是一击，然后一条微小迅疾的轨迹到了臂根处。落地和滚动的声音全世界的耳朵都竖起来也不会听见，但在老罗的耳朵里，如同鼓鸣。他感到心动过速和唇焦舌燥，嗓子眼干得咽不下口水，他觉得自己又一次回到了二十五岁。他站在核桃摊子前两秒钟，但他觉得长过数年，离开的时候步法跟跄慌乱，踩到了一个无辜的脚后跟。说对不起的时候他完全结巴了。他握着拳头端着胳膊，走了很远才把左手的包换到右手，口敞开，那颗核桃顺利滚下来，落进包里，他不敢往包里看，但他知道，一定完美地落在里面。继续走，一直到了鱼市才停下来，打开包，果然在，空荡荡的一只大包里只有一颗核桃。老罗的眼泪慢慢就出来了。他感到了惊险后的疲惫，一屁股坐在鱼市门前的台阶上，满地鱼鳞也无所谓。

早市还在喧闹，谁也不会知道刚刚丢过一颗核桃。老罗坐在那里抽了一根烟，把疲惫和惊恐一点点吐到空气里。他兴奋地想，这不光彩的一天啊。

不光彩的一天又一天。老罗做得很好，他对自己相当满意，原因不仅在于一天天过去他从来没有失过手，当然他本来就不是贪得无厌的那号人，还在于过去的一天天里他劲头十足。早上一起床他就有兴致吹几声口哨，在单位他的工作效率甚至胜过小高，搞得年轻人都打听他老婆给他吃啥了，下了班他及时回家，看书、看新闻、养花和陪老婆聊天，每周至少一次要求跟老婆合盖一床被子。老婆开始还对他的勤奋难为情，习以为常就坦然笑纳了，想起来就夸他两句：第二春就是好啊，老罗你第二春了。

半夜里老罗也会煎熬，他实在想不到自己也会干这种事。他老罗这辈子都没希望成个大人物，但还算堂堂正正的普通人吧，这事整的。可他戒不了，就那几个小动作怎么就那么让人放不下呢。能让你一遍遍回到二十五岁。他很苦恼，"痛并快乐着"。这话是小周说的。他们周末经常能在某个摊位前会师，但有个不成文的规矩，你动过这家了我决不再动，咱们得替人家考虑。他们会在某个角落交流和忏悔。

老罗说，老弟，我觉得咱不能再干下去了。

小周说，老哥，我都决定过八百遍了，还是来了。

为什么会他妈的这样呢？

我哪明白，小周说，我如果知道，早他妈洗手了，乱糟糟的菜市场我过去十年不看见都没兴趣。有时候做梦,一群卖菜的在我家里跑来跑去,摊子都摆到我饭桌上了。一定是出毛病了。没办法。咱们跟名人学,就痛并快乐着吧。

老罗没吭声。之后他为自己开脱,多大的事,想开了也没什么,打一巴掌揉一下,那一巴掌为的是自己痛快,揉一揉是替卖家,多揉几下就是了,揉重一点就是了,买东西多给他点钱。这个他不必和小周交流,他是老江湖,一定也是这么想的。

现在老罗几乎每天都来早市。老婆参加了小区的老年俱乐部,早饭之后要去小公园里排练扇子舞,腮帮子上点着腮红,穿粉红的衣服,摇起扇子像扭秧歌。既然老罗前所未有地热衷于早市,就充分放权让他去。弄得老罗不去都不行了,免得老婆生疑。

迟早会出事,这点老罗还是能想到的。你在河边走,不湿鞋那是不可能的。所以老罗决定,退了休,也就是四月二十八号之后,坚决不干了。他相信进入一种全新的退休生活之后,生活会让他刮目相看。不一样了嘛,没理由再无精打采地活下去。他等着崭新的四月二十八号。出事是在三月十五号。消费者权益日,老罗被抓了个现行。

都怪老婆催得急,出门前没来得及把呢子大衣的袖子处理好。老婆跟着俱乐部去商场门口跳扇子舞,庆祝花钱人的节日,和老罗去早市顺路。老罗想,那今天就不动歪心思了。他在早市逐一买好老婆交代的东西,正打算回家,看见了红枣。耀眼的一堆,像一座紫红的小金字塔。瞄一眼老罗知道这枣子是上品，个头大，晒得好，肉质细腻甜到你心里去。得买两斤。他走到摊子前，如果不是"职业病"不讲道理地发作，那只能认为是鬼使神差，他都不知道怎么就让红枣顺着右衣袖滚进去了。好几颗，这对老罗来说早就不是技术难题，他和小周一样成了老江湖。然后他才意识到有东西卡在胳肢窝里了，他没法像过去那样自如地放下胳膊，也不敢随便动，一动就可能从衣服里漏下来。他只能尝试着夹住那几颗枣，等离开摊位再作处理。这时候他看见右前方有个人笑眯眯地向他走来，比小周大不了几岁，衣着鲜亮，应该不是地摊货。他问老罗，胳肢窝里夹的是什么？老罗的汗在一瞬间覆盖了整张脸，他看见自己的右肩膀因为紧张和用力，陡峭地向上耸起。

那人说，我注意你很多天了。

老罗胳膊一松，红枣从呢子大衣里落下来，在脚边，一共七颗。出乎老罗意料，因为七颗枣一次落进去，难度实在太大。

在派出所里，那个人对着警察打开他功能先进的手机，把一段段录像展示给他们看。这一段里是老罗和核桃，那一段里是老罗和苹果，再一段里是老罗和一把小刀，还有老罗和火腿肠、生姜、透明胶带、板栗、柿饼等等。

警察指着录像里的老罗问老罗，是你么？

老罗点点头。

警察叹口气，还有一个月就退休的人了，你怎么干这种事呢？

老罗沉默半天，突然说，我想跟他说句话。他用下巴指指抓住他的那个人。

　　警察说，问。

　　你为什么这么久才揭穿我？老罗说，咱俩是五十步笑百步。

　　那人涨红了脸，一句话没说。

　　老罗说，我理解。

　　警察在一边呵斥，怎么说话呢，神经病！

这些年我一直在路上

1

车到南京,咳嗽终于开始猛烈发作,捂都捂不住,嗓子里总像卡着两根鸡毛。他间隔两三分钟钻到被子里用力咳一次,想把鸡毛弄出来,可是刚清爽几秒钟鸡毛又长出来,只好再钻进被子里。现在凌晨刚过十分钟,车慢下来,南京站的灯光越来越明亮地渗入车厢里。其余五张硬卧上的乘客都在睡觉,他在左边的中铺上坐起来,谨慎地伸手去够茶几上的保温杯。喝点热水润一润会管点用,这是慢性支气管炎患者的日常经验。中铺低矮的空间让他不得不折叠起上半身,嗓子眼里的鸡毛随之至少被折断了一根,现在成了三根,或者更多,痒得他不由自主猛咳起来,一口水喷了满床。下床和侧上床同时翻了个身,各自用方言嘀咕了一句,听不懂他也知道两人在表达同一个意思。他很惭愧。也许此刻所有人都没睡着,他几乎不间断地咳嗽和清嗓子,还有擦鼻涕,该死的感冒。他捏着嗓子慢慢滑进被子里,忍住,他跟自己说,忍住,一定要他妈的忍住,直到平躺下来然后咳嗽神奇地消失。他忍出了一身的汗。

但是躺下来后他绝望地发现鸡毛在长大，像蒲公英一样蓬松地开放，像热带雨林里的榕树见缝扎根，从气管往下，整个胸腔乱糟糟地灼辣。胸闷，通常的症状之一，他想象那些根须正在布满胸腔。他想从肋骨中间把自己扒开，有一扇门很重要，让大把大把的氧气清爽地吹进来。是啊，上半身很重，像炉膛里烧了半黑半红的一块大铁砣。他后悔出门时没带常备药，后悔昨天晚上洗的那个忽冷忽热的淋浴。为什么价格便宜的旅馆里的热水器从来都不能他妈的正常工作呢。他简直要哭出来。

车子抖动一下，缓缓开动，窗外南京站午夜的小喧闹沉寂下来。一忍再忍他还是咳出来，堪称大爆发，动静之大让他的头和脚同时翘起来，身体在床板上颠动了一下。这声咳嗽几乎要把喉咙撕破。斜下床的男人用标准的普通话骂了一句。他哑着嗓子说对不起，趁机又连咳了两声。上铺的脚后跟磕一下床板，一个五十开外的女教师，她知道烦躁也可以文明一点。

他捂着胸口侧身向外，南京站的灯光越来越淡。他看见对面中铺的床头闪着两个黑亮的点，然后那两个亮点升起来，是中铺的眼。那个十二个小时里没出过声的女人，右胳膊肘支撑着欠起身，用手机照亮床头的包，拿出两个小瓶子，晃动一下，哗啦哗啦微小的响。她压低声音说：

"药。"

治感冒和咳嗽。因为长久没有说话，她的声音空洞虚飘，像一声叹息。

吞下三粒胶囊，还药瓶时他难为情地说："这趟路有点长。"

跟路途长短没关系，再长远的路他都走过。躺下时他对幽暗的上铺床板歉意地笑了笑，除了感谢之外，他一直没学会怎样才能和一个陌生的年轻女人多说上几句话。这个女人三十左右，披肩烫发，染成淡黄褐色，眉形很好，白天一直坐在窗边支着下巴向外看，面部侧影像某个他叫不上名字的电影明星。整个白天她都保持那个姿势，右腿叠在左腿上。他认为那是发呆。他对她的印象就这么多。那个女人不爱说话，他也不爱说话，沉默的人在喧嚣的车厢里总是形同虚设。

十分钟后药效出来了。从嗓子眼往下，一寸一寸开始轻松，如同浓雾从身体里缓缓散去，身体一点点变轻。火车的颠簸让他以为自己漂浮在水上。他闭着眼看见火车穿过茫茫黑夜，如果黑暗不是水，如果忽略床板的托举，他觉得用"悬浮"这个词更合适。悬浮在黑夜里，疾速向前，感觉很好。他把脑袋歪向车厢隔板，睡着之前他想，这些年我一直在路上。

2

这些年他一直在路上，之前多少年几乎一动不动。静止不是个好习惯，会让别人生厌。静止能有什么乐趣呢？当初前妻说，在一个后现代的大城市，安静地生活就是犯法。前妻的逻辑他理解起来一直有困难，难道在北京和上海这种地方，每天都得跳着脚过日子？他每天从床上下来的那一刻起，几乎都是双脚同时着地,然后吃早饭,坐地铁10号线上班,单位恰好也在十四站之后的地铁口旁边,他为此感谢很多人,设计地铁的、修地铁的,给单位选址的若干任前的领导,以及设计施工建造单位大楼的所有人,他连马路都不要过,过一次马路你知道多麻烦吗,你不知道,那么多行人和车辆,红灯停绿灯行,这个世界上的红灯永远比绿灯多,中午在单位食堂吃,只要下楼走五十米,服务员把饭菜都放进你的托盘里,继续上班,他双脚垂地坐在办公桌前,偶尔一只脚着地那是因为为了更舒服一点跷起了二郎腿,但是医学研究证明,跷二郎腿对身体其实有害,他就把那只脚放下来,除了去洗手间、会议室和同事们的办公室,在单位他几乎都找不到走路的机会,然后下班,坐10号线回家,路上看报纸、杂志或者字帖,他好书法,小时候在私塾出身的祖父的指点下练了点童子功,这些年一直没放弃,拿起毛笔他觉得自己丰富安宁,仿佛需要对生活感恩,但是,老婆说,咱们的生活乏味成这个样子,你就不能动一动吗?那时候还不是前妻,等出了民政局的门,刚成了前妻时她说:

"爱动不动吧。"

前妻爱动,有点时间就折腾,逛街、美食、美容、旅游、看演出,反正只要不在家里就高兴。开始还动员他一起去,他也去,但明显动起来很不在状态,她也就意兴阑珊了。你就在家待着养老吧,她一个人出门,喀喀喀到这儿,嚓嚓嚓又到那儿,忙着在网络上搜集能让她出门的理由,或者找一帮驴友,背包、登山鞋、拐杖、野外帐篷，满地球乱跑。他不反对她像吃了兴奋剂一样到处跑，只要你觉得开心，我尊重你多动症似的自由，愿意上月球我能帮的一定也帮你。但是她对他不爱出门看不习惯，一会儿说，你才有病呢，明天我带你去医院看看？一会儿说，我怎么一开门就觉得家里坐着个爹啊，说我爹还夸你年轻了，应该是我爷爷。

出门还是待在家，就此问题他们争论过无数次，离婚前的一个夏天晚上吵得最烈。正吃晚饭，电视开着，一个烂得不成样子的电视剧里，一对年轻夫妇在收拾家伙，准备去西藏旅游。他们兴致很好，连三岁的儿子都对着镜头做出冲锋陷阵状，奶声奶气地喊：看牦牛去，耶！老婆嘟起嘴用下巴指电视，说："看看人家，孩子都那么大了。"

她的意思是，人家孩子都三岁了，还见缝插针往西藏跑。这不是最好的榜样，最好的榜样是八十岁的老两口还相约环游世界。而他们结婚只有三年。

窗外就是大马路，二十四小时里每一分钟都闹闹哄哄，为了阻挡喧嚣，装修时他在阳台装了双层隔音玻璃窗。他懒得出门，见到人声鼎沸他就烦，更懒得出远门来更大的折腾。他也不愿意吵架，所以就笑笑，推开饭碗去书房练字。老婆定了规矩，饭后半小时不能坐，便于消化，不长肉。他正好用来站着练字。刚把纸摊开，老婆跟进来。

"忘了告诉你，"她说，"名报了，两个人。"

"不是说好我不去的么？请不出假。"

她的单位组织去海拉尔，每人可以带一个家属。大部分都带，同事们就怂恿她，老公都搞不定，要不我们借你一个？她有点火。

"请过了。你们副总说没问题。"

他扭过头看她，真行，我的领导你都能搞定："可我不想跑。"

"这一回，是个死尸我也要把你抬上车。"

他坐下来。

"站起来！饭后半小时别坐着。"

"能不能别让我按你的规划过日子？"

"一次也不行？"

"真不想去。想到出门我头晕犯恶心。"

老婆的火苗就在这时蹿了上来，猛一拉毡子，带着砚台飞起来，墨汁泼了他一头脸，圆领白T恤前胸染了一摊黑。这衬衫是她去年参加三亚旅游团送的，后背上印着蓝色手写体：想来想去，明年夏天还得来三亚。

他抖着滴滴啦啦往下掉墨水的T恤，血往头上升："跟你怎么就说不清楚呢！我不想折腾！"

"那是你有病！你怕出门撞见鬼么你？"

"哪跟哪呀这是？你才有病！除了睡觉吃饭，一天你在家待几分钟？过两天安静日子会死啊？"

"安静？可笑！就是个缩头乌龟，还蹲家里冒充作家！"

你跟她永远说不清楚。他当时想，我平心戒躁，这也错了?他想跟她讲道理,但是这道理结婚以来每年要讲三百六十六次,他们还要为此吵第三百六十七次。他突然觉得无话可说,转身去卫生间对着水龙头冲了头脸,湿漉漉地出了门。他想不通一年有如此多的架要吵,为同一件莫名其妙的事。他听见老婆在身后喊:

"整天缩家里,谁知道脑子里出了什么猫腻!"

越简单的事情越难办,所以这个问题他们翻来覆去地吵。从她的单位旅游通知下来开始,半个多月几乎每天都要为此辩论,越扯越多,已经上升到精神疾病和世界观、人生观的高度。他不想争论并非惧怕老婆对他头脑和什么观的指责,而是惧怕吵架本身。每次吵架都让他陡生对婚姻和生活的虚无和幻灭感,刚刚积累出来的过日子的热情一阵大风全刮走了。究竟是什么东西让一对发誓要在一起生活一辈子的人没事就翻脸,只是动和静的问题?或者热爱喧哗还是安静的问题?这些问题足以摧毁连一生都不惜拿出来献给对方的婚姻和家庭?他难以理解。吵架时他觉得两个人连陌生人都不如。他希望和而不同,而不是吵架、吵架、吵架和吵架。

如他所料,即使在晚上七点钟马路上也堵车,很多车在红灯底下摁喇叭。骑电动车和自行车的人,公然在斑马线上闯红灯,步行者因此得到鼓励,向已经被迫慢下来的车作停止手势,停。司机愤怒地拍着喇叭骂娘。喝醉酒的两个男人一路骂骂咧咧。母亲在扇小儿子的耳光。拾荒的老太太跟在喝康师傅绿茶的小伙子身后,等他喝完最后一口以便捡到空瓶子。理发店的音响开到最大,循环唱《月亮之上》。遛弯的小狗长得像只老鼠,盯着一个穿红色高跟凉鞋的女孩一直叫。

还有很多。噪音在城市夜幕垂帘时终于聚到了一起,多余的精力必须在当天耗尽。如此之乱。这正是他不能忍受的地方。他待在家里,关上双层隔音玻璃窗,世界才能静下来。出小区门向右拐,再向右拐,一大群人从一个门里拥出来。他竟然习惯性地要往地铁里去,似乎出了家门只有这一条路可走。他茫然地站在路边,头顶的路灯蚊虫缭绕,他在路边坐下来,马路牙子现在依然滚烫。抽了一根烟,想到另外一个小区旁边的小公园,那里会清静点。他一路抖着被染黑的湿T恤,像个行为艺术家,墨汁溅出了一只大写意的翅膀。

公园里人也不少,好在花木多,曲径回廊,明暗闪烁,如果坐下来你还是能感觉到这地方可以一直坐下去。喷泉开了,他过去想看看水。周围的花园墙上坐着家长,好几个孩子在不断变换形状的喷泉里钻来钻去。水柱淋透他们全身,孩子们很高兴,在这个城市,如果不进游泳馆,你能看到水的地方只有自己家里细长的水龙头。他小时候在农村,屋后就是一条长河,夏天总要发一场大水,他喜欢用脚摸着被漫过的石桥走到对岸,然后再走回来。而这是没见过大水的一代。他们见到一个喷泉就如此开心,不管父母的责骂,一不留神就钻到水柱底下,一个个喷嘴踩过去,在水中相互追赶。水花清凉,浇在身上会比淋浴舒服一千倍,他们开心地嗷嗷叫。

他在穿拖鞋的家长们旁边坐下,一个大肚子的男人说:

"你那衣服,洗洗?"他笑笑。

又一个男人说:"要是我,就洗。"

一个短头发的女人说:"不洗穿着多难受。"

另一个女人附和。

城市迫使他们学会了矜持。一个成年人不能随便在众目睽睽之下淋湿自己,这是身份和教养,顺其自然将被认为是矫情;虽然他们可以当着陌生人偶尔抠一下酸腐的脚丫子,喜欢在沙滩短裤里面不穿内裤,但是此刻他们希望有个人能代替他们冲进水柱中间。如果没有更多人取笑,他们将会因为他的献身而感同身受,我们知道,水的确是个好东西,尤其在这个闷热的夏夜里;如果超过半数的人因他的行为感到难为情,那么我们有充分的理由认为他就是一个傻子。一个超过三十岁的傻子,他与小孩为伍,而且胸前正往下流黑水。

水柱穿过T恤变成黑色,他踩着最黑的乌云在喷泉里走。遥远的地方传来雷声,天气预报说,今天夜间到明天,城市西北部有阵雨。他真就钻进了喷泉里,跟他们怂恿无关,而是因为怀念家后面的那条河。他把T恤张开,姿势像撩起衣襟讨饭的乡下人。白T恤开始变白,曹素功牌墨汁也经不住坚硬的水流冲洗。水打到皮肤上感觉好极了,他把脑袋放到一根水柱上。有人对他指指点点,他听不见是褒还是贬,此时水声巨大,仿佛长河里在涨水。

3

早上醒来第一件事是咳嗽,药效过了。那个女人坐在窗口往外看,杨树和柳树一棵棵往后闪,她的姿势没变。听见他咳嗽,她站起来到床头打开包,递给他昨天夜里的那两个小药瓶。就算只为了这陌生的药,他也坚持请她去餐车吃早饭。

他们面对面坐在餐桌前,她说:"别客气,出门在外。说会儿话吧。"

"我以为你不爱说话。"

"我是不爱说话,"她在牛奶杯子里转动汤匙,"可我有一肚子想说。"

"那你说,我听着。"他转过脸咳嗽一声。

"你先说。"

"一受凉就带起支气管炎。"他说,"说咳嗽你不介意吧?"

她的汤匙敲三下杯子。什么都行。

他就说,一天晚上我从公园里回来,躺在楼下的凉椅上睡着了。我在公园的喷泉里把T恤洗干净了,和从三亚带回来时一样白。我把自己淋了个透,像小时候我爸给我理完头发,我穿着衣服一个猛子扎进夏天的长河里,露出脑袋时我就觉得水把我浸透了。

她的汤匙又敲三下杯子,请继续。

因为刚和老婆吵过架,他下意识地盯着过往行人的脸,那些晚归的人步行、骑车乃至小跑,他在他们脸上无一例外看到归心似箭的表情。他们往家赶,而他不想回,风穿过湿衣服,他有点累。小区楼下有一溜凉椅,明亮处坐着乘凉的老头老太太,靠近树丛的阴暗处坐着年轻的男女。情侣的坐姿总是不端正,一个躺在另一个的怀里,相互咬着耳朵说话。他在靠近小区门的椅子上躺下,连绵不绝的车辆从十米之外的马路上跑过。

"他们一定家庭和睦、生活幸福。"他像她一样敲了三下汤匙,"当时我想,美好的生活来之不易,如果她下楼来找我,哪怕她一声不吭地站在凉椅前,我一定和她回去,跟过去一样就当结婚三年一次脸都没红过。过去吵架我出门透气,一个小时后她会打我手机,只响三声。三生万物,代表无穷多。但那晚我湿漉漉地出门,忘了带手机。"

"她找你了?"她问。

他摇摇头,在凉椅上睡着了。

向来入睡艰难,在凉椅上睡得却很快,而且突然没了眠浅的毛病。雷声滚过来他没听见,所有人都走光了他也不知道。他睡啊睡,梦见大河漫过身体,他如鱼得水。一个鲜红的球状闪电落下来,半条河剧烈晃动一下,吓得他呛了两口水,他在水里开始咳嗽。因为咳嗽他醒过来,还躺在凉椅上。雨下得那么大我竟然一点感觉都没有,这很奇怪。你不相信?那闪电是真的,第二天我去坐地铁,看见地铁站旁边那棵连抱的老槐树被劈成两半,一小半倒在地上。老槐树的肚子里已经空了,站着的主体部分像一个人被扒开了胸腔。没错,我咳嗽了。那场大雨把我浇出了感冒，支气管炎跟着发作，在地铁里我咳嗽了一路。

"你回家时她在干吗？"

"开着电视睡着了。"他咳嗽两声，"我冲了个热水澡，在书房沙发上睡了一夜。要早点吃药就好了，我断断续续咳了三个月。婚离完了还没好利索。"

"海拉尔呢？"

"没去。先生，我们可以在餐车多待一会儿吗？"

服务员挥挥手，没问题。

"我去抽根烟。该你了。"

他从餐车顶头抽完烟回来，她在敲空杯子。"真不知道从哪里开始好。"她看着窗外，火车正穿过一个小镇，"就说为什么我坐在这车上吧。"

一个月一次，这是第七次。她去看她老公，他被关在一座陌生城市的看守所里。看守所在城郊，高墙上架着铁丝网，当兵的怀抱钢枪在半空里巡逻。他们不让她进，量刑之前嫌疑人不得与任何人见面。她不太懂监狱里的规矩，执意要进，她说我就看看我老公，你看我给他带了最爱吃的捆蹄，用的是最好的肉，还有烟，除了"白沙"他什么烟都不抽。门卫说不行。她就央求，泪流满面，门卫还说不行。到后来门卫说，大姐，求你了，你这么哭我难受，我真帮不了你，你再哭我也要哭了。那小伙子二十出头，离家没几年，晒得跟铁蛋一样黑。她没理由让人家跟着她哭，就把捆蹄和白沙烟放在大门口，一个人离开了。门卫让她带走,她没回头,一直走到很远的一块荒地上,一屁股坐下来放声大哭。在野草地里哭谁都听不见。

哭完了,人空掉一半,她在城郊的一家小旅馆住下来。只住两天,她没办法跟单位请更长时间的假。每天一大早来到看守所门口,不让进,她就像个特务似的在看守所周围转悠。她听见里面很多人在喊号子,她努力在众多声音里分辨丈夫的声音。他的声音饱满,上好的男中音,不过现在可能已经因为不自由变得沙哑。她觉得她听出了众多声音里的那个声音发生的变化,即使沙哑,它在所有声音里也最为明亮,像天上唯一的一道闪电。

前三次他们都不让她进,晒得一般黑的小伙子们口径一致,她的哭喊和央求没有意义。他们说,你得再等等,判过就可以了。她宁可不判,她也不想等,她对他们说,我老公是冤枉的。他们板着脸不说话,冤不冤枉谁说了都不算。她只能等。你不必每个月都来,有结果自然会通知你,打你的电话。但她还是来了,第四次。不再哭诉,而是围着看守所转了一圈后,步行进入了这座陌生城市的内部。她像一个观光客,决定把这里的每一个地方都走遍。

第五次。第六次。第七次。这当然不是旅游的好地方。

"对这个城市,"她说,"跟我对自己家一样熟悉。我有白沙烟,你抽吗?不往下咽就不会咳嗽。"

他们来到餐车顶头,倚着车厢斜对面一起抽白沙烟。火车哐当哐当,节奏平稳,可以地老天荒地响下去。

"见不到人,你去那里意义何在?"

"到那里,我才会觉得他还好好的,心里才踏实。"她吸烟时手指和嘴唇的动作不是很舒展,是个新手,"夫妻有心灵感应,你不信?他在里头一定也能感觉到,我在等他出来。你真不信?"

他狠吸了两口烟,火走得疾,烫到了食指和中指。他用鼻子笑了一声:"怎么感?"

"如果你爱她,你就感觉得到。对不起,我是说,我。"

"没事,我努力感应自己吧。我和自己相依为命。"他笑笑,掐掉烟,"希望他早点出来。"

"我老公是被冤枉的,我说了!他什么都不知道,他只是个司机!我必须跟你说清楚,我老公是清白的。他只是个司机,每天勤勤恳恳地坐在驾驶座上,反光镜拨到一边,局长在后面做任何事他都看不见。他开车时喜欢在脑子里唱歌,他的实现不了的理想是到乐团唱男中音,所以局长对着手机说什么他一句都听不见。我们生活很好,两个人的工资足够我们养活好一个五岁的女孩,可以送她进一个不错的幼儿园,请教声乐的大学老师每个星期辅导一次,我们甚至打算给她买一架好一点的钢琴。我们没有途径腐败,也不会去腐败,局长的案子和他一点关系都没有!你不信?哦,对不起,我有点激动,五个月了我从来没和别人说过这么多话。不管是陌生人还是我爸妈。他们永远都不会相信一个清白的人也会进监狱。他们从开始就不赞同我和他在一起。"

"你们的感情很好。"他说,"可以再给我一根白沙么?"

"很好。"她把烟盒递过来,顺便也给自己点上一根新的,"二十三岁嫁给他,工作第一年。爸妈不同意,把我反锁在家。半夜里我跳了窗户跑到他宿舍,只带了三件换洗衣服。我说我来了,这辈子你都不能赶我走。他说好,就算山洪暴发冲到屋里,我也抱着你一起死。"她开始掉眼泪,没哭的时候她难过,眼泪出来时她很幸福,"我知道他,比知道自己还知道。他是冤枉的。"

"没准下个月他就出来了。"他安慰说,"一清二白,和过去一样,星期天你们可以带孩子去学唱歌。"

她把眼泪流完,用湿纸巾擦过后补了一点妆,为了不让第三个人看见她的悲伤。"我要下车了。"她说,"谢谢你听我哭诉。"他连着咳嗽了一串子。她从包里拿出小药瓶,"你还要赶路,这个带上。"

"谢谢。能否给我个电话?下次我来看你。"

"不必了,我们只是碰巧在一节车厢。"

"别误会,我只是想,我们可以在电话里说说话。希望你老公一切都好。"

她在餐巾纸上写下名字和手机号。

4

那座山城有个好听的名字,城市环山而建,长江从城市脚下流过。火车重新开动,他坐在窗前她一直坐的位置,用她的眼光看见城市缓慢后退。他喜欢这个陌生的城市,山很高,楼很低,层叠而上,所有坐在房间里的人都能在晴天照到阳光。他想象那个女人拎着箱子走到家门口,打开,进去,女儿也许在家,也许不在家,即便只有一个人,这也是个美满的幸福家庭,因为另外两个人分别都被装在心里。

这是前年十月的事。他咳嗽好了以后依然常在路上,但已经养成了随身带药的习惯,为了在陌生人需要时能够及时地施以援手。他俨然成了资深驴友,当然是一个人,拉帮结伙的事他不干。有时候一个人躺在车上他会觉得荒唐,离婚之前让他出门毋宁死,现在只要有超过两天闲着,他就会给自己选择一个陌生的去处。为了能经常出差,他甚至跟领导要求换了一个工作。过去认为只有深居简出才能躲开喧嚣;现在发现,离原来的生活越远内心就越安宁,城市、人流、噪音、情感纠葛、玻璃反光和大气污染等等所有莫名其妙的东西,都像盔甲一样随着火车远去一片片剥落,走得越远身心越轻。朋友说,你该到火星上过,在那儿你会如愿以偿成为尘埃。他说,最好是空气。

开始他只想知道前妻为什么像不死鸟一样热衷于满天下跑,离了婚就一个人去了海拉尔。他强迫自己把这里的每一个地方都走遍。漫长的海拉尔一周。回家的那晚,火车穿行在夜间的大草原上,这节车厢里只有他一个人,他把窗户打开,大风长驱直入,两秒钟之内把他吹了个透。关上窗户坐下来把凉气一点点呼出来,他有身心透明之感,如同换了个人。他的压抑、积虑和负担突然间没了,层层叠叠淤积在他身体里的生活荡然无存。在路上如此美妙。他怀疑错怪了前妻,在火车上给她打电话:

"如果你还想去海拉尔,我陪你。"

"跟你这种无趣的人?"前妻听不到火车声,"拉倒吧。我还不如去蹦迪呢。"

他明白了,她要的是热闹,是对繁华和绚烂的轰轰烈烈的进入,而他想从里面抽身而出。在认识之前,他们就已经是一对敌人了。谁也不能未卜先知,那时候他们对所有差异、怪癖和困难都抱以乐观,以为那是生活不凡的表征。好了,差异如果不能在相互理解中互补,那它只能是尖刀和匕首,一不小心就自己出鞘。

这座山城有个好听的名字,城市环山而建,长江从城市脚下流过。两年里再次经过这座城市,他想下车看看送他咳嗽药的人。去年他也经过一次,广播里说,一个半小时后到达那里。在这一个半小时里他给她打了五个电话,快到站时她才接电话:出门送孩子了,刚回来。她说她很忙,见面就免了吧。

"喝个茶的时间总有吧?"那时候他在电话里说。

"真没有,家里一团糟。"

"出事了?你老公呢?"

"没事,他很好。我是说,家里乱糟糟的。"

她把"一团糟"置换成"乱糟糟"。她的态度没有前两次好。两年里通过两次话,时间都不长,身体一不舒服他就想起这个送咳嗽药的女人。他不擅长东拉西扯,对方对东拉西扯似乎也没兴趣,只能寒暄几句,他坚持说感谢的话。通话中他了解到,她老公在第八个月就从看守所里出来了,案子跟他无关。他把衣服撩起来给老婆和亲戚朋友看,老子清清白白,还是弄了一身的伤,这他妈什么世道啊!但凭这一身伤他升了,从司机变成了副主任。那时候她的情绪不错,在电话里学老公如何炫耀伤口。

"半小时也不行?我顺道。"

"下午忙。我老公一会儿就回来。再见。"

"我没别的意思——"

她已经把电话挂了。车也到了站,他犹豫一下,还是没下车。

这一次他决定先下了车再说。车站不大,古旧的建筑和石头地面,实实在在的方块石头,踩着摸着让他觉得天下太平。长江在斜下方像一面曲折流淌的镜子,青山绿水千万人家。拨她的手机,被叫号码已停机。他愣了,在这个想象过很多次的山城里,突然发现自己与这个世界失去了联系,你是个陌生人。这些年旅行都散漫随意,来到这个城市不是,所以有点不知所措。他在车站广场的石头台阶上坐下来,抽了两根烟才定下神,然后拖着行李箱去找旅馆和饭店。

午觉半小时,在梦里想起她曾说工作比较清闲,因为买书的人不多。他就去了新华书店。这个城市有三家像样的书店，问到第二家，果然是在那里做会计，不过已经是一年前的事了。

"你说她呀？"财务室里的一个五十岁左右的阿姨清冷地说，"早走了，航运处。谁愿意待这鬼单位。"

那阿姨对书店的前景很悲观，没几个人看书了。幸亏教材教辅还有学生买，要不就得下水喝长江了。她对她的调动充满艳羡，所以冷嘲热讽怎么都克制不住。航道处多好啊，谁让人家嫁了个好男人呢。

对，她嫁了个好男人。老公从司机变成领导，副主任也是个顶用的官，把她弄走啦。

5

航道处在隔两条街的一座小楼上。作为会计，当时她不在班上。财务重地，闲人免进。他只能在走廊里等，抽烟要去公用洗手间。坐在马桶盖上他努力想象两年后她会是什么模样，夹着烟的手指因此有点抖。也许应该早一点就来看她。山上的时间走得慢，即使这也是在城市里，他甚至感到了煎熬，每一口下得都很猛，烟吸得比过去快。从洗手间出来，他看见一个年轻时髦的女人从走廊拐角处走过来，拎着一个小坤包和一个时装袋，满楼道都是高跟皮鞋击打水磨石地面的声音。她的时髦近于妖娆，头发盘在脑后，因为浓妆和清瘦，脸显得极不真实。他不能肯定她是否瞥过自己一眼就进了财务室，很快她又出来，站在门口看他，拎纸袋的右手向上抬了抬：

"是——你？"

他盯着她的脸看，终于从两只眼里找到两年前的那个女人。"是我。"他没来由地感到了悲伤，"路过，想来看看你。"

最后半小时的班可以不上。她带他去了十字路口处的水雾茶坊，在靠窗的位置，要了一壶明前的雀舌。

"为什么老盯着我看？"她问。

香水。粉底。口红。雕了花的指甲，那图案他后来咨询了女同事，叫踏雪寻梅。"有点不一样了。"他尽量让自己放松。

"怎么不一样？"

"看装束，你过得更好了。"

"看人呢？"

"说不好。"

"有什么说不好？"她笑笑，打开包要找东西。他及时地递上白沙烟。"我抽这个。"她拿出的是五毫克的中南海女士烟。

"你老公换牌子了？"

"他换牌子关我什么事？我只抽我喜欢的。"

"你们——算了，不多嘴了。"

"没什么，"她的表情很有点孤绝，眼神不经意间闪的光和两年前一样，"我们关系不好。"

怎么会呢？但他说："偶尔会闹别扭，别放心上。"

她看着窗外抽烟，动作娴熟优雅："还咳嗽？"

"偶尔。走到哪我都带药。"

有半分钟两人都不说话。他觉得男人应该主动打破僵局，刚想问孩子的情况，她的手机响了。她对着手机说："有局？好，我也有。"一共六个字。

"你老公？"

"这一周他第七天不在家吃晚饭。"

"做领导应酬多。男人不容易。"

"屁个不容易。"她说，"鬼混的借口！对不起。"她为自己的粗口道歉，她的嘴鼓起来，眼睛往虚空的深处看。这是女人要哭的前兆。眼泪终于没有掉下来。然后她突然就笑了，问："觉得我变老了没有？"

她的笑轻佻而又悲凉。他不再有疑问，安慰她："比两年前更年轻。"

"去年二十今年十八，也没用。男人变得永远比你快。"

她情绪开始激动，他知道她倾诉的欲望启动了。果然，生活出了问题。这是她没有料到的，丈夫从看守所里出来，整个人都变了。职务变了，成了个小领导，这是好事。变得爱说话，也不是大毛病，顶多是多念几次他在看守所的苦难经，多撩几次衣服让别人看看瘀血和伤口。最大的问题是，他总在想：他妈的，凭什么？他没往口袋里捞一分，没睡过任何一个别的女人，局长赴宴他都只能在旁边的小房间里随便吃几口。如此清白还是蹲了八个月，三天两头接受拷问，那些人高兴了抬手打，不高兴了用脚踢，他妈的凭什么？老子生下来不是为了看人脸色给人打的。凭什么啊？他想不通。他跟劝他的亲友说，要是你整天平白无故鼻青脸肿的，你也想不通。幸好我出来了，要是被冤到底，这辈子没准就耗在里面了。局长死刑，副局长死缓，随便捡出一条过硬的证据，他就不会有好日子过。所以他出了看守所大门就想，从今以后的每一天都是赚来的，咱得好好过。可着劲儿折腾，你们不是都说享受生活么，老子也来，能风光不风光我凭什么啊？人生苦短，鬼门关我都转了一圈。

　　作为八个月的补偿，他升了，副主任看上去不大，但管的部门要紧，正主任一年病休要达十个月，他算个实权人物，干什么都便利。先把老婆从书店弄到航运处，她挺高兴，高兴劲儿没过脸就拉下来。副主任吃喝是小节，关键是裤带松了，外头开始有人，比她年轻漂亮。被发现后，他供认不讳，玩玩而已，他不会当真，希望老婆也别当真，就当自己老公下半身临时借别人用一下。他改。这也是诡异的逻辑，她不能理解。副主任就解释，一是工作需要，二是八个月的补偿，一想到曾经命悬一线，他就忍不住每天都当世界末日来过。一说起八个月，他就声嘶力竭苦大仇深，摔杯子时眼里都能淌出泪来。你不知道我是怎么熬过来的，一日长于百年。你永远都不会知道。

　　改了两三次也没改好。再发现，他居然理直气壮，不就玩玩嘛，又不是跟她们结婚生孩子，着什么急。

　　"后来呢？"

"他竟然说,我是嫉妒那些女人年轻。你说,我很老么?"

她不老,不过洗尽脂粉后脸会显得空,因为已经六神无主。他能理解副主任人生观的巨变。这种事很通俗,甚至很恶俗,但巨大的幻灭感的确会让人穷凶极恶;他不喜欢的是,副主任的自恋过了头,她可是每个月都在看守所外面转圈子的。

"难道他当时就没感应到?"

她的笑已经接近哭了。"那又怎么样?此一时彼一时。"

"他还,在乎你么?"

"也许吧。他说他在乎,他只是想用这些填满八个月的恐惧。"

她的善解人意让他吃惊。三年前在餐车里她就说过,二十三岁嫁给那个男人,就算山洪暴发,他们也会抱在一起死。她坚持着二十三岁的信念,现在城市坚固,风调雨顺山洪永不可能发作,副主任有了现在的世界末日般的别样的信念。他只好帮她点上一根烟,说:"我也不知道你该怎么办。"

从水雾茶坊往外看,马路宽阔,行人和车辆稀疏,植物丰肥茂盛,这里一定是个过安宁日子的好地方。然后他们在茶坊隔壁的饭馆一起吃了晚饭,主菜是当地特色的长江鱼,味道之好,只有他回忆中的故乡长河里的鱼才能媲美。喝了当地的白酒,牌子一般,口感很好,他只想尝尝,喝着喝着就多了。她也喝,像两年前抽烟一样生硬,她把喝酒当成了复仇。因为喝酒出了汗,妆有点散,但酒上了脸,把散掉的妆又补上了,比之前更好看。如果再丰满一点,她就跟餐车上的女人一模一样了。只是她自己并不清楚,她以为自己已经老了,需要各种时髦的衣物、昂贵的化妆品和加倍的风情借以回到过去,回到爱情完满的幸福生活里去。长江鱼和酒让他难受,心里比寻而不遇还要空荡,空空荡荡。他只好继续喝酒吃鱼。

她送他回旅馆,晚上十点马路上已经空寂多时。他要自己回去,她坚持要送,难得有人还惦记自己,反正孩子在姥姥家,回去也是一个人。她搀着他,两个人摇摇晃晃贴着路左边走。她说我给你唱个歌吧。词曲他都陌生,唱完了她说,那时候他们晚上散步常唱这歌,男女二重唱。他就说,多好听的歌,可惜只能你一个人唱。然后迷迷糊糊听见她的哭声。

她以为他喝多了,让他躺下歇着,他坚持要坐着。"见一面不容易。"他说,"我要多看看你。"

"你喝高了。我有那么好看么?"

"没高。你比好看还好看。"

她在对面床上坐下来,表情如同致哀。她从纸袋里拿出一个精致的纸盒子,说:"猜猜这是什么?"

"不知道。"

"仙黛尔内衣。要不要穿给你看看?"

他看着她站起来,打开包装,先把内衣按部位和比例摆在床上,形如一个女人。摆完后,开始解盘在脑后的长头发,披肩,褐黄,转身时呈现侧面的轮廓,颧骨高出来,弧度有了变化。他觉得面前站着的是另外一个陌生女人。

"男人都喜欢看女人穿性感内衣吗?"她问,开始脱外套。

他制止了她脱外套的手:"你喝高了。"

"没高。"

"高了。"

她甩开他的手,说:"你来难道不是为了这个?"

他不说话,站起来把仙黛尔内衣装进纸盒再放进纸袋。他想,我他妈不是圣人,可是我现在很难过。仙黛尔让他倍感哀伤,所有的事情都不是他想象的样子,此刻他们的生活如此复杂。他又重复一遍:"真高了。"

她一屁股坐在床上,仿佛真喝高了:"你来就是为了说我喝高了?"

"我来是顺道看看你。"他说,"明天一早就走。习惯了,这些年我一直在路上。"

把脸拉下

1

从公园的铁栅栏拐过去,又看见那家伙坐在马路牙子上,低着头看自己的裤裆,背后是一片茂盛的青草。风从北边来,青草一起向我弯腰,他面前的黑色塑料袋哗哗地响,我拐过弯来就听到了。我把步子放轻。其实我不想惹他,但他总坐在那个地方,身后的青草被他屁股压倒了一片。这是我十天内第四次见到他,在同一个地方。你他妈的就不能挪个窝。屁股上长牙了?

风大了一点,塑料袋低下去,一点悬念都没有,我看到一个被雕琢过的肮脏的圆球露出来。和我窗台上的那个唯一的区别就是,它身上的泥更多。我那个用洗洁精和肥皂粉来来回回洗了五遍,干净多了。我咳嗽一声,如果他还低着头,这事就算了。谁都不容易。但是他及时地抬起头。若是我没看错,他还对我笑了一下。一定笑了,我看到他的牙露出来起码四秒钟,还挺白。这就太过分了。简直是欺负人。我觉得再忍下去自己都难为情,我得给自己一个交代。上一次经过这里,他木呆呆地盯着对面那条长年发出臭气的水沟,表情还有点忧伤。那种忧伤让我想到自己,经常我也会有如此状态,一半在忧伤,一半在发呆。我忍了,对自己说,下次吧,再碰到一定有所表示。这地方是一个公园,侯仁之题的名字:畅春新园。栅栏后面有个锻炼场地,总有人一天到晚坐在秋千上。小孩往上坐,大人也往上坐。

他的牙还没有收回去,我把它们理解为公开的挑衅。所以我站住了,说:"还认识我么?"

他歪着头看看我,为难地说:"好像在哪里见过。"还是那一口难听的方言,我分不清他从哪儿来的。

"再看看。"我仰了一下脸给他看,然后把买菜的提袋放地上,在黑塑料袋前蹲下来,隔着塑料袋去转动那个球。底下还有个香炉形状的基座。这东西很脏,像从泥水里刚挖出来的,我知道一定也是个假的。但我还是觉得这东西做得精致,你看这球上雕琢的五条盘龙,还有火球和云朵,以及香炉底座上的四条小龙,虬曲峭拔,这一刀一刀当初是怎么下去的。我说的是被仿制的真货,当初一定是用刀一下一下挖出来的。但是现在,这个用泥水涂抹过的,妈的,一不留心也觉得栩栩如生呢。"想起来了?"我用脚尖踢踢塑料袋里的假宣德炉,"还九转乾坤!还大明宣德年制!"

九天前他就是这么用一口稀奇古怪的方言跟我说的:"看,九转乾坤,你一定知道,宣德炉。"

当时我正从西苑那边的早市回来,车篮里装了满满一提袋的水果和菜,一捆大葱篮子里装不下,夹在了自行车后座上。到承泽园门口,前轮突然不转了,差点把我一头栽下去。那辆破车的老毛病,走一段就要怠工。对付它我有办法,提起车头,把前轮倒转十来圈再骑,就能再跑一段路。不转了再倒,如此反复。道理我说不出,但是管用。老婆一直让修,我懒得跟小区里的修车师傅搭茬,你借一次气筒他都要收两毛钱,小气得要死。如此抠门的人竟然还长得那么胖。所以一直拖着。除了去早市买菜,我很少骑自行车,上班坐公交。我转完前轮继续骑,到公园处觉得速度在下降,又不行了,然后恰好停在那家伙跟前。那天他也是坐在这里,低头往裤裆里看,脚前的黑塑料袋里装着一个脏兮兮的东西。他黑着一双赤脚穿凉鞋,脚指头上粘着泥,裤脚卷上来两道。我记住他的脚,是因为他的大脚趾总在神经质地蠕动,像两只刚从泥里钻出来的巨型蚯蚓。

"看看?"他说。他的方言听起来像"扛扛"。

我知道他在卖古董,早市边上经常有这样的人,随便往哪个角落里一坐,用报纸或者塑料袋、蛇皮袋装着一个破旧的东西,一声不吭地卖。我对古董没兴趣,当然关键是没钱对它有兴趣。我只顾提着车头倒转前轮。

他又说:"不买也可以扛扛。"

转完前轮我顺便"扛"了一眼。那玩意上面粘了不少泥,他从屁股底下拽出半截报纸擦了一把,几条龙就出来了。我用脚踢踢,他把那个球从塑料袋里宝贝似的端出来,是个顶着圆球的四脚香炉。没泥的地方显出精致来，还挺好"扛"。

"哪来的？"我问。

"挖的，工地上。"

"哪儿的工地？"

"不能说，"他态度诚恳，谨慎地向四周看，好像到处都是偷窥的眼睛，"挖出来我就藏在被窝里，怕人知道。"

我一下子想到了八大处。前两天看报纸，西山八大处那边出土了几个古墓，挖出不少好东西，很多物件都被周围的人偷偷摸摸给弄走了。我严正地看着他，他把目光搞得躲躲闪闪，突然要把东西装起来，说算了不卖了。我让他放下，然后突然就对那东西有了兴趣。我竟然对古董有了兴趣，要命。我单位有位老同志好这一口，每个月都从老婆给的零花钱里挤出一半送给潘家园旧货市场，针头线脑玉石瓦当地往外淘。弄到一点新鲜的就带到单位展览，历数那东西怎么怎么地宝贝。清朝的，宋朝的，还有先秦的，它们在某个黑暗的地方沉默地待了成百上千年，让人肃然起敬。但我们还是笑他，收藏哪是我们穷人玩得起的，那跟梅毒啥的一样，是富贵病。那报纸就是他硬塞给我看的，说好东西来了，他得马上赶去潘家园，说不准就有人出手。我怎么就五迷三道地想起了八大处。

"真的假的？"我说。

那家伙说："我也不懂。"他一定是看到我眼睛开始放光了，就矜持地把塑料袋打开，把炉身上刻着"九转乾坤"字样的香炉歪倒在地，用报纸擦炉座底下，一个四方的篆字印章露出来。我的心开始咕咚咕咚地蹦，竟然是"大明宣德年制"。我对古董基本一窍不通，但宣德炉我还是知道一点的，这玩意，早听说是个好货。

"还挺好看。"我也装成一个白痴，"弄个玩玩也不错。多少钱？"

"三百、四百随老板便，我留着也没用。"

"这么贵？"我站起来要推自行车，的确是太贵了。三百四百，开玩笑。

"便宜点也行，"他说，抓住我的车座，"你有多少钱？"

"出来买菜还能有多少？几十吧。"

"几十？"

我的心又他妈没出息地蹦了。我打开钱包，九十五块三毛。"七十。"我说。

"七十就七十。"他迫不及待地把手伸过来。人家把手伸过来了，再犹豫就不像话了。丢不起那个人。我拿钱的时候他把脑袋伸过来，看见了剩下的二十五块三毛。"不卖了，你还有钱！"他说得理直气壮，要把宣德炉收起来。

就是这句话打动了我。都这么说了，让我相信这东西一定是真货。假冒伪劣产品谁敢这样义正词严。若是真货，那结果你是能想得到的，跟中彩票差不多。关于中彩票，我有不少心得，当然只在想象里，比如一下子五百万，或者少点，两百万，呵呵，好日子就来了。起码房子解决了，省得老婆整天叽叽歪歪，要睡马路了睡马路了。其实我们只是靠近马路，外面还有小区的栅栏呢。租的一居室,有个正念小学的女儿。我把二十块的那张又给他,剩下的五块三毛钱,你得给我留着买瓶酱油啊。

就这么搞定了。他帮我把宣德炉包好,再三嘱咐我小心,那模样完全是落难时在托孤,满腹的不情愿。他的大脚趾蠕动的频率更高了。这都让我开心,越发相信他托过来的就是一张大彩票。我上了车就往家赶,甚至不敢回头看他,怕他反悔。到小区门口车轮又不转了,我不想浪费时间,干脆拎着车头一直把它拖到楼底下。实话实说,我希望它是个真货,并且为此激动得半个身子都在抖。

进了家门我把它放在地板中央,撅着屁股前前后后地看,觉得有点脏。先用洗洁精洗,担心肥皂粉腐蚀性大。洗不干净,只好动用肥皂粉,就委屈点吧,只要是好东西,肥皂粉洗过它照样还是好东西。然后是鞋刷和牙刷,一点点地清理。一个干净的宣德炉就出来了,洁白的石头的光。我对着它笑了,古董,很值钱。我把它摆在桌上,等着给老婆一个惊喜。我希望它是迄今为止我上交给老婆的最多的一次钱。这么多年,每个月那一点工资,想想我自己都觉得寒碜。

然后我在最大的那条龙的头上发现了一个小洞,怎么看都不像雕刻时失手留下的。接着在底座上也发现了几个类似的小洞。问题来了。好好的东西哪来这么多小洞。赶紧上网查,几个网页看过后出了一口凉气。完了,假的。

网上说,仿制的宣德炉漫山遍野。西安大街上到处都是,三五十块钱就卖,二十也行。大多是石粉压制的,也有是树脂做的。有个倒霉蛋花了五百块钱买回家,摇一摇,里面哗啦哗啦响,放到水里咕嘟咕嘟直冒泡。他在基座底下抠出一个小洞,一串沙子流出来。在网上发帖喊冤的同志都强调了同一个事实,就是所有卖这东西的人都是一副农民或者民工打扮,装得懵懂无知,十有八九都说是从古墓里挖出来的。我拍拍我的宣德炉,声音果然不对了,那质地越看越像树脂的,我用刀子刮一下,就是树脂的。中奖了。那些呼天抢地的帖子简直就是发给我看的。

  我开始心疼那九十块钱,什么少啊,差十块一百呢。我一个的月工资也就二十来个一百块。说来惭愧,我在一家死不死活不活的报社做编辑,忙倒是不忙,当然也没钱。前者老婆是喜欢的,我可以在家做饭,收拾家务,接送孩子,保姆都省了;后者就不乐意了,没钱谁高兴?但是没办法,嫁都嫁了。只能隔三岔五不高兴一下,比如抱怨不能每周做一次美容,一年吃不上一次海鲜,替孩子不能及时换上新衣服发点小脾气,等等。当然最多的还是抱怨房子,首先是小,幸亏屁股不大,大了转身都成问题;其次是租来的,半夜里醒来总觉得是睡在别人家里,感觉坏透了。

  所以我赶紧把假古董放到书架顶上,等老婆回来时,主动谎报了一下军情,说,这东西三十块钱买的,就图个好玩。就这个价钱老婆也不满意,三十块钱买个废物回来,往哪儿放!

  "所以我放到书架上。"

"你怎么不放床底下?"老婆完全阴阳怪气了。

这个假古董显然影响了她的情绪,晚饭只吃了半个馒头。那天晚上我拿出绝活做了两菜一汤,味道好得我都舍不得吃,她没兴趣。就像兔子见了肉似的无动于衷。晚上我让女儿到客厅睡,女儿不同意,老婆也两眼一瞪。完了,悲剧重演了。一室一厅,是有点小,我只能在阳台上堆杂物之外的空间里开辟出一个书房,我怀疑它是整个北京最小的书房,几乎不能同时站两个人。睡觉也成问题,卧室一张大床,客厅一张小床,平常老婆和女儿睡大床,我一个人睡外面的折叠行军床。白天折起来立在墙边,晚上才摊开来。说真话,一张床都要折折放放,我感觉也很不好。只有在漂泊不定的路上才会如此不稳定。但我不能说。要是我和老婆心情都不错了,想干点坏事,就会支使女儿到客厅去睡。开始女儿还觉得新鲜,后来就不太愿意了,说她一到客厅睡我们就不理她了,证据是,我睡外面时,她们娘俩从来不拉卧室和客厅之间的窗帘,她一到外面,我们就把窗帘拉得严严实实,她害怕。小孩子不懂事,我们不能怪她。只好我们两口子一起想点办法。世上的办法是越想越少的,难度越来越大,我睡到大床上的机会就越来越少。开始每周还能有两次,现在一次都成问题。

比如现在,我已经不间断地在行军床上辗转反侧两周了。两周啊。我怎么说也是个正常的男人,年龄也不算大。我主动洗了碗,回来看到老婆和女儿正坐在电视前,她们认真地看着电视里某个人慢腾腾地走进宽阔的大房间里。那个虚幻的傻蛋比我有吸引力多了。

我咳嗽一声。

"要么你就买房子。"老婆说话的时候根本没看我,像在对着电视里的那个傻蛋说话。这是她的说话方式,后半句应该是这样的:要么你就继续在外面睡。

女儿加了一句:"要么你就买假古董。"她说话的时候也不看我。

这小东西,才多大啊就开始像她妈了。真他妈的。

今天晚上看来是黄了。我走进我的书房,关上阳台的门,坐下来觉得有点闷,就把所有窗户都打开。电脑旁边贴着一张纸,老婆在上面列出了所有可以借钱的亲戚和朋友。其中有八个人用红笔打了勾,意思是只要把这几个人搞定,房子基本就到手了。我没细看过名单,看了我也开不了口。这年头,借钱跟要命没区别。我抓了本小说开始看。然后逐渐听到含混的声音从窗外传来,越来越大。我把脑袋伸到窗外去找,耳朵立马红透了。隔壁的女人在叫唤,男人的喘息做底子。那两口子我是知道的,他们住两室一厅,儿子刚考上大学。按说他们年龄也不小了啊。而且,而且,你说这才几点啊。这不是要人命嘛。我关上窗户,出了一身汗。

2

我不是说我苦大仇深,比我苦比我愁的人多了去了。我只

是想说,你说你一个卖假古董的也跟着凑什么热闹。十天里,四次,同一个地方。你这是在逼我。我又踢了一下他的九转乾坤,说:

"又是在工地上挖的?"

他说:"嗯。"

"也在被窝里藏过一阵子了?"

他的脸一下子沉下来,这混蛋应该是记起我了。"你要不买我就走了。"他伸手要去包扎黑塑料袋。

我还买?世道真他妈乱了。我的脚往前送了送,树脂撞倒在水泥路面上的声音有种不真切的空洞。

"你要干什么?"他的脸上和声音里同时出现了愤怒和恐惧。

我不想干什么,只想把脚再往前送一送。古董滚到了路中央。它跷着四条腿躺在那里很不雅观。那家伙看看我,一声不吭地捡回他的宝贝,用报纸掸刚沾上的尘土。他蹲在地上,伸长黑细的脖子,背部弯出巨大的卑微的弧度。我想算了吧,到此为止。也得买菜去了。但就这么悄无声息地走有点说不过去,正犹豫接下来该如何收场,一个推着婴儿车买菜的大妈经过,满满的一车,主要是土豆和萝卜,够她吃半年没问题。她问怎么啦?出啥事了?她远远就看见我们俩有事。我想说没事已经晚了。那胖大妈简直就是一个大磁铁,半分钟的工夫周围就聚了一堆人,都不知道他们是从哪里冒出来的。

那呆鸟要是拎着宝贝就走,啥事也不会有。偏偏他脑子进了泥,就蹲在那里绣花似的擦假古董上的土。他不吭声,胖大妈就揪着我问。一把年纪了还对生活充满好奇。我只好说,我从他那里买了个假古董。

胖大妈说:"哎呀,那得打假。让他退钱!"

很多人附和。让他退,这还得了,假古董都卖到首都了。

这会儿那呆鸟想走了,走不了了。他和我一样被围在中间。从远处看我们应该像个大蚂蚁窝。几乎所有人都让他退钱,我再不表态就有点对不住人民群众了。所以我说:"也不要你全退,退六十就行了。"这个数字符合我对老婆的报价。

"没钱。"他说,低着脑袋像只瘟鸡。

"没钱?"一个小伙子从外面挤进来,一脚把他收拾了半天的东西又踢倒了,"我起码看见你在这地方卖过五个了!你也得把我的赔来,一百二,一分都不能少!"

他受的伤害比我还严重。我有点同情他。可是那家伙说:"我没见过你。"

"才几天你就不记得了!" 小伙子一把揪住他的领口,"一百二十块钱记不记得?"

"我真没卖过一百二的。"

"抵赖是不是?"小伙子笑的时候只用了半边脸,不知道怎么练出来的,"大家可都看见了,这狗日的不认账!好。"他揪着领口把他拖了好几步,小伙子个头应该在一米七八以上,"我看你认不认!"他接着把他像玩具似的甩过来甩过去,像张旭在练狂草,弄得那呆鸟鞋子都跟不上脚了。

"我真没钱。"呆鸟哑着嗓子说。他的脸被勒得紫红。

"没钱也得给!"

小伙子猛地一撒手,呆鸟站立不稳摔倒在地,脑袋磕到了马路牙子上。摔倒了他就安静地躺着,眼神一遍遍平和地看着所有人。我们都觉得他在装鬼,想把事情赖过去。光天化日下玩这手,找错地方了。大家打算继续声讨,突然发现呆鸟脖子底下爬出一条红色的虫子,像蚯蚓,越爬越大,慢慢变成章鱼,长出了很多小手。胖大妈叫起来:

"哎呀,血!出人命了!"

蚂蚁窝炸开了。都在喊血和人命。半分钟之内人群消失了一大半,像土行孙一样土遁不见了。呆鸟的眼光越发慈祥和蔼,一点声音都不出。摔倒他的小伙子把手伸到裤腰里抓挠半天,刚睡醒似的说,我得买菜去了,早市要关门了。跳上自行车就跑。这混蛋,早市要下午三点才结束。他们差不多都跑了,胖大妈也推动了婴儿车。可能是为自己作为磁铁感到惭愧,跑了几步她又回头对我说:"快走啊,你想惹麻烦啊!"然后扭着屁股就跑。

为什么人一老屁股就要变大,而且会变得这么大。难以想象。

我也琢磨要不要跑掉,就剩下我一个人了。面对一个流血的人无所表示,这让我难为情。所以我决定问一句:"喂,你没事吧?"

他摇摇头,还对我笑了一下。说实话,我不喜欢他笑,虽然他的牙显得挺白。

"那我帮你打120，叫个救护车吧。"

"不要。"他利索地答道，然后一骨碌从地上站起来，比好人还像好人。然后他摸到后脑勺上湿漉漉的一片，咕哝了一句，开始到口袋里找东西。我像他肚子里的蛔虫一样，立刻明白他要找什么，掏了一包"心相印"的纸巾给他。这纸巾是我老婆强制我装备的，她最烦我一摸就摸出两张卫生纸，在别人面前丢她的脸。我们还没穷到连纸巾都买不起的地步不是？那呆鸟在打开纸巾时还闻了闻上面的香气，真有闲情逸致，该是当诗人的料。他抽了三张纸捂住伤口，剩下的直接装进了自己的裤兜里。

"没事吧？"我心虚地问，"要不还是打个120吧。"把他交给120就没我的事了。这事怎么说也是因我而起。

"不要，他们会把我弄到公安局去。"

"那去医院看看？"

"不去。花钱太多。已经不流了。要在老家，抓把土敷上就行，北京土太脏，都污染了。"

懂得还挺多。他脖子上几条血绺子的痕迹触目惊心。不过，果然不流了。我松了一口气，应该没事了。"钱也不要你退了，"我说，"你忙你的吧，我得买菜了。"

他挡住我，伸出手。我半天没明白他要干什么，我只有一包纸巾。

他说："给我医药费。"

"药费？"我觉得这家伙疯了，医院都不去还医药费。

"三百。一分都不能少。"

我突然就火了，"你他妈的敲诈啊？我还没问你要钱呢！"

"那我退你六十，给我两百四。"

他说得很真诚，一点儿无赖相都没有。遇个神经病就难缠了。我决定不理他，拎着提袋就走。他竟然捂着后脑勺跟住我了，一手拎着他的假古董。我快他也快，我慢他也慢，过一会儿说一句，两百四，一分都不能少。开始我觉得还有点好玩，从来没有人这样忠诚地跟着我，后来就觉得不对劲了。很多人都看他，他后脑勺、脖子上还有衣服上的血，完全是一个流动的、血腥的展览馆。他们对他指指点点。指点完他就指点我，他们认定这是个因果关系，他跟得实在太紧了。我后悔没听老婆的话把自行车修一下，否则早把他甩十八里地去了。现在只能硬着头皮就当啥也不知道。他一路跟到了菜场。

那家伙怪异的造型严重影响了我买菜。我跟老板谈了半天价，就差最后一点头了，他半死不活地凑过来，说："你欠我两百四，一分都不能少。"卖菜的看见他一头脸的血，哪个还敢跟我磨蹭，摆摆手不卖了。逛遍了菜场也没人敢理我，最后只好提了半袋子土豆离开了。幸亏卖土豆的一脸凶相啥都不怕，不然我只能拎回一个空提袋。

出了早市，我说："你再纠缠，我就报警。"

"给了钱我就走。"

"神经病！一个子儿都不会有！我他妈的还想抢银行呢！"

"那我就跟着你,"他一脸无辜地说,"其实你是个好人。他们都吓跑了。"

我可不是什么好人,主要是一直不能克服心太软的毛病。我老婆就说,人一心软,上帝就找事。她说得真好。我老婆就没这毛病,说不让我到大床上睡就不让。得让自己硬起来。我指着早市旁边的一家大饭店说:"你猜猜在那里吃一顿饭要多少钱?"他摇摇头说猜不着。我让他再猜,我说你看看那招牌,他就歪着头去看。顺峰,北京有很多家连锁店,听说我这样的穷人是不敢进的。等他把头再歪回来,我已经打了辆出租车跑了。从后视镜里我看见他转着脑袋到处找我。小样儿,跟我斗。

出租车带我从前面一条街绕了一圈,来到早市的另外一个门。还得买菜,要不女儿又嚷嚷,说好晚上给她做红烧鱼。我买了鱼、香菜、豆腐、蒜头和花椒,哼着《千里之外》的调调出了早市。眼下这首歌很流行,我只记住了一句歌词,"送你离开,千里之外"。从我老婆那里学来的。我想这词写得不错,送你离开,千里之外。那呆鸟。能把他送千里之外就好了。

快到走小区门口,有人在后面叫,站住。我回头,耳朵就响了,那家伙站在十米之外,左手捂着后脑勺,右手拎着假古董。他说:"你住这里?"我的耳朵更响了,引狼入室啊。狗日的从哪冒出来的。

"你跟踪我?"

"碰巧看见。我在早市门口卖这个。"他不说假古董。

"我想你会回去买菜的。不回去我也得卖这个。你一出门我就看见了。"

狗日的够狠。从早市走到小区步行要二十分钟,他一个屁不放地跟着。看来走路不回头也不是好习惯。

"你到底想怎么样?"

"二百四。我知道你是个好人。"

"去你妈的!"我管不了那么多了,"我就住这里,你看清楚了!我一分钱都不会给你!"我希望他能做出什么有征兆的反应,但他还是一个屁都不放,只是憨厚地笑,说:"你是我在北京遇到的最好的人。我叫魏千万。你呢?"

管你多少万。我没理他,刷过门卡进了楼。

3

这事过去了我也就忘了,他顶多也就是个神经病。这年头什么稀奇古怪事都有,和我们办的报纸上的新闻比起来,魏千万基本上还是个正常人。真不知道我们的记者从哪里搞来那么多匪夷所思的东西。可是第三天我又见到了他。

当时我心情相当不好。楼下又装修,电钻轰隆隆地直往我脑袋里钻。我要是坚持把手头的稿子看完,那可能得冒死掉的危险,起码也得给噪音整疯掉。我决定下楼随便走走,捏着烟屁股,还没走到公园拐弯处,一抬头,魏千万人五人六地坐在那里,低着头看裤裆。头上看不到任何血迹,完整无缺的脑袋。从外面看,绝对健康,智商都不会低。他面前还是个黑塑料袋,又是一个九转乾坤的宣德炉。没见过这样卖假货的,他们应该打一枪换一个地方。这回他穿的是双黄帮解放鞋,没穿袜子,裤腿卷了两道。真是出门撞见鬼,我立马转身,转完了我又想,妈妈的,凭什么怕他。怕老婆已经够窝囊了。

我不是怕老婆,是怕她唠叨,有事没事撂个脸给你看,你受得了?女儿撂撂也就算了,她不懂事。你说你都三十出了好几年头了,整天叨叨个啥呀。她还就叨叨,气势汹汹地叨叨,苦大仇深地叨叨。她说全世界就我这么一个好男人给她撞上了,真是一头栽到牛屎上了。她气我当初没把现在正装修的房子买下来。从昨天一大早她就开始不安生,她看见两居室那条线上的三楼已经运料到了楼下,要装修。

两个月前那房子还空着时,老婆要买,二手房,首付得二十五万。这就意味着我得去求亲戚告朋友至少借十五万。十五万,离天文数字不远了。我可拉不下那个脸,就是拉下脸,借不来怎么办,那我可得跳楼了。我就安慰老婆,要买也买新的,别人用过的咱不要。你想想,屋里的各个角落人家都走过了,跟租的房子有啥区别。再攒点钱,咱买新的。我意气风发的样子可能感染了老婆,她犹豫再三最后说,好,那就等着买新的。但是昨天早上她下楼买包子,看见三楼的新主人正在指挥工人卸车,水泥、涂料、木材,突然想到,即使旧房子,装修之后也成了新的。当初怎么没想到呢。事就来了。她把责任推到我身上,明摆着我在骗她,气得一口气把女儿吃剩下的包子都吃了，一个没给我留。

今天早上我们刚起床，楼下就起了动静，老婆的眼神又不对了，又吵又闹。具体我就不说了，反正就那一套。我见识过好多次，差不多习惯了，但它还是闹心啊。一家就三口人，两个人吵闹这日子还怎么过。我忍了，这事说来怪我，不能把责任推到她头上。直忍到老婆上班孩子上学，我坐在阳光充足的袖珍书房里想干点正事，电钻浩浩荡荡地响起来。我觉得就是地球现在也该被它打通了，但它还在响，我就下来了。

我经过他面前，看这家伙还能耍什么花样。他精确地站了起来。

"买菜？"他问。我没吭声，继续走。他拎起假古董跟上来："两百四，我一分钱不多要。"我放慢速度，冷眼看他，他似乎一点都不胆怯，跟我并了肩走，"你是一个好人。"

"别惹我，现在杀人的心我都有！"

"出事了？"

他还挺他妈的烦。我只顾走，想跟你就跟着吧。

"谁过日子不出点事。"他又说，"咬咬牙就过去了。你叫啥名字？哦，不说就算了。"

"魏千万！"

"要给我钱了？"

看他那样儿，真诚地装傻。我突然就不想说话了。顺着公园边上往北走，我觉得很久没有散步了。照说我一周三天班，时间多得应该不知道怎么打发才是。散步的时间都干吗去了。

魏千万的影子跟我的贴在一起,这狗日的影子都缠人。

"你真买菜?"魏千万说。

我一看,竟然已经过了万泉河桥,再往前拐个弯就到早市。两条腿也被生活收买了,我气得东张西望,看见"阿尔萨斯"的招牌,一家破旧的小酒店。经常看见民工和早市里卖菜的在里面搭酒伙。"请你喝酒。"我说。

"不喝。"魏千万警惕地摆摆手,"喝完了两百四就没了。"

"不喝也没了。"我走过去,撩起玉蜀黍做的帘子进了酒店。

魏千万抓着脖子犹豫半天还是进来了,坐下时说:"说好了,我只喝二十块钱的。吃完了你还得给我两百二。"

我懒得理他,要了两瓶小二锅头,四个小菜。打开酒瓶时他抽了一下鼻子说香。我低估了他的酒量,我的那瓶还没喝一半,他的就见底了。索性让他喝个痛快,就让服务员送上来一个大瓶的二锅头,一斤装的。好长时间没跟别人一块儿喝酒了。

"你这假古董生意还不错?"我问。

"凑合吧,别的干什么呢。"魏千万喝酒的时候有种天真的贪婪在里面。他一定好酒,虽然不愿意表现出来,但一低头看见酒,眼神立刻变得深情款款:"在家挣不到钱,整天挨老婆骂,就硬着头皮出来了。开始害怕,怕啊,没来过大城市,还是首都,我还是很小的时候想过要来北京。那时候天天唱,我爱北京天安门,天安门上太阳升。想那天安门得多高啊。你说长大了想不想?不想,不是不想,是不敢想。哪敢想呢。怕啊,真怕。现在好了,能挣到钱的日子还是满好过的。"

"不想老婆?"

"那怎么能不想?再骂我她也是我女人嘛,半夜里醒了更想,呵呵,你别笑话啊。当然,孩子也想,想儿子的小鸡鸡,呵呵。"

挺正常的一个人嘛,怎么头脑突然不好使了整天缠着我。我又给他倒了一杯酒,用下巴示意他继续喝。

"你是一个好人,"他说,"你会把两百二十块钱给我的。"

又来了。我把酒瓶对着桌子猛地一顿,瓶底掉了,半瓶二锅头流了一桌子。"你他妈的神经病啊,"我说,操起了掉了底的酒瓶子指着他,"你给我出去!"我已经很多年没对别人如此野蛮过了。

魏千万讪讪地站起来,抽着鼻子吸酒香,说:"那我下次再找你。"赶紧跑掉了。

4

再见到魏千万是在两天以后。周末。老婆不上班,孩子不上学,娘儿俩一起看一部动画片,脑袋都要钻进了电视里。为了抗拒楼下装修的噪音,她们把电视的声音开到最大。明摆着不让我活。我只好夹着一叠稿件出门,打算找个小茶馆一边喝茶一边把工作给处理了。刚出小区大门没几步,发现脚底下总踩着一个人的影子,踩在影子的乱糟糟的头上。我停下来,影子继续往前走,我就看到影子手里拎着个东西。尽管只是一个影子,我也分辨出了那是什么东西。一转脸,果然是魏千万。

"两百二,我一分都不多要。"

我突然就笑了,真有他的。锲而不舍地跟到现在,而且一副理所当然的死样子。他见我笑了,也跟着不明就里地笑,这时候我已经转身向前走了。

"你去哪?"他跟在后面终于忍不住了。

"茶馆。"

魏千万突然跑到我前面,一本正经地说:"去酒馆吧,我请你喝酒。北京的茶馆听说很贵,我怕钱不够。"

"什么意思?"

"那天你请我,今天我请你。不会多要你钱,还是两百二。怎么样?"

迟疑一下我就同意了。我不想占他的便宜,只是想,喝点酒也不错,正好有人陪。

喝酒的时候我问魏千万,为什么不能换个别的假货卖,整天就九转乾坤,让我觉得这些天一个都没卖出去似的。他说卖了,每天都能卖一两个,只是他卖别的古董我没看见而已。原来如此。坑人的成绩很大啊。

"看你说的,哪是坑。"

"那是骗。"

"呵呵,不骗。就挣点辛苦钱,没几个。"

"不是每天都卖一两个么?"

"一半钱都进老板腰包了。"魏千万说,"真的。老板把我们带来,供给我们货源,当然要捞钱了。就是,他娘的,心太黑了。"

"为什么不单干?"

"我一个人在北京,多走几步就迷路,怎么单干?"魏千万懊丧地喝了一大口酒,然后慢慢地抬起头,眼睛一下子放出光来,"要不,咱俩一块儿干?"

"你没喝多吧?"我说,都笑出了声。这是我见过的头等新鲜事,比报纸上的新闻还好玩,"除非我喝多了。"

"我是诚心诚意的,"魏千万抹了一把嘴,"你是北京人,我就算有了根据地,那还怕个啥!我还跟那狗屁老板混个什么意思。咱俩一块儿干,挣钱对半分!"

这家伙连我姓啥叫啥都不知道就要跟我合伙。疯了。如果我下了班就去卖假古董,那我一定也是疯了。他让我考虑一下,实在不行我就做个托儿,假古董托儿,挣了钱四分之一归我。我说我用不着考虑,喝完酒你就可以走了。事实上他的确是喝完酒就走了,坚持买了单。本来不打算让他买单的,后来想想,你也赚了不少黑心钱,花点钱消消灾也好。临走的时候再三嘱咐我再考虑,他等我回话。

你就等着吧。我还是去了茶馆,得把工作做完。周末两天我一直在茶馆,省得回家看老婆脸色。我认识茶馆老板,放了一罐碧螺春在那里,每次只付个茶水钱就行。到周一麻烦就来了,我刚到单位,老婆就打来电话,说,赶紧准备钱,我要买房！她的一个老同事得到单位的福利房，该老同志已经有了两处住房，这个要转手。老同志说，就不按市场价卖给我们了，每平米低两千，要买赶快，都争着呢。我问她房子结构啥的如何，老婆说，还没建好呢。

"没建好就开始卖？"

"建好了还有你的份儿？"老婆说，"你别再跟我强调理由，拿不了这房子，就去拿离婚证！"

看来老婆动真格的了。不怪她，楼下整天叮叮当当，我也烦得想跳楼。可是，钱呢。他妈的钱呢。我把通信录找出来，翻到那几个有钱的名字，深呼吸，数到九十九只小绵羊的时候终于拿起了电话。对方是金光闪闪的朋友之一。我们瞎聊了一通，说久违了，说天气，说我很想念你啊哈哈哈。我吞吞吐吐的样子让他好奇，问我到底有什么事。我又吞吞吐吐半天，说没事，昨夜没睡好，头脑有点跟不上。朋友哈哈地笑，说，老兄，悠着点，咱都不年轻了。我不老，但咱都不年轻了。都不年轻了，我他妈的还能开得了口？人家可是要啥有啥，我整一个窝都得东拼西凑。随便又说了几句我就把电话挂了。后悔当初死活赖在北京了，这破地方，房价涨得比鸡犬升天的速度还快。

老婆和女儿决定不在家吃了，到处下馆子。她把周围的馆子列了一张清单，一家一家来。借不来钱反正也买不了房子，留着钱干吗，吃完拉倒。老婆用破罐子破摔这一招来刺激我。挺狠。她们下馆子不带我。每次吃完了回来，她就指使女儿向我报菜名，她们吃了啥啥好东西，味道如何如何。而我平常就待在家里，煮点面条对付了。我忍着，不忍没办法啊。不做饭，也就不再去早市。那个周末，她们从外面吃完午饭回来，女儿对我说，她在小区门口看到一个卖古董的，黑塑料袋里的东西和我买的那个一模一样，也是假的吧？

老婆说："用脚趾甲想都知道！"

我刚吃了一肚子面，正窝在心里难受，就说："我下去看看。"

魏千万坐在离小区越来越近的地方低头看自己的裤裆。我咳嗽一声，他把头从两腿之间拿出来："总算看到你了！"他站起来，"一直没见你买菜啊。我一天往小区门口靠近一点，等你回话呢。"

"不用等了，这就走。我给你做托儿。"

这个结果好像完全在魏千万意料之中，他二话没说，拎着脏兮兮的九转乾坤就跟我走。

5

我们一鼓作气走到西苑的一个居民区前，魏千万找了个不招眼的地方蹲下来，像我看见过的那样打开他的假古董。我发现我不会做托儿，我也要跟他一块儿溜着墙根蹲着。他说不行，让我到他对面蹲着，装出一脸要买的热情，跟他讨价还价，声音越大越好。我蹲过去，把假九转乾坤翻来覆去地看。时间不长，就有一个和我差不多大的男人凑过来，魏千万对我使眼色，可我不知道说什么，开不了口。魏千万只好自己说：

"两百二，少了。不卖。"

"那你要多少？"我问。我只有就坡下驴的本事。

"你看看这字。"他把假九转乾坤的基座露出来，指着上面的那个假印章。

"大明宣德年制。"我低着头一个字一个字念出来，"要真是宣德炉，那可是个宝贝。就是太贵了。"

"好东西都贵。"

"从哪弄来的？"

"一个古墓里，开工地挖出来的。"

"真的假的？"那个男人从我手里把九转乾坤抢过去。这时候又来了两个人，抱着胳膊伸头看。一个说："假的吧？"魏千万不吭声。

"两百三！"我咬牙切齿地说，"我真的没钱了，你看，"我装作要掏钱包。"你不能让我回家去拿吧？"

"大哥，你要真想要，两百五。"

"好吧，你等一会儿，我这就回家拿钱。别卖给别人啊。"

我真的想走了。演不下去了。这样的讨价还价让我觉得很滑稽。我站起来就走。我听见他们在身后叽叽咕咕说话。走到往承泽园方向拐弯的时候，魏千万喘着粗气追上来，拍了一下我的胳膊，咧着嘴大笑说卖出去了，两百八！

"大哥，你这托儿做得好！"魏千万说，"我就知道你是个好人，能成事。找对人了！"

从我手里抢九转乾坤的那个男人心动了，怕我真的回家取钱回来，就出了两百八的价钱买下了。在我不会做托儿的时候，已经成功地做了一回托儿。相当可笑。但我突然就在这可笑里找到了一点意思。说不清道不明的意思，一点成就感？说不好。

魏千万说："走，喝酒去，庆祝一下！"

魏千万坚持给了我一百块钱作为分红。他认为这是我应得的，除去一顿饭钱，除去本钱和上交老板的钱，他也能拿到一百。电视上怎么说？端起酒杯碰一下，兄弟，合作愉快。我再次表示我做不来，刚才只是碰巧撞上个冤大头。魏千万说，咱们还会继续碰巧的，这玩意只有冤大头才会买。这世界上到处都有冤大头。他对我抱歉地笑笑，因为我也当过冤大头。他说，换一个地方只要把刚才的话再说一遍就行。因为我是北京人，说一口有点京腔的普通话，他们信。那两百二十块钱也被他郑重地一笔勾销，好像我真欠过他似的。

"怎么样？"他说。

那就再玩一次吧。

那天我们又合作了一把，我赚了一百二十五。不是九转乾坤，是一个佛头。从酒馆里出来，他让我在西苑桥下等他，半个小时后他从一辆公交车里钻出来，手里拎着又一个黑塑料袋。那个佛头看样子是铜的，上面绿锈斑斑，当然少不了泥，弄得像刚从地底下挖出来似的。这东西成本比九转乾坤高不少，自然要价就高。魏千万问我到哪里卖合适，我说太富的地方不行，有钱有地位的没准常玩这个，一识货生意就不好做了，太穷的地方他们想买也拿不出那个钱，最好是找个中不溜秋的地方，蒙一蒙能拿出点钱、做梦还想着发财的人。在北京，随便抓条狗，看见钱都会叫。魏千万说好，全听我的。我们就坐上车从西苑杀到北太平庄，在牡丹园小区附近找了个地方蹲下来。

这次生意有点辛苦，换了三处。半个小时没动静就得换地方，三个地方之间还不能离得太近，否则我这个托儿就可能被识破，那会死得很惨，一人一口唾沫我也扛不住。三个地方就意味着我要表演三次。说实话，我的演技相当拙劣，太没才华了，我自己都看不下去。好在没人知道，也没人挑剔我的表演，他们都把我的生硬和尴尬理解成贪欲加吝啬。这很好。我尽力装出要和他们抢，让不怎么想买的想买，想买的更想买。让他们把腰包打开。

除了表演成一个有兴趣的顾客外，我挖空心思把肚子里的那点墨水都挤出来。我得赋予这个假古董以悠久的历史，丰厚的内涵，编造出它的发端、所有者和漫长的冒险历程。某某年它怎么样，某某年它又怎么样。一句话，我得让别人觉得买了这个东西值，错过了就是对不起自己。如果说表演上我比较差强人意，在这方面我基本上可以称得上胜任，好歹也读了不少书。不管那些书有用没用，说出来还是能唬唬人的。听得他们一愣一愣的。有时候甚至说得魏千万都觉得自己的古董分明是真的，抱着翻过来掉过去地看，都舍不得卖了。

不仅对这个佛头如此，对后来的几个佛头也如此。它们是好几个佛头，本质上是一个佛头。就像那些九转乾坤，其实是一个九转乾坤。但对我来说，他们是一个佛头和一个九转乾坤，同时又是很多个佛头和九转乾坤，因为我对那些假古董编造出来的故事越来越离奇，越来越丰满，每一个故事都和前一个有所不同。然后我还把自己的故事加进去，小时候的，现在的。比如说房子问题。佛头为什么流落人间？据说这是明朝一个叫胡小满的人的传家之宝，佛头一直藏在他们家后山墙的墙肚子里，没人知道。胡小满年纪轻轻不学好，整天在家里抽大烟袋，一不小心把火纸扔到蚊帐上，就把房子烧了。没房子了，也没家了，为了买一处新房子，他从废墟里挖出了佛头卖给了一个富商，从此这个佛头开始了人间的颠沛流离之旅。再后来就失踪了。这个佛头如果真是从古墓里挖出来的，很有可能就是胡家的那个。

胡小满是谁，他们没听说过，我也没听说过。但是因为这个佛头，好像就有了这么一个人。他们将信将疑，我就再加一把劲，我回去拿钱马上回来买。他们就利索地打开了钱包。

魏千万说我应该去说评书。他住的地方没电视，只有一个小收音机，晚上他睡不着就听评书。他认为能讲一个长的好故事就是说评书。我倒是发现自己原来还有点编故事的才华。早发现就好了，就不用这么多年埋着头编别人的稿子，说不定早写出像样的小说了。写不出好小说编编电视剧总还可以吧，没准房子早就买上了，还是三室两厅，起码一百三十平米。

那天我赚了两百二十五。黄昏时我打老婆手机，她正和女儿在肯德基里吃汉堡，说烦着呢，有事回家说。魏千万说那正好，再喝一顿。这顿酒和前面两顿完全不一样了，我觉得魏千万这人不像当初那么讨人厌，他的那点简陋的小聪明小手段有时候还挺可爱。说到底他不是一个坏人，虽然有时候有点一根筋。此外，魏千万觉得我这人还行，是兄弟，嘴就放宽了。这家伙开始跟我说，他是老婆赶出来挣钱的，半夜就想儿子的小鸡鸡，都只有一半是真话。他是没办法不出来挣钱。原来有个女儿，小时候生病被医生耽误了，留下后遗症，老犯，最后医生也不知道怎么治，夭折在医院里。为女儿治病差不多把他们那点小家底全掏空了。现在老婆重新挺起大肚子，快生了，去医院做过B超，是男孩。他想的是还没出世的那个小鸡鸡。

"我得趁能跑能动多挣几个钱，给儿子建座大房子。"

"还没生你就这么急？"

"早急总比晚急好。以后娶媳妇没个宽敞房子，谁家闺女愿意嫁。"

我没法不笑。我从没见过这样为孩子考虑的爹，比胎教计划还要远大。但魏千万说，他们那儿都这样，只要有儿子就考虑建大房子，免得以后找不到媳妇。早点准备心里踏实。没办法，他们老家实在是太穷了。学校又差，老师连课本上的字都念错，指望孩子能有个出息，还是算了吧。这么说，魏千万和我面临的竟是同一个问题，房子。

好，为他妈的一个窝干杯。

6

不上班的时候我通常和魏千万在一起,当托儿。一周四天。真正决定当托儿,我是承担了巨大的压力的。在北京,我还认识几个人,也算个拿笔杆子的。即使我可以不把自己当回事,别人未必也不在乎。他们不是在乎我干什么,而是在乎他们自己,跟一个卖假古董的家伙做同学、同事和亲戚朋友,多丢份儿。这我心里有数,所以从来不跟别人说,更不敢跟老婆说。她还不把我吃了。

老婆的火气还在持续高涨,一听到装修的声音就上火,楼下不停下来她大概也不打算消停。然后就是她同事卖房子的事,催我借钱。我正好借口出门找钱,一不上班就和魏千万碰头,然后三百两百、百八十地攒,大几百快上千了,就集中一次交给老婆。我从不关心存折上有多少钱。我跟她说,找穷朋友借的;或者说是稿费。能隔三岔五地上交点钱,老婆觉出了钱来得不易了,也就放弃了下馆子的贵族毛病,老老实实在家吃我的手艺。对我的小数额上交,老婆当然不满,她说:

"这样借法,到死也只能买个卫生间!"

我说:"给我一点时间,借钱得慢慢克服心理障碍啊。"

老婆冷笑几声算作不置可否的回答。

两个人合作,假古董生意起色不少。魏千万就从他老板那里脱离出来,只从他那里拿货,独立经营。事情办妥了,他语重心长地对我说，兄弟，你可不能坑了我，老婆儿子都眼巴巴等着我的钱呢。他希望我们的合作地久天长。我犹豫一下，好吧，先干着再说。我也是没办法，只能用这点小钱维持一下老婆的房子梦。当当托儿比工资挣的多得多。

我对古董知之甚少，对假古董知之更少，托儿当得挺纯粹。开始还觉得好玩，男子汉大丈夫，什么事都得碰一下。前几次是有点好玩，次数一多就不行了，觉得自己道德有问题，而且，总觉得自己是个寄生虫，卖嘴皮子的，又像个拉皮条的。为此我焦虑了好几天。一发现我状态不对，魏千万就说，兄弟，说好了不坑我的，你要房子我也要啊，我儿子都快生了。我就努力摆正心态，宽慰自己，骗人跟受贿没什么区别，既然受贿学不会，骗骗人总可以吧。妈的，就当做了大官开始受贿了。

思想通了，事情就好办。我们的生意蒸蒸日上。我们俩商量，为减少回住处取货的麻烦，魏千万一大早出门多带几件，多余的就近找个地方寄存，卖完了就回来取。这就大大提高了工作效率。两个臭皮匠，抵一个诸葛亮。劳动人民的智慧就是高。

还是出事了。我和魏千万在街头巷尾到处乱转，在一个街角见到个卖烤山芋的，香味诱人，都感到了饿，就买了两个山芋吃，顺手把九转乾坤打开。我在他对面蹲下，迅速进入了古董托儿的状态。开始砍价，争论，搞得很激烈。卖山芋的地方从来都是闲人出没的要道，很快就聚上来一群人，有几个在我旁边蹲下来，听我坎价和虚构眼前假古董的前生今世，脖子逐渐变长，瞳孔慢慢放大。就在一个胖子准备下决心的时候，有人拍我的后背。我扭过头，看见头顶上悬着老婆的脸。

"你怎么在这儿？"我问她。

"我还想问你呢！"

我赶紧站起来向四周看，真是昏了头了，我老婆的单位就在附近。我把这个给忽略了。而老婆向来爱吃烤山芋。"找一个朋友。"我说，"刚巧看看热闹。"

老婆看见魏千万正朝她看，脑袋左歪一下右歪一下。"我怎么觉得这人有点眼熟啊。"老婆说，半天终于想起来，"有几天他经常在我们小区门口转悠。"然后她就不对劲了，一把将我扯到一边："你，是不是？"

"不是。"我急于争辩。

她就明白了。她的头脑经常这么好使。一点办法都没有。她把我拽到别人看不见的地方，吃了半截的烤山芋一把摔进了垃圾筒。"你就这样借钱的？"她压着嗓子叫起来，"你知不知道你把我的脸都丢尽了！刚才有好几个同事都围在那里，如果知道了我还不得跳楼！"

"我们得买房子。"

老婆突然不说话了，憋了十几秒钟，眼泪下来了："那你也不能干这种下三烂的事！"

"下三烂么？"一个突如其来的想法钻进了我的嘴里，"我不觉得。它也是挣钱的方式之一。愿打愿挨。就跟买卖房子一样。为什么房子卖那么贵？值那么多钱么？那帮混蛋，他们挣了无数的巨款为什么没有人指责他们下三烂？他们下得七烂八烂都不止！"

我的激愤把我自己都吓了一跳。严重的是，当时我感到了前所未有的坦然，甚至感到了某种庄严的正义。后来想想很滑稽，像以暴制暴，像以毒攻毒，像不明正道破罐子破摔耍无赖。老婆也被我的豪言壮语镇住了，她张张嘴没发出任何声音。在房价问题上她比我体会更深。我们就这样大眼瞪小眼站着，我递给她一张纸巾。她擦完眼泪，攥着纸巾一个人回单位去了。

老婆没再当面提这事，但意思摆在脸上，这活儿还是下三烂。她不明示我就装糊涂。我停不下来。魏千万收到他老婆拐了十八个弯寄来的信，说儿子快生了，就这半个月的事，让他回家，挣不到钱也回。老婆希望儿子一睁眼就能看见爹。魏千万跟我转述这句话时眼泪汪汪的，他想起了夭折的女儿，被医生耽误的那次他恰好不在女儿身边。魏千万说：

"我要多带点钱回去。我要把儿子养得白白胖胖的！"

我说："好！"

要赚更多的钱，就不能老在这屁股大的地方转悠，要迈开大步走远点，冲出海淀，走向朝阳、宣武、崇文、丰台各区。这也是我从老婆事件上得到的教训，别在窝边吃草。魏千万说，冲是可以冲，别撞着其他同行。这跟收破烂似的，每人都有自己的地盘。没有谁划定区域，但大家心里都有数，差不多是这行的规矩了。我明白，就跟我们约稿似的，别人的固定作者我是不会动的。那是人家的私有财产。不过这还是有点区别，跟着腿走，没个准，有鸟放一枪，没鸟遛一圈就走，惹不起咱躲得起，撞上了赶快走人。魏千万想了想，觉得可行。

7

先去朝阳区。沿三环路一直往西走，然后拐个弯到了东三环。我们在西坝河、静安庄、三元桥附近都转悠过，效果还行，出手了几个。那一块有钱人多，卖了几个就卖不动了。倒发现了一个好现象，偶尔有外国人热情洋溢地凑上来看，甚至还卖了两个给他们。我的外语相当一般，但做这种生意足够了，我就暂时充当一下翻译托儿。他们大部分对假古董懂得绝不比我多，砍价也不知道深浅，我的那点蹩脚的外语就可以大展宏图了。实话实说，那几个的确赚了洋鬼子不少钱。他们对古董没概念，对人民币好像也不是特别明白。真是太好了。我们不要美元，到银行换起来太麻烦。

于是我提议，往亮马桥一带走。那地方是使馆区，随便抓一个就是冤大头。魏千万深表赞同，有钱不赚冤大了。

第一次是在三里屯酒吧街南边蹲点，不错，那个假玩意让我们每人分到了一百五。成本十块钱。那感觉有点像公开抢劫外国人似的。第二次换了个方向，每人赚了两百。尝到了甜头，我把北京地图找来，在使馆区附近开始仔细琢磨，用手点，计划这次去哪条街，下次到哪个小区，再下次又转战到哪里。使馆区里面是万万不能进的,那等于找死。

第三次遇了事。我们在塔园村附近摆出假古董,正做着样子招揽旁边的几个客人,其中有两个蓝眼睛的外国小伙子。旁边走过来一个民工模样的中年男人,穿一件洗得起球的假李宁牌劣质运动服,一个肩膀高,一个肩膀低,衣服的下摆前言不搭后语地错开来,手里拎一个蛇皮口袋,一个沉甸甸的东西坠在里面。魏千万碰了碰我的膝盖,他打眼就知道来了个同行。我往旁边挪了挪,那个人趁势蹲下来。

"没见过你啊。"他不看魏千万,伸手摆动我们的假古董。猛一听以为是没见过那个古董。

"头一次来。"魏千万满脸都是笑。

"头一次?"他的声音不阴不阳,像河南的口音,又像山西的口音,"起码是第二次吧?"

"呵呵,一会儿就走。"魏千万的意思是,这个卖了就走。

那人一口痰吐到旁边的树上,站起来拍拍屁股,摇晃着肩膀走了。以我的观察,他自始至终都没抬头看魏千万。

那桩生意最后做成了。魏千万急着离开,松了口就卖了,少赚六十。他想换个地方。我舍不得离开这块宝地,好容易外语能发挥点作用,我可是刚溜顺了嘴,洋鬼子相对又好蒙。

"要不先到别的地方转转,过几天再回来。"魏千万说。

"怕他个鸟!我们换条街道给他个面子还不行?"

魏千万也拿不定主意。他的确太想再赚点了,再过两天儿子就生了。

"听我的,没错。"

我们取了一件新货,转到另外一条我叫不出名字的街上,在僻静处把一个九转乾坤拿出来。他们的货源里这东西最多。那会儿是半下午,街上人不多不少。第一波聚上来的没人动心,很快散了。白口干舌燥半天。我去了趟公共厕所,回来后魏千万也要去,我蹲那里守着。然后陆陆续续围上来几个人,这回托儿是做不成了,他们把我当成了卖家。我低头不吭声,不自觉地就开始看自己的裤裆。我还纳闷魏千万总看裤裆,原来是职业病。除了裤裆实在没什么好看的。当然裤裆也不好看,我的裤子在关键部位绽了线,我赶紧把两腿并拢。

一阵跑步声响起来,我抬起头时,两个戴大盖帽的已经冲到了我面前。一个指着我说:"就是他!就是他!"左右夹击,一人抓着我的一只胳膊往身后一折,我的腰弯下来,成了他们俩共同推的一架独轮车。围观的那几个有的远远地躲开,有的干脆吓跑了,他们不知道发生了什么事。我也不知道,难道卖个东西也犯法?我见过城管清理小商小贩,不过就是没收货物,没见过这么隆重地把人给抓起来。所以我大声喊:

"你们要干什么?你们不能随便抓人!"

这时候魏千万提着裤子正往这边跑,嘴里啊啊地叫着。

一个警察问:"这东西你的吗?"

我迟疑一下,魏千万已经跑到了跟前。"是我的,"他说,"跟他没关系!"

"那他是?"警察指着我。

"不认识。过路的,我尿急,让他帮着守一下东西。"

两个警察立马扔下我,转眼就开始推魏千万这架独轮车。那个警察说:"有人举报,说你一直在向大使馆兜售假古董,坑蒙拐骗,严重伤害了国际感情。我们要把你带回所里详细审查。走!"另外一个警察抽出手,拎上九转乾坤。

我说:"千万!"

魏千万转过头说:"谢谢你帮我守这一会儿。没事的。"走几步又停下来,对我说,"能不能麻烦你给我媳妇回封信,就说我很好,正好有点事,过段时间就回去。信在我口袋里。"他扭扭腰。

我从他上衣口袋里掏出他老婆写的信,他就被带走了。他都没怎么抵抗,然后就被两个警察推到另外一条街上,看不见了。我打开他老婆的信。字写得也就小学生水平,很短,其中还有近三分之一的错别字。他老婆在信里说:"你要让儿子一睁眼就看见爹。""睁"字写错了。我把那封信看了好几遍,折好装进兜里。太阳落到高楼后面,那栋楼的顶端血红血红镶着金边。我慢慢地走,在水泥马路上看不见影子。

转过那条街,我看见拎蛇皮袋的那家伙,他得意扬扬地坐在路边,正跷起二郎腿抽烟。我浑身的肌肉一下子紧张起来,撒开腿向他跑过去。他愣了一下,立刻连滚带爬地站起来就逃。尽管拎着个假古董,他跑得还是比我快,跑过一条街就没影了。我们跑步时很多人看,不知道这两个人在玩什么花样。在北京的大街上,很少有人如此不要命地狂奔。我也很多年没这样跑过,停下来后胸腔胀闷,有点疼,气管也凉丝丝地难受,胳膊腿都打软。好像这么多年一直生活在退化的进程中。

8

晚上回到家我就开始翻通信录,竟然不认识一个公安系统里的朋友。只好兜圈子绕路走,问到一个妹夫在派出所管档案的朋友。第三天他才给我回话,他妹夫帮我打听过了,的确有魏千万这么个人,在里面关着。局子里说,本来卖点假货不算个事,都打算把他放了,有个老外又报了案,一查,又跟魏千万有关。那老外从魏千万那里买了个九转乾坤,摔碎了才发现是假货。假货倒无所谓,关键是九转乾坤掉下来时砸坏了他的大脚趾,气不过,要找卖主算账,就报了案。这事就有点麻烦了。

"最快的解决办法是什么?"我问。

"钱。"朋友在电话里说,"我妹夫说,把老外的医疗费赔了,安抚一下,再到里面打点打点,应该问题不大。"

"要多少?"

"不好说。多准备点总归没错。"

我到哪去弄钱。半夜里我从床上爬起来,光着两条腿在客厅里走来走去,一根接一根地抽烟。烟味从窗户和门缝里钻进卧室,把老婆呛醒了。她迷迷糊糊拉开门:"神经啊你,半夜三更游什么尸!"她捂着嘴咳嗽,担心惊醒女儿,"成心不让人睡觉。"

我把她拉到客厅，小声说："老婆，能不能先取几万块钱？急用。"

老婆这回彻底清醒了，眼睛里发出动物一样警惕的光，"你干吗？"

"有个朋友进去了。"

"朋友？是那个卖假古董的吧？"老婆又不合时宜地聪明了，"去死吧你！自己的屁股都擦不干净，还争抢着给别人擦！"停一下又说，"我同事说，顶多再等我一周。我告诉你，一周后你借不来钱，咱们民政局见！"然后拉开门进了卧室。

我把灯关上，烟掐掉，光着两条腿在黑暗里继续转圈子。一直转到天亮。我不想替魏千万给他老婆回信，这信应该他自己回，最好是他把自己当成信寄回家。

第二天我两眼通红来到单位，再次把通信录翻开，把那几个名字用红笔一圈一圈地绕出来。咬牙，跺脚，把脸拉下来，就当自己要做烈士了。开始拨电话。

我开门见山地说："我想借点钱。"

"什么？"对方说。我的语速太快，他的耳朵跟不上。

"我，想，借，点，钱。"

我放大声音一个字一个字地说，字与字间隔了足够让失聪者也听明白的时间长度。这句话如此漫长，憋出了我两眼的泪。

露天电影

1

车子正跑着,顿了一下,又憋熄火了。司机爹啊娘啊地骂一通,让想方便的赶快下车。每次出故障他都让大家下车撒尿。男人在车左边,女人到车右边。水声相闻,但谁都不说。司机说得好,出门在外,穷讲究个屁啊。

下车的人很少,半个小时前他们刚撒过。下车的几个男女缩着脖子,毫无意义地往左右看,天上落下雨,不大不小,远看过去有些迷蒙,周围没有人。男人站着,女人蹲下。秦山原撑把伞一个人小心翼翼地往远处走,他担心紧走一步就会把膀胱胀破。站在车边他尿不出来,都忍了四次了。一百米外有个村庄,房屋、树和草垛站在雨里。他得找个能遮挡住自己的地方。

还没走近村边的第一个草垛,车就发动起来了。司机大喊,快点!快点!秦山原觉得裆部急剧收缩一下,汗就下来了。草垛周围一个人没有,真好。他缓慢地拉开裤子,世界此刻应该是慢下来,平静而漫长。一泡尿是足以改变一个人的世界观的。秦山原打算把这个伟大的想法写进自己的著作里。司机一直在喊,快点,要走了!完了没有!还走不走啊!秦山原恨不能给那家伙两个耳光,可他结束不了,他觉得这是这辈子最长的一泡尿,没完没了,而且几乎是难以知觉的慢。

司机还在喊,不走我们走了!秦山原愤恨地转过脸,转回来的时候突然眼睛一亮,又转回去,他看见了草垛旁立着的界碑,上面刻着两个毛笔字:扎下。那两个字他认识,尤其是字里的飞白。

回到中巴车上,一车人的表情都诡异。司机对他嘿嘿地笑。秦山原拎着旅行包下了车,司机不笑了,说:"你干吗?"

"下车。"

"还早呢。"

2

要去的地方叫海陵,一个挺大的镇子。但秦山原决定在这个叫扎下的村子停下来。

他一路甩着鞋子上的泥,来到界碑下,蹲下来用手指在泥地上写"扎下"两个字,然后和碑上的字比较,已经不像了。他扳着指头算了算,十五年。如此漫长,足够把头发一根根地熬白。秦山原掏出一根烟,打火机怎么也找不到,口袋和包都翻过了,可能丢在车上了。他叼着没点上的烟往村庄里面看,先看见一只鸡沉重地穿过空街面,羽毛被雨打湿。然后是一个挺着肚子的小孩,他看见了秦山原的花伞,接着才看见伞下的人。秦山原对他招招手,小孩慢腾腾地往这边走,赤着脚,裤子斜吊在圆鼓鼓的肚子上。他也打着伞,走到五步开外停下了。看起来有七八岁,大脚趾在泥水里钻来钻去。一直到秦山原站起来,小孩也没吭一声,就对着他看。秦山原只好开了一个滥俗的头:

"小朋友,你叫什么名字?"

"你是谁?"小孩说,"我不认识你。"

"我是谁?"秦山原笑起来,"回家问你爷爷你爸爸去。你爸是谁?"

"不告诉你!"小孩转身就跑,甩起来的泥水落了秦山原一身。

小狗日的。秦山原忽然想起,很多年前他总用这四个字骂小孩。他对着小孩喊:"你看过露天电影吗?"

"没有!"小孩头都没回。

"小狗日的,"秦山原说,"这个都没看过。"

小孩回了一下头,消失在某扇临街的门里。

秦山原背着包走过去,临街的人家和过去一样,门挨门,门对门。他分不清那小孩进了哪个门。街面的宽度大概都没怎么变,不过各家的门楼都翻新了、高大了,黑的黑,白的白,脚底下也换成了青石板路面。秦山原满意地笑了,多少年前他就想象过这样一种黑白潮湿和温润的生活。那个时候他骑着一辆破自行车经过这条街,干涸的车辙总让他胆战心惊,担心一不小心就被摔下来。摔伤人无所谓,摔坏了机器麻烦就大了。他摔过,不是在这个地方就是在其他哪个村子,胳膊肘上现存的一块明亮的疤痕就是证据。那次机器倒没出问题,他倒在地上,机器砸到一只倒霉的鹅身上,鹅死了,大队部代他赔了主人三块钱。

问题是没有一个人。秦山原看着发亮的石板路,努力回想这些门楼后面都住着谁,一个都想不起来。头脑真是不好使了,他想,一口气在这里跑了四年呢,都他妈忘了。他响亮地吐了一口痰。雨就停了,伞上一点声音没有,然后身后的一扇门吱嘎打开了。他回过头,看见一个老头扛着铁锨走出门楼。

"大爷,"秦山原收起伞,迈开步子就开始掏烟,"还认识我吗?"

老头把烟举在手里,歪着头看。秦山原抱着雨伞做了一个冲锋的姿势:"嗒嗒嗒。"

老头眼睛变大,小心地说:"你是,秦放映员?"

秦山原咧开嘴大笑,说:"您老人家还认识我!"

老头也跟着大笑,放下铁锨就回头推门:"快,进屋进屋!"然后对院子里喊,"三里,三里,水!"

老头的儿子三十岁左右,端开水上来时,看着秦山原直发愣,老头说:"秦放映员,秦老师!"

三里腼腆地笑了,说:"我说眼熟呢,秦老师!我那会儿整天跟在你车后跑。"

"不光你,"秦山原笑起来,"你们一帮小屁孩都跟着追,问放什么电影。哎呀,一晃你们也都老婆孩子一大堆了。"

进来三里的老婆,也热情恭敬地叫秦老师。她是从下河嫁过来的,秦山原当年在周围的村庄里轮流跑,她报了一串秦老师放过的电影。搞得秦山原更高兴,笑声一波高过一波。多少年了,他们还记得。

"村里都说呢,"老头给秦山原点上烟,"秦老师是大知识分子,哪是我们海陵这小地方能留住的。你看看不是,一下子就去了省城。"

"没办法,上面要去,不能不去啊。"

"秦老师在那边干什么?还放电影?"三里问。

"瞎说!"老头白了儿子一眼,"秦老师什么人,还放电影!"

秦山原说:"在大学里教教书,闲了也写几本。都一样,挣口饭吃嘛呵呵。"

"那就是教授了!"三里说,"电视里天天说教授学问大,日子过得好。"

"还不是一回事,一天三顿饭。"

大门开了,三里的老婆领了一堆人挤进院子。很多人一起开始说话。他们说电影、放映员、秦老师,还有人对他本人是否真的来到这里表示怀疑。三里的老婆在院子里就说:

"秦老师,大伙儿都来看你了!"

秦山原立在门前,看见二十多号人聚在院子里,男男女女,老人孩子,如果不是咧开嘴害羞似的笑,就是好奇地看着他。他们静下来，然后七嘴八舌地说：

"秦放映员。秦老师。《少林寺》《南征北战》《画皮》。"

老头说："他们都认识你，都看过你放过的电影。"

可是秦山原不认识他们，一个都不认识。在他们脸上他几乎看不到一点十五年前的痕迹。他得意而又感激地扫过二十多张脸，还有人从门外继续往院子里进。感觉很好，是那种受尊崇和拥戴的感觉，有点像在大学的课堂里，他们像年轻的学生一样仰视他。当年他在海陵镇的所有村子里大体也如此，他总能说出别人没听过的东西，国内外的，天文地理的，他会说，一件旧事经过他的嘴，也像重新发生过一遍一样，他能替他们发现被忽略了多少年的细部和关节点。也就是说，他骑着一辆破载重车到处放电影时，很多人就已经这么看着他，老人尊敬地叫他秦放映员，让自己的孩子和孩子的孩子叫他秦老师。那个时候秦山原也有不错的感觉，黑漆漆的夜里，所有的人散落在黑暗里，他掌控一台他们弄不明白的机器，然后从他面前开始放出光明，一个个陌生的世界跳到一块巨大的白帆布上。

十五年前他就常常产生错觉，觉得那道光柱和一个个人物都是从他的身体里跑出去的。他觉得他是唯一知道的人，他给予他们，多少个花花绿绿的世界和美好的事情啊。为此他常常陶醉在放映机咔嗒咔嗒转胶片的声音里。

在一圈人之外，秦山原看到两个四十多岁的女人分站在两边。她们没笑，也没说话，微微地晃动身体。四十多岁的身体早就变形了，胸不是胸，腰也不是腰，皱纹也谨慎地上了脸，但你能看出来她们还是好看过的，在一群乡村女人里，如果认真仔细地看，也能把她们挑出来。她们皱着眉，脸有点红。

一个说："是你吗？"

另一个几乎同时说："真是你？"

然后两个人警惕地相互看看，都把眼光移到别处去。她们在对方脸上看见了自己。

秦山原说："是啊，我是秦山原。"他在她们脸上什么都没看见，除了年老和色衰，而这些和他没有关系。也可能不是没关系，他觉得某几个心跳幅度大了点，但他不敢肯定。没法肯定，最短也十五年了。所以他对她们和其他人一起说："谢谢乡亲们还记着我。这些年一直想回来看看，今天这事，明天那事，忙忙操操就给耽搁掉了。谢谢你们来看我！"

最后一句是对她们俩说的，也可能人群里还有，只是没像她们那样单独站出来。然后老村长来了，秦山原还是认识的，每次他来扎下放电影，村长都陪他吃晚饭。他们握手，寒暄，说再见太晚。老村长说，幸亏去年大病不死，要不今天就吃不上十几年前的那些饭了。他对那老头招手："老方，还记着当年吃的啥饭么？今晚咱原样再来一顿！"

"做梦也记着哪。"老头说，"这就去，就怕秦老师已经看不上我的手艺了。"

秦山原这才想起这老头就是老方，当年大队部里的厨子，四年里吃了不知道多少顿他做的饭菜。好像那时候老方不太爱露面，总是提前就把一桌酒菜摆放好了。

天放晴了，但是已经黄昏，院子里暗下来。秦山原去找刚才的那两个女人，不见了，他在人群里迅速地看一遍，也没发现。她们什么时候突然消失了。

3

晚饭盛大。菜之外，人多，热情，所有人都向他敬酒。村子里头头脑脑的官都到了。还有一个白皙丰满的妇女主任，酒风泼辣，她向他敬酒，说："秦老师，喝！"

秦山原说："喝！"连着两杯，头开始有点转。微醺时想，当年有这么好的女人吗。

老方宝刀不老，菜做得还是那么好，秦山原记得那会儿最愿来的村子就是扎下，老方的菜是原因之一。他们一边喝酒一边"想当年"。他们说起秦山原当年满腹才情，如何给大队部和粮食加工厂撰写春联；如何给新婚的庆典上即兴朗诵祝词；如何喝了一斤粮食白酒然后用秃毛笔写下"扎下"的界碑；如何在领导面前据理力争给扎下送来了乡亲们都爱看的电影，以及如何帮着老村长写了一份小边的鉴定。这最后一件事在扎下已经流传成一个段子，这段子使得秦山原在从没见过他的扎下人耳朵里也不陌生。

有个叫小边的小伙子要去镇上的扎花厂做临时工，扎花厂要村委会出一份小边的品行鉴定。老村长为难了，能出去当然好,小边人也不错,就是手脚有点不干净,偷过几只鸡,摸过几只狗,不算大问题,但在鉴定里不表现出来又不合适,那是要盖公章的。老村长就请教秦放映员。秦山原说这简单,就写:"该同志手脚灵活。"搞不清是夸还是骂,老村长大喜。就这么写了。小边在扎花厂干了半年,被开除了,他没事喜欢顺手牵羊捎点东西。厂领导很不高兴,抱怨老村长举人不当。老村长说,我们可是一点没隐瞒,不是说了么,"该同志手脚灵活"。厂领导哭笑不得。

这段子再说出来,依然博了个满堂彩。秦山原想,当年还真有两把刷子啊。

前村长孙伯让最后一个敬酒。孙伯让举着酒杯说:"秦老师,听过孙伯让的名字么?"

秦山原摇摇头,说:"不好意思。"

"秦老师贵人多忘事。"孙伯让说,"我帮你看过放映机。那年你三十我二十六。"

秦山原笑笑说:"谢谢伯让兄。那时候我喜欢熬夜看书,放电影时常犯困,所以总劳兄弟们帮忙。谢谢啦。"

"别谢,秦老师。我跟秦老师学了不少东西,电影都会放了。"

大家都有了兴趣,伯让竟会放电影,头一回听说,真的假的啊。

孙伯让说:"会放也放给秦老师看。秦老师,我敬你!"

秦山原又喝了两杯。

从饭桌站起来时，秦山原两脚底开始发飘。喝大了。很多人都喝大了。妇女主任跟秦山原握手告别，无比遗憾地说："可惜没机会再看秦老师放的电影了。"

"露天电影还有吗？"

"早没了。有钱的在家看影碟机，穷点的就看电视。"

然后大家又感叹一番露天电影的消失才各自散去。按照饭桌上的商定，秦山原今晚到孙伯让家住。大家都希望秦山原住到自己家，孙伯让说，谁都别和他争，他跟秦老师学会了放电影，算半个学生，家里也宽敞，就一个人，到处都是地方。

秦山原说："你家人不在？"

周围一下子静下来。孙伯让倒是笑了，说："老婆跟个放电影的跑了，十几年了。"

秦山原看看别人，好在不是所有人都盯着自己。

"跟秦老师没关系。"孙伯让说，"你之后的放映员，姓丁，那狗日的。"

秦山原松了口气，哦。

4

出了老方家的门，从黑暗里冒出一个更黑的小影子，吓秦山原一跳。小黑影说："我爸叫顾大年。"

孙伯让揪了一把小黑影的耳朵："回家睡觉去。"

"我想看露天电影。"小黑影又说。

秦山原听出他就是下午见到的那小孩，故意问他："你是谁？"

"我叫臭蛋。我爸叫顾大年。"

"儿子，回家睡觉去！"孙伯让又要揪他耳朵。

秦山原说："你儿子？"

"干儿子。大年你一定也不记得了，当年也帮你看过放映机。"

秦山原又说，哦。

臭蛋不回家，一直跟着他们，孙伯让怎么赶他都不走。孙伯让说，那好，过来背包。臭蛋就背起秦山原的旅行包，像条不吭声的小尾巴。路面油亮亮的黑。孙伯让建议到处看看，秦山原说好，这一趟来海陵就为了到战斗过的地方怀怀旧。

他们经过当年的大队部和放电影的小广场，都成了遗址，遗址上是新的房屋、街道和白杨树。孙伯让指着一家窗户里泻在地上的一块灯光说，这儿是放映机的位置。"你坐在椅子上，"孙伯让比画着，"光从这里出来。"秦山原就想起那时候整个扎下都围在他身边，那些鲜嫩美好的女人也凑过来，他闻到她们身上温暖的香味，她们一次次把眼光从银幕移到他身上，他看见她们的眼睛里闪闪发亮。他知道她们想和他说话，或者干点别的。有时候他也会向其中一个招招手，动作很小她也能看得见，然后他们前后脚离开电影场。

"你困了我就帮你守着放映机，"孙伯让说，"有时候也会是大年、文化和江东他们。如果你一个晚上都不在，我们就帮你换片子。我就是那时候学会的放电影。"

"是么？"秦山原怎么也想不起当时那些女人的样子。她们变得相当抽象，只是新鲜、羞怯、紧张、虔诚、热烈、丰满、光滑和弹性等一系列形容词。他把她们带到一个个没人的地方，四年里的大部分时间他是在这些形容词里度过的。那么美妙的好日子怎么就忘了细节呢。"年轻时就缺觉，安静下来三分钟就瞌睡。多亏兄弟们了。"

孙伯让说："再走走。"

他们经过一块平地，孙伯让说："秦老师，有印象么？当年这儿是片小树林，有槐树、杨树还有合欢树。"

秦山原摇摇头。

当然他记得，他经常把她们带到林子里，到了夏天，乱作一团的时候他还会腾出一只手抓爬到树上的知了猴。那个总喜欢在合欢树底下的女人叫什么来着？好像不是很瘦。也可能挺瘦。

他们在一大块黑影前停下，旁边人家的灯光映照到那里，才看见是堵半截的土墙，高不足一米。"秦老师在那会儿，这墙该有两米多高吧？"孙伯让说，"多少年了，男男女女就喜欢到这里干坏事，把墙磨蹭得越来越矮。现在藏两个人就不太保险了。"

秦山原说："这里还有堵断墙？一点印象都没了。"

"到夏天就长拉拉秧，"孙伯让指着墙上垂下来的一条条细藤和叶子，"就那样。拉拉秧你应该记得吧。"

秦山原实在无法再说不记得了。那个女人拼命地把他往墙上推,他就是靠着墙把事做完的。这一次他好多年来还经常想起,当时后背被拉拉秧挂了一道道血绺子,做完了汗一湿才感到疼。秦山原说:"好像那时候到处生有这东西。"

"秦老师好记性。"孙伯让笑笑说,"断墙这里最多。"

扎下的夜晚安静,冷不丁一个女人叫起来:"臭蛋!臭蛋!回家睡觉啦!"

孙伯让说:"臭蛋,回去,你妈叫你睡觉了。"

臭蛋把旅行包移到怀里紧紧抱住,说:"不回!我要看露天电影!"

"看你娘的腿,"孙伯让说,"哪来的露天电影!"

"他有!"臭蛋用下巴指指秦山原,"他们都说他有。"

秦山原觉得这小子有点意思,就逗他:"我要有,它在哪?"

臭蛋理直气壮地说:"不知道!"

"别跟着瞎捣乱,臭蛋,"孙伯让要接过他的包,"明天到干爸家看。"

臭蛋不松手:"我今晚就要看!"

他妈还在喊。孙伯让火了,一把抢过包:"你要不回家,明天你也别想看!"

臭蛋慢慢松开包,一个劲儿地在裤子上擦手,半天终于磨磨蹭蹭回家了。秦山原看着臭蛋的小影子打了个哈欠。"回去吧。"他说。

5

孙伯让的一面白墙让秦山原吃惊。毫无必要地又大又白。猜猜做什么用？孙伯让问。秦山原说，银幕。孙伯让放声大笑，到底是秦老师，整个扎下没人往这上头想，都说他头脑坏了，涂一面空荡荡的白墙。孙伯让顺手拉上了窗帘，两层，外面是红的，里面黑色。

秦山原说："你有放映机？"

孙伯让没说话，打开一个立柜的锁，拉开门的时候秦山原看到一台依然崭新的老式放映机。孙伯让把放映机抱出来，放好，装上胶片，把台灯的光拧到最小。咔嗒咔嗒声响起，一个光圈打到白墙上。胶片开始转动时，秦山原忍不住凑上去，十五年没摸了，心痒手也痒。孙伯让按住他的肩膀，说：

"坐下。他们都奇怪，为什么我村长也不干了。都整这玩意了，这东西多有意思啊。"

递给秦山原一根烟。那电影秦山原没看过，也没听过，翻译过来的名字叫《夜歌》。电影放到一半，节奏慢下来。之前是一个女人红杏出墙，接着是漫长的复仇，丈夫把情敌捆在床上，用尽方式折磨他的神经，不让他休息，一个昼夜后，情敌疯了。

"好玩么？"孙伯让问，又递给他一根烟。

"抽不动了，"秦山原说，"睡吧。"

孙伯让坚持把火送到他嘴边。烟点上了,孙伯让开始重放《夜歌》。"林秀秀这名字听说过吗?"孙伯让摆弄放映机时漫不经心地问。

"没听过。"

"我老婆你认识吧?"孙伯让把电影的声音关掉,像在看一部默片。

"她不是跟姓丁的私奔了吗?跟我没关系。"秦山原站起来。

"有关系,"孙伯让把他按到椅子上,"关系相当大。记得我老婆不?"

秦山原又要站起来,他说不记得。孙伯让突然从口袋里掏出一把刀,抵到他肋骨上。"最好别乱动,"孙伯让说,另一只手又摸出一根绳子。秦山原没敢乱动,对方早就准备好了。孙伯让又说:"我老婆可记得你。"

"我们真的没关系,我也不知道谁姓丁。"

"可我老婆当初不是这么说的,她说你带着她到过小树林里,去过墙根底下和草垛里,有时看见路边的一棵树也要靠上去。她可是说你无数的好啊,世界上最好的男人了。你走了,她才和那个狗日的姓丁的好,她把他当成你,就卷了个小包跑了。"

"她是诬蔑!没有的事!"秦山原激动得带着椅子乱颤。

"是么?"孙伯让若无其事地给了他一耳光,"我找了三年,才在一百里外的大秦镇找到她。已经是两个孩子的娘,她不跟我回来,死活要跟放电影的过。"孙伯让一边说一边换片子,直接跳到了电影的后半段。那个倒霉的情敌直挺挺地躺在白墙上,张大嘴喊就是出不了声。

秦山原的脸在电影的光亮里一点点变白。

"听她口气,你那本事还不小啊。"孙伯让揪着秦山原的一撮头发,"毛都白了,五十多了吧?"

"五十一。"

"是不是在城里也没闲着?"孙伯让把椅子搬到他身边,点上烟,和秦山原并排看起电影,"我老婆脸上那颗痣,我让她点掉,不干,你随便一句,她就屁颠屁颠去弄掉了。那痣长左脸还是右脸你还记得不?"

秦山原摇摇头:"放开我!"

孙伯让把正抽的烟塞到他嘴里:"我老婆那块胎记在哪个屁股上你总该记得吧?"

秦山原还是不记得。他当时似乎并不详细地区分女人,只从乳房和屁股的形状上去判断,他喜欢结实饱满形如寿桃的乳房,次之是水泡梨,那些松松垮垮的大鸭梨他只碰一次,最多两次。在晚上,他从不刻板地把脸蛋和乳房、屁股等同起来。他更在乎后面两个。所以他想不起来。

"什么都不记得了?"

"真不记得了。"

孙伯让笑起来,声音像哭:"她说你对她有多好,就是去天上也不会忘了她,恨不能大白天都把她拴在裤腰带上。这女人,简直是个木瓜!她能说出你身上有多少个伤疤,哪一块是为什么落下的。她甚至数过你脸上的痦子上一共有几根毛。你记得她什么!"

秦山原觉得再不说点,他很可能会像电影里的那个倒霉蛋一样,在这张椅子上疯掉。"想起来了,"他说,"她总爱咬住我的舌头不放。"

"继续说。"

"她喜欢站着。"

"还有呢?"

"她,"秦山原觉得绳子要嵌进手腕里去,"她喜欢在合欢树底下。"

孙伯让转过脸来,毫无预兆地又一个耳光:"她闻到合欢树的味就过敏,浑身痒。"

"那就记错了。到底你想让我怎么样?"秦山原觉得脑子不转了,"我说不记得你又不相信。"

"我不敢信。她要死要活地闹,姓丁的那样她都跟,就因为是个放电影的。她根本就不知道,你连她半点印象都没留下。我一直觉得自己当个男人挺可怜,老婆都跟别人跑,没想到她更可怜。你说她什么都拿出去了,图个什么?"

"女人嘛,不带脑子你也没办法,值不得难过。"秦山原趁机说,"老弟,给我松开,咱哥俩喝两杯。女人嘛,喝两杯就过去了。"

"你他妈的住嘴!"孙伯让从椅子上跳下来,"十五年,我活生生等了十五年！那些人影一走到墙上，我就想，我不能让你有好日子过。你凭什么？拍拍屁股把我们都甩掉了。我一直等着，我以为你不会来了，可你来了。好，来了好！"

"你想干什么？"

"就这样。"孙伯让指指白墙上的人影。

秦山原明白那个倒霉蛋的厄运马上降临了，他开始后悔看到界碑，继而后悔躲到草垛后撒尿。撒什么尿啊。哪壶不开提哪壶，他陡然发现膀胱已经胀了。他对孙伯让说：

"能不能让我小个便？"

"小个便？撒尿啊，你先憋着吧。"

"这不行啊老弟，前列腺跟不上。"

"秦老师，这是报应。跟不上就随便撒吧。"

"这玩意更不行啊，当人面要能撒出来，我就不来你们扎下了。"

孙伯让看看他，他就把进村前后说了一遍，希望孙伯让能同情一下。一泡尿能改变世界观，一定也会要人命。

"那正好，我就不用像电影那样亲自动手了。不让你睡觉就行，开始憋吧。"

秦山原快哭了，他越发觉得那地方像气泡一样胀起来，然后开始疼。"现在几点了？"他问。

"几点跟你没关系，你只要清醒就行。"

孙伯让踢了一下腿，秦山原两腿之间疼得一抽，再轻微的动静都是地震。他听到一声鸡叫，接着两声、三声，好多只鸡都叫了一声。应该凌晨两点左右。

"再不放开我就喊人了!"秦山原说。

"喊吧,"孙伯让把刀手心里蹭来蹭去,"电影你白看了。"

秦山原立马住嘴了。电影里的倒霉蛋刚开始喊,一把刀就从他大腿皮下三厘米处经过。如果最后不疯掉,他可能会坚持只在自己的喉咙里喊叫和祈祷。

"可我真要小便。"秦山原的脑门上开始冒汗。这正是孙伯让现在需要的,好吧,怕尿裤子我就帮你脱。"千万别,再等等。"秦山原觉得自己做不来。那继续忍。

孙伯让再一次开始《夜歌》的放映,他喜欢听胶片转动时的咔嗒咔嗒声。他示意秦山原再看一遍。他要陪着秦山原清醒。他看到秦老师坐在椅子上一直哆嗦,打摆子,椅腿咯噔咯噔敲着地面。秦山原很快大汗淋漓。"放开我,"他说,"我要小便。"

"随便小。"孙伯让去了一趟厕所,回来兴致勃勃地看着秦山原继续流汗。秦山原的声音越来越小,大一点就疼一下,他觉得从原始社会进化到社会主义初级阶段所花的时间也比现在快。时间让他痛不欲生。

又有一批鸡开始打鸣。孙伯让有点犯困,找了一瓶酒,吃熟肉抹辣椒酱,咝咝啦啦也是一头的汗。秦山原不抖了,像雕塑一样瞪大眼,唯一活动的就是眼里的东西,一滴一滴往下掉,想一下"眼泪"这两个字也会加剧膀胱的胀痛。他慢慢闭上眼,让自己飘起来,一点不费力气地随风飘荡。他看见自己穿过像幻景一样透明的十五年,然后是黑色的、灰色的、白色的海陵镇。一辆永久牌载重自行车大撒把,他驮着电影和放映机来到扎下,雪白的帆布银幕拉起来,女人如香气从四面八方飘飞而至。她们有美好的乳房和屁股,她们喜欢跟他摸黑走进小树林,或者土墙下,路边上大树旁也行。他看见一个赤裸的女人窈窕地侧身对他,他知道她脸上某个地方必有一颗痣,某一边的屁股上必生有胎记,但在他的位置都看不见,而她不回头也不转身。她为什么不让他认出来?风一吹他就走。

孙伯让喝了半瓶五十六度白酒,吃饱了肉,打完嗝,对自己说不能睡不能睡,还是睡着了。闭上眼之前,电影还在放,他对秦山原的坐姿很不满意。

6

好像有人敲院门,孙伯让好像也清醒了两秒钟,接着又睡了。再次醒来是因为听到咕咚一声,他撑着椅背爬起来去开门,一个小人倒进来,赶紧扶住,是臭蛋。臭蛋站着睡着了,那咕咚一声就是脑袋碰到门上。他天不亮过来敲孙伯让的门楼,没人理,就爬墙翻进院子,站在门口睡着了。孙伯让拍拍臭蛋的脸,天早已大亮,太阳从扎下东边升起来。

臭蛋说:"我要看露天电影!"

孙伯让说:"好,干儿子,咱们看露天电影。"

他把臭蛋领进屋里。电影早就停了,孙伯让重新开始放映，放映机咔嗒咔嗒响，白墙上就是不出人影。臭蛋说:"看不见!"跑过去拉开窗帘，阳光像水一样漫进屋里，白墙上刚出现的人影又不见了。臭蛋说:"电影在哪?露天电影在哪?"然后他看见了歪头坐在椅子上的秦山原。

秦山原闭着眼一声不吭，腰杆直直地被捆在椅背上。臭蛋说:"露天电影在哪?"秦山原不回答，臭蛋就用脚去碰他的脚，这时候臭蛋看见秦山原的脚底下汪着一摊水，还有水断断续续顺着秦山原的裤脚往下滴。臭蛋看看秦山原，又看看孙伯让，突然大喊一声:

"他尿裤子啦!"

逃跑的鞋子

疯婆子六豁老太死了,小葫芦街人都觉得松了一口气。六豁老太终于死啦,人们像赶集一样一拨一拨地涌向她的小屋,想最后看一眼早该死去的人死去之后到底是什么模样。都成精了,好在已经死了,人们相互议论,脸上无悲无喜,但说话时都轻松了很多,觉得有生以来的一个负担终于了结了。哭丧着脸的只有村长春成,他站在六豁老太的门前,手里捧着一面垂着长长流苏的锦旗不知该怎么办。早不死,晚不死,偏偏这个时候死,春成对着越来越多的人悲痛地说,到手的钱又飞了。

除了我奶奶和我,三年来几乎没人进过她的小屋。小屋很简陋,石头砌的根基,泥土垒的墙壁,屋顶上苫的是茫草。这样的房屋在我们那儿大概只有这一间,日子好过了,草房子就跟着旧日子一块儿消失了。当年春成只是负责监督这项工程的队长,他站在刚刚落成的草屋前笑嘻嘻地对人说,也就六豁老太才住这鬼地方,她老糊涂了。那儿地势不好,边上是一个不大的水塘,蓄着长年不动的死水,一年到头漂满死狗死猫和小孩的粪便,如今年数堆积下来,垃圾几乎填平了水塘,即使三九腊月,路过水塘都要捂住鼻子紧走几步。房子已经破败,泥做的山墙被雨水冲击之后，一处处凹陷，墙皮薄得怕人，耐腐的苤草也变得黏糊糊的一团黑，屋脊上长满了青苔和蓬松的茅草。小屋孤零独立，看起来单薄脆弱摇摇欲坠，像拄着拐杖的六豁老太站在大风里。

没有人知道六豁老太到底有多大岁数。我奶奶现在已经八十岁，她也说不清楚。她说她刚嫁到海陵镇的时候，六豁老太已经生过四个孩子，前三个因为饥饿和疾病都没活到四岁就夭亡了。我奶奶嫁过来的那天，六豁老太的小儿子留住都五岁了，扎着一根冲天小辫子冲进洞房，一句话不说就钻到床底下抠床腿下藏着的花生，四个床腿下的花生都被他抠走了，塞了满满的几个衣服口袋，手里还捧着一把，临走的时候也不说话，只对我奶奶笑了笑。一晃多少年了，我奶奶坐在小屋旁边的大青石上说，到时候了，早就到时候了。

关于六豁老太，我向很多人打听过，但是没有人能说出个所以然来。除了大家都知道她一辈子没出过村子，连她是哪儿人都不清楚。这一点当初的确让我疑惑了好一阵子，你想想，如果她连土生土长的本村人都不是，怎么能相信她一辈子没出过这个村子呢？

传说六豁老太是六豁老爹从很远的地方买回来的。那地方太远了，她刚被买回来时说的话谁都听不懂。买来的当天下午，年轻的六豁牵着她走在前头，后面跟着一群看热闹的乡邻，她一句话也不说，只是默无声息地流眼泪。回到家以后，六豁就把门给插起来,谁都不让进去,但是大家都听到了年轻漂亮的六豁老太的声音,她在六豁的家里发出了愤怒的喊声和悲伤的哭泣。哭泣是人人都能听懂的,说话声却不行,叽里呱啦,还是叽里呱啦,没人听得懂。包括以后常常在美丽的六豁老太的门外偷听的几个光棍,他们也只是一知半解,大部分都是他们自己一厢情愿的瞎胡猜。直到后来六豁老太学会了海陵镇的方言,小葫芦街上人才逐渐能和她交流一些,聊聊天气和庄稼,聊赖孩子和尿布。至于年过三十的六豁是如何把她弄到手做了媳妇,六豁不说,六豁老太也不说,就没人知道。大家都知道六豁是个吃饭都找不到碗的穷光蛋,但是毫无疑问,六豁一定是发了,不是发了,他哪来的钱盖三间房子,又买回来一个如花似玉的媳妇呢?

按照我奶奶的说法,年轻时的六豁老太是逃过很多次的,但每次都在环绕村子的八条水的堤坝上被六豁抓回来。洞房之夜那晚,六豁在一阵疯狂的房事过后,像一堵墙似的颓然坍塌在床上,倒下去的时候呼噜声也跟着响起来。六豁老太一直闭着眼装睡,到第三根红烛即将燃尽时,她像猫一样轻盈地下床,连鞋子都没穿,光着小脚从低矮的窗户爬出去,静悄悄地逃掉了。那天夜里月光很好,她跑到八条水的堤坝上还能模模糊糊地看清她的洞房,她打算看这辈子的最后一眼,然后从此逃离这个伤心之地,看过之后她转身要向北走,撞到了一个人。六豁精神抖擞地站在那里,还想跑?六豁恶狠狠地说,看我回家怎么收拾你。

人们再次见到六豁老太是在两个月之后，那时候她仍然说着别人都听不懂的话。她挑着两只木桶去井边挑水，走起路来一瘸一拐。井边围了一圈挑水的女人，抓着各自的扁担在聊天。你看六豁的新媳妇伤了脚啦，她脚裹得可真小啊。好多天没看见她了。听说六豁把她锁在家里了。六豁老太一直不吭声地打满两桶水，她听懂了别人的议论，突然涨红了脸，一边叽里呱啦地说，一边卷起她的裤腿。女人们看到新媳妇的丰腴白嫩的左腿上有两个紫黑色黄豆大小的血疤，小腿外侧一个，小腿内侧对应也有一个，她用食指比画着一段铜丝从小腿穿过，脸上倏地挂满了泪。六豁用铜丝把她拴了两个月。

想想六豁老太真是个苦命的人，我已经说过，在我奶奶嫁到我们家之前，她就夭亡了三个孩子。你也知道，孩子的发肤血肉源于父母，一个个孩子就是六豁老太的一节节生命，而饥饿和疾病就这么轻易地在四岁之前把他们打发走了，年轻的六豁老太招架不住了。用我奶奶的话说，丢一个孩子死一份心。六豁老太的心一份份地死，一寸寸地死，死到最后就毫无留恋了。她又想到逃跑，孩子都死光了，这地方实在不能再待下去了。但她又在可恨的八条水被抓了回来。她在堤坝上遇到六豁时就不动了，她知道这次是逃不掉了，事实也是这样，她顺从地跟着丈夫回来，等待六豁在她体内种下另一个孩子。六豁很聪明，就用这种简便易行的方法留住了六豁老太。

六豁老太是在第四个孩子留住死后才疯的。留住那年五岁，也就是我奶奶嫁过来的那年。当时的六豁老太已经完全学会了海陵镇的方言,因为和我家老屋相距很近,常会领着留住来我家串门。留住是六豁夫妻俩达成共识的名字,丈夫想以此留住妻子,妻子想以此留住孩子。留住长得很像六豁,我奶奶说,六豁家的常常摸着娃儿的脸发呆,说梦话似的对我说,怎么就这么像呢?怎么就这么像呢?我奶奶说她那时就已经知道,六豁老太领着那个像六豁的孩子是逃不掉的。事实也是这样,在作为留住的母亲期间,六豁老太没有逃跑的记录。但是,留住还是不可避免地死了。

留住淹死在八条水里。盛夏时节,我们那里时常会有连日的暴雨。留住五岁那年夏天,接连下了七天的暴雨,整个村庄到处都是水在漫流,流过沟沟汊汊逐渐汇集到八条水里。八条水泛滥的时候也是捉鱼的大好时节,孩子们在雨后拎着一块纱布和一个口袋就可以到水边去兜鱼了。留住也跟着一群小孩去了,他还不会水,弓着腰蹲在水边捞鱼,一个小小的漩涡就把他裹了进去。同伴发现少了一个人时,留住已经被一根漂流的断木挡住,像一只溺水的小兽浮在了远处的水面上,身上堆着蓬松的泡沫和水草。六豁老太听到消息就站不起来了,纳鞋底的针锥一个劲儿地哆嗦,布鞋底在手里像扇子一样地摇。很多人劝她想开些,可她想不开,孩子一个一个地死,能想开才是怪事。她说什么都要到八条水去看一看,她要看看那些淹死她儿子的水。我奶奶和另外一个妇女费了好大的气力才把她架到那里,她的脚软绵绵的,几乎不能着地。到了堤坝上,她突然变得坚强了,她把其他人推开,自己歪歪扭扭地走到水边,对着满满当当的一渠浑水指着她儿子淹死的地方大声说着什么，她用的是方言，在场的人都听不懂。他们看到她站在那儿不停地说着，不明白她要干什么，然后就看到她的身子突然软了下来，一头栽进了八条水里。没人想到还会发生这种事，连忙跑过去跳进水里，七手八脚地把她捞上来。捞上来之后，她就只会笑了，咯咯地笑个不停，笑得两只眼一个劲儿地流泪。

六豁老太疯了。

十五年前出生的海陵人大概都见过疯婆子六豁老太。她一发疯就爬到自家的门楼上，在不足两米长的门楼上踩着茝草唱歌，调子很好听，词却是她的方言，所以大家还是听不懂她唱的是什么。我听过她唱歌，在我很小的时候，那会儿我什么都不懂，站在门楼下本能地感觉到她的歌声比霜还冷，大夏天里我浑身发抖，歌十分好听，极悲苦的那种，我在她哭声响起之前就流下了泪。当然，这是六豁老太最后一次发疯，她已经年迈，即使疯了也上不了门楼了。我奶奶说，留住死后，六豁老太得了一场大病，差点没能熬过去，在床上躺了半年才能走出院子。精神养好了些，她也曾动过逃跑的念头，只是每一回逃到八条水的堤坝上，都会突然地发疯，一路狂喊着留住的名字奔向家里，好像留住还没死，就在家里喊着要娘。

自从十五年前那次发疯之后，她就没再疯过，而且也没逃过。有人认为是她年纪大了，逃不动了，但大部分人愿意把原因归结到八条水上，因为她一见到八条水就会想起她的儿子，而八条水环绕了我们整个村子。尽管此后的六豁老太一直很正常，但村里人已经习惯称她是疯婆子六豁老太了。

六豁老太在六豁老爹死后，突然要搬出住了几十年的老房子，她没对别人说起其中的缘由。现在她是个无儿无女无长无少的孤寡老人，她理直气壮地找到队长春成，对他说，我要搬出去了，你给我在村南的水塘边盖一间小屋，那地方我看过了，我就要那儿。春成不答应，他说你住得好好的几间房子，怎么突然想起来要搬出去？六豁老太说，我不想住了，我就想搬出去。那原来的房子怎么办？春成问，留给谁住？谁爱住谁住，她回答说。春成没办法，只好去请教村长。村长想都没想就说，这么简单的事也来问我，把她的老房子拆了不就行了吗，那些石头怎么也够一间茅屋了，剩下的你留着吧。事情就是这样，她得到了一间小屋。人们又猜疑她的疯病又犯了，放着一个好好的家不住，偏要去窝在村南的一个茅屋里，这不是发疯是什么。她没疯，只是在搬到新居之后突然变得唠叨了，不管见到谁，她都要对人家说她一辈子都没出过村子。你知道，我一辈子都没出过村子，真的。她拄着苦楝树枝做成的拐杖，迈着苍老的步子从小葫芦街的东头说到西头，南头说到北头。

这么多年来，六豁老太一直不辞劳苦地从她的茅屋来到我家，和我奶奶有一句没一句地闲聊。她在说些什么我常听不明白，我奶奶似乎也不太明白，因为她手中的针线活没有停顿，只有当六豁老太又说起她一辈子没出过村子时，她才会停下来，透过老花眼镜对我说，老糊涂了。

有一回是在晚上，我坐在院子里和奶奶说到远方的大城市。奶奶没到过大城市，她不知道大城市到底是什么样子。我跟她说，大城市很好看，要什么有什么，比如上海，就是一个好地方。六豁老太也在那儿，听我说到上海，突然终止了自言自语，以难以置信的速度从板凳上站了起来，问我，上海？上海是个什么地方？我奇怪她居然对上海感兴趣，就说，那真是个好地方，遥远又繁华的大都市，天上有飞机，地上有汽车。

那人在哪里？六豁老太问。

在飞机和汽车里。

要走多少天才能到？

走？太远啦，我说，就是坐火车也要好几天。

上海？六豁老太颓然地坐下。远得找不着地方了，她说。然后又撑着拐杖站起来，绝望地说，你知道，我一辈子都没出过村子。她在我面前站了一会儿，不再说什么，后来就悄悄地走了。

人们渐渐对六豁老太的说法厌烦了，有一天人们发现，比她年轻的老人们一茬一茬地在死去，一个一个地被鼓乐班子送进了村北的坟地，而她依然活着，健康顽强地活着，老到已经没有人知道她的确切年龄。我的故乡海陵有个奇怪的现象，死亡也像瘟疫一样，从一个村子传染到另一个村子。从来没有哪个村子在某个时期只死一个人的说法，只要开了头必定有三个五个甚至更多的老人后脚就跟上去陪伴。一旦这种死亡之风吹进我们村子，人人都认为，这一回总该轮到六豁老太了吧，她太老了，如果不死真是天理难容。多年来，这种人为的死亡气息一直笼罩着六豁老太，但是她还活着，活得好好的连病都不生。倒是旁观者对此产生了恐惧，见到她远远地对人说她一辈子没出过村子时就赶紧躲开，心想这老太怎么还不死呢。

这也是我好多年来没进她的小屋的原因，一个总是不死的人让人害怕。每年春节到来，我奶奶都让我去给六豁老太贴春联。我很不愿意，但还是去了。我通常都是挑她不在家的时候去，用刷子匆忙扫上糨糊，做贼似的把对联铺上去，拍拍打打几下就急匆匆地走人。碰上她的时候，就心不在焉地敷衍几句，时刻准备转身跑掉。她死前的那个春节，我冒着风雪给她贴对联。我站在门外，按照奶奶交代的，一边贴一边告诉她，这次对联和去年的不一样，上联是"福如东海水"，下联是"寿比南山松"，横批是"福寿双全"。

很吉祥的，我说，你老人家可以长命百岁。

什么福啊寿的，都要死的人了，她坐在床上幽幽地说，你真是个好孩子，年年给我贴对联，来，屋里坐，暖和暖和。

我说不了，贴完了赶回家还有事呢。

我一点儿也不想进去坐坐，虽然我对她的小屋很好奇，因为有一点我很清楚，不管她的屋里有多暖和，我都会觉得浑身发冷的。她不让我走，硬要让我到屋里坐坐。

坐吧，坐吧。她在黑洞洞的房间里招呼我，两只浑浊的老眼在闪动。实际上我是可以一走了之的,但是不知为什么我还是进去了。她的门槛太高,屋子里又太低,我一脚踏进去险些摔倒,她的小屋里在冬天也布漫着陈年的霉味,浓得化不开。坐啊,坐啊。她把蜡烛点亮,昏黄的烛光摇晃着一间屋子。里面的东西不多,不像其他老太太那样,什么东西都舍不得扔掉,最后把房间里堆得满满的,像垃圾收购站一样。都是几十年前的老古董,箱子的油漆剥落了,盆盆罐罐都是灰暗的颜色,带着与生俱来的大耳朵,看得见裂缝的纹路和三角形的豁口。横梁上悬着一个个小包袱,积了厚厚的一层尘灰。黄泥抹成的墙上光秃秃的,除了点灯的地方熏黑了一块外,其余的地方挂满了烟灰和蜘蛛网。窗户小小的,被裹着稻草的塑料纸塞得严严实实。她拍着床沿让我坐下,自己却像个纸做的幽灵从床上下来,轻飘飘地站到我面前。

看,给你的,她摊开手说,都给你。

是十四枚银白色的硬币。给我这些钱干什么?我突然惊慌起来,站起来想逃掉。六豁老太用枯竹般的手按住了我的肩膀,隔着棉衣我感到一股冷气迅速注入我的骨头里,我开始抖了。

不急,她说,都是古钱,有用的,你看。

她抓住我的手,将十四枚硬币塞到我的粘满糨糊的手里。她的手冰凉,滑腻腻的那种凉,像一只垂死的青蛙。你知道,我一辈子没出过村子。真的。

那其实都是民国时期的一分和二分的硬币,背面镌着孙中山的侧面头像。没多大价值。我把硬币拿给奶奶看,奶奶说,六豁老太活不长了。我说怎么可能,人人都说她活成精了。我有时真这么想,她或许真的不会死。你见过这样老得没有年龄的人吗?

六月里村长春成从镇上带来一个好消息,镇上领导都知道六豁老太是个老寿星。领导在会议上说,为了鼓励各单位做好敬老养老工作,镇上决定奖励一些单位和个人,尤其是六豁老太这样的老寿星,要单独发给她一面锦旗,她为了人民和美好的新生活活到现在不容易,同时奖励小葫芦街一笔钱,作为筹建模范敬老院的资金。会议结束后,领导还单独找春成谈话,让他尽快把六豁老太的实际年龄报到镇上,以便作为本镇物质文明和精神文明双丰收的典范再向上汇报。春成听得心花怒放,他没想到老而不死还是一笔财富。他从镇上回来就一路哼着小曲直奔六豁老太的小屋,他要问清楚她到底有多大,是一百岁还是一百一十岁。

这几天刚下过雨,水塘里的雨水漫到了小屋的门槛前。水里游动着青蛙、癞蛤蟆和大块小块的垃圾。春成穿着水鞋啪啪地踩着泥水来到门前,对着敞开的门喜洋洋地喊,阿婆,阿婆,我报喜来啦。他听到六豁老太在里面说,进来吧。他刚要迈进屋子,发现房间里洇进了很多雨水,湿漉漉明晃晃的一片。他看到六豁老太赤身裸体地跪在席子上,低着头在摆弄自己的肋骨。春成站在门外不知该不该走。进来吧村长,她听到六豁老太说，有话到屋里说。

不啦，村长说，我就站这儿。他逐渐看清楚了六豁老太。她真是瘦得可怕，像一张白纸胡乱地蒙在骷髅架上，后背上落满了苍蝇，繁忙的跳蚤从她淤满灰垢的垂挂着的皱纹和稀疏的毛发里爬进爬出。

早上起来我就老啦，六豁老太说，这死雨下起来就没完，下得骨头都发霉了，不知自己是死人还是活人。从一早我就开始数肋骨，左边的老是和右边的不一样多。真是老啦，都记不起自己多大了。眨眼工夫就过来了，我就在想，我当过新娘没有？我做过娘没有？唉，想不起来了。怎么就老成不知道自己是谁了呢？

她还在低着头对席子说，两只手不停地在两肋摸索来摸索去。春成再也站不住了，对着屋里含含糊糊地说一句，我走了，就噼噼啪啪跑远了。他不知道六豁老太听没听见他的声音，他甚至怀疑自己是否发出过那个声音。

十天之后，村长春成再次从镇上开会回来，带回来一面寿星锦旗。他在星期三阳光热烈的中午敲响六豁老太的门，没人答应。水塘周围飘荡着温热的臭气，他不想在太阳底下继续待下去，也许她还在睡午觉呢。他又叫了几声，然后轻轻推开门，突然一股恶臭迎面扑来，浓郁得像液体一般让他窒息，他摇摇头捂紧口鼻，紧接着就哇地吐了出来，他看到了躺在床上的六豁老太。事后他每次回忆起当时的情景都要紧闭双眼，六豁老太的身上落了一层密密麻麻的绿头苍蝇，嗡嗡的叫声像飞机在房间里飞过，重重叠叠的蛆虫在她身体里出没，掉下来又爬上去，他说，我当时就吐了，一肚子的酒肉全吐了出来，五脏都快吐出来了，唉，真是可惜，到手的钱又飞了。

六豁老太的尸臭传遍了整个小葫芦街，人们源源不断地往小屋这边赶。但是没有人愿意进到小屋里去收拾腐烂的尸体。大家都捂着鼻子站在臭气里，伸长脖子想朝屋里看又不敢看，越来越多的人在说，哎呀，她终于死啦。他们看着尸体继续腐烂，满脸是汗地和死人在大热天的中午干耗着。我奶奶午觉醒来才听说这件事，她也奇怪六豁老太为什么这么长时间都没来我家串门。她急急忙忙赶到小屋前时，六豁老太的尸体已经被叫年五的流浪汉收拾好了。年五是哪个地方人我们都不知道，他已经在我们附近几个村子里流浪好几年了，大家只知道他是个光棍，无家可归。年五主动要求承担这一任务，条件是这间小屋从此归他所有，他要结束他的流浪生涯。春成爽快地答应了。

在六豁老太的遗物中，人们都看到了悬在梁头上的一个黑布包。我奶奶后来告诉我，布包是她当众打开的，其实也没什么，就是两条质地精良的绑腿和一双看上去挺结实的千层底绣花布鞋。布料很好，只是被虫子蛀了，绑腿稍稍一用力就裂了，鞋子抖了几下，底也一层一层地往下落。